El amor es puro teatro

BECKY ALBERTALLI

El amor es puro teatro

Traducción de Francisco Vogt

Argentina – Chile – Colombia – España
Estados Unidos – México – Perú – Uruguay

Título original: *Kate in Waiting*
Editor original: Balzer + Bray es un sello de HarperCollins*Publishers*
Traducción: Francisco Vogt

1.ª edición: agosto 2023

© 2021 *by* Becky Albertalli
All Rights Reserved
© de la traducción 2023 *by* Francisco Vogt
© 2023 *by* Urano World Spain, S.A.U.
Plaza de los Reyes Magos, 8, piso 1.º C y D – 28007 Madrid
www.mundopuck.com

ISBN: 978-84-19252-10-4
E-ISBN: 978-84-19413-94-9
Depósito legal: B-9.687-2023

Fotocomposición: Ediciones Urano, S.A.U.

Impreso por: Rodesa, S.A. – Polígono Industrial San Miguel
Parcelas E7-E8 – 31132 Villatuerta (Navarra)

Impreso en España – *Printed in Spain*

Para Adam Silvera, por supuesto.

Obertura

Parece un final de verdad, en todos los sentidos posibles. Con el telón cerrado, el escenario bien podría ser otro planeta. Un planeta bien iluminado, con la escenografía llena de piezas gigantes de gomaespuma, en el que habitamos solo Andy, yo… y Matt.

Cola-Matt.

—Es ahora o nunca —susurra Andy. No se mueve ni un centímetro.

Yo tampoco.

Nos quedamos ahí de pie, a la sombra de un Audrey 2 hecho de papel maché.

No hay nada más triste que el final de un flechazo. Pero esto era mucho más que un flechazo por una persona inalcanzable. Andy y yo hemos hablado con este chico. En múltiples y gloriosas ocasiones y con oraciones completas. Una verdadera hazaña, ya que Matt es el tipo de chico guapo que suele dejarnos sin palabras. Tiene uno de esos rostros clásicos y atractivos, con el pelo rubio y las mejillas sonrosadas. Nuestra amiga Brandie colecciona productos de Coca-Cola, y juro que el tío del anuncio *vintage* en su baño es clavado a Matt. De ahí el apodo. En el anuncio se lee: «Es hora de saciar la sed». Pero en nuestro caso, somos insaciables.

Hay que usar la lógica de Avril Lavigne. Nosotros éramos los monitores del campamento de teatro. Él era nuestro entrenador vocal, un lugareño muy guapo. Realmente no podría ser más obvio. Y durante seis semanas completas, Matt ha sido el sol en nuestro sistema solar. Pero vive cerca del campamento, en Mentone, Alabama.

Que está a más de ciento cincuenta kilómetros de Roswell, Georgia.

Andy tiene razón. Es ahora o nunca.

Respiro hondo.

—Eh, Matt. Hola.

No exagero al decir que siento la sorprendida aprobación de Anderson. Maldita sea, Garfield. No has tardado ni un segundo. Reclama lo que es tuyo.

—Pues… —Me aclaro la garganta—. Queríamos despedirnos. Y, eh, agradecerte.

Matt desliza una partitura en su bolso de mano y sonríe.

—¿Agradecerme?

—Por el entrenamiento vocal —digo—. Y todo lo demás.

Andy asiente con vehemencia y se ajusta las gafas.

—¡Ayy, Kate! Gracias a vosotros también. Me alegro de haberos conocido. —Matt se cuelga el bolso del hombro y se mueve de forma imperceptible hacia la puerta. Es la postura de salida. Mierda. Mejor voy a…

—¿Nos hacemos un *selfie*? —suelto. Ya me estoy encogiendo de la vergüenza. ¿Sabes qué sería genial? Que la voz me dejara de temblar. Por cierto, Anderson, amigo mío, ¿qué tal si me echas una mano?

—Sí, claro —responde Matt—. Hagámoslo.

Vale.

Nos apretujamos para quedar dentro del encuadre mientras el telón nos hace cosquillas en la espalda. Luego, estiro el brazo hacia arriba, en el ángulo exacto que me ha enseñado Anderson. Y sonreímos. O al menos, eso intento. Pero estoy tan nerviosa que me tiemblan los labios.

Vale la pena. Aunque me vea como una *fangirl* asombrada, vale la pena. Raina y Brandie me han estado pidiendo pruebas fotográficas de la belleza de Cola-Matt, pero hasta ahora, todas las búsquedas en Instagram han sido infructuosas.

Pero esta foto no es para el grupo. Claro que no. Lo más probable es que ambas se burlen de nosotros porque nos hemos vuelto a enamorar del mismo chico. Según Raina, la personalidad de Anderson y la mía están entrelazadas, lo que básicamente significa que somos codependientes. Al parecer, algunas personas creen que enamorarse es algo que se supone que debes experimentar por tu cuenta.

Y sí, Raina ha obtenido calificaciones tan buenas en la clase de Psicología Avanzada que ya es prácticamente una psicóloga licenciada. Pero hay algo que no entiende. No se trata de Matt. Ni de Josh del verano pasado, quien tenía opiniones muy fuertes sobre el desayuno. Ni de Alexander del verano anterior, quien estaba muy orgulloso de ser de Michigan. No tiene nada que ver con ninguno de ellos.

Se trata de Anderson y de mí. Se trata de hacer planes en el armario de atrezo y sobreanalizar todos los contactos visuales, incluso los más breves. Se trata de cepillarnos los dientes seis veces al día, siempre preparados para una sesión de besos inesperada. Y si nunca sucedía, no importaba. Para nada. Porque el objetivo no era besar.

El objetivo era compartir el mismo entusiasmo.

Admito que todo esto parece un Poco Exagerado, pero Andy y yo somos así. Cuando estamos juntos, sacamos lo mejor de cada uno. Y, a decir verdad, tener los mismos flechazos durante el verano es la actividad en equipo más divertida de todas.

Aunque menos divertida ahora que el verano ha terminado. Porque lo que queda en este momento es esa sensación de hundimiento por culpa de un flechazo que ni siquiera ha tenido la oportunidad de florecer. Un flechazo interrumpido en su mejor momento.

Pero esa sensación no es tan terrible cuando la compartes con tu mejor amigo.

Escena 1

Apenas han pasado cinco minutos de mi penúltimo año, y ya estoy harta. No, en serio. A la mierda con todo.

Por un lado, apenas puedo mantener los ojos abiertos. Lo cual no es un buen augurio, ya que ni siquiera he entrado en el edificio todavía. Ni salido del aparcamiento del instituto. Ni siquiera me he desabrochado el cinturón de seguridad.

Y es culpa de Anderson.

Porque Anderson Walker sabe que necesito siete horas de sueño para no ser un demonio zombi adicto al Xanax. ¿Y sabes qué? ¡No le importa! Este demente entró en mi casa, en mi habitación, y encendió las luces a las cinco y media de la mañana. Porque necesitaba mi opinión sobre los cárdigan que había elegido para el primer día de clase. Azul marino con botones marrones, o azul marino con botones también azul marino.

«Dime cuál es tu primera reacción», había dicho.

Mi primera reacción fue arrojarle una almohada a la cara.

Ahora, casi tres horas más tarde, como si ya lo hubiera previsto, vuelve a entrar en pánico en el aparcamiento.

—¿Estás segura de que el azul marino me queda bien?

—Sí, Andy.

—¿Solo bien?

—Más que bien. Estás perfecto.

Y es la verdad. Siempre está perfecto. A decir verdad, Anderson es demasiado mono para este planeta. Piel morena clara, hoyuelos y un corte afro en degradé, sin mencionar los grandes ojos color café detrás de sus gafas con montura de plástico. Y su estilo de colegial náutico le sale de forma natural: camisa impecable, cárdigan y pantalones remangados.

—No quiero que me vean con un conjunto feo. —Se frota las mejillas—. Es el primer día de…

Pero su voz queda ahogada por la música trap que sale a todo volumen de un todoterreno. Abrid paso a los *fuckboys*.

Por desgracia, el bachillerato Roswell Hill es la cuna de todo tipo de *fuckboys*. La mayoría pertenece al subtipo suburbano fanático de los deportes. *Fuckboius deportivus*. No es broma. Si estás en el pasillo del instituto y estiras el brazo durante dos segundos, golpearás a un *fuckboy* vestido con pantalones cortos deportivos. Mires donde mires, hay manadas de esta clase de chicos, siempre con sus uniformes del equipo de fútbol. De hecho, tuvimos que darles un nombre en clave no tan secreto. *F-boys*. Y sí, el significado sigue siendo el mismo… ya sabes, esos chicos guapos y atléticos que siempre se salen con la suya y que todo el mundo se desvive por ellos. Pero al menos así evitamos que los oídos inocentes de Brandie exploten.

Observo con furia el todoterreno a través de la ventanilla del copiloto. El conductor tiene las manos alrededor de la boca como si fuera un megáfono para gritarle a todas las chicas que pasan cerca. Estamos presenciando la llamada de apareamiento de los *fuckboys*. Pero la puerta de su coche está abierta de par en par y, por lo tanto, está bloqueando la mía.

¿Cómo se atreve?

—Kate. —Anderson me toca con sus llaves, pero se las arrebato. Me gusta tanto su llavero Funko de Rapunzel que casi me dan ganas de aprender a conducir. Casi.

Nuestros móviles vibran al mismo tiempo. Seguro que es un mensaje de Raina o Brandie.

Andy echa un vistazo a la pantalla.

—Vamos, nos están esperando abajo.

Vale, eso me motiva a moverme. Hemos visto a Raina algunas veces desde que terminó el campamento, pero Brandie se fue a México el día antes de nuestro regreso. Lo que significa que han pasado más de seis semanas desde que todos estuvimos juntos en el mismo lugar.

Anderson me toma de la mano para ayudarme a pasar por encima del cambio de marchas, y luego atravesamos el aparcamiento, pero no entramos por la entrada principal. En lugar de eso, nos dirigimos a la puerta lateral, que tiene acceso directo a la sala de teatro. Y también a la oficina de la señora Zhao, donde ya están reunidas las mismas personas de siempre.

A decir verdad, los chicos de teatro somos tan inconfundibles como los *fuckboys*. Aunque en nuestro caso no se trata tanto de la ropa que usamos. Más bien, se trata del aura que emanamos. Mi hermano me dijo una vez que los chicos de teatro caminamos como si estuviéramos bajo nuestro propio foco de luz. Estoy segura de que no fue un cumplido.

Pero es verdad. Entre nosotros no existe esa indiferencia forzada que la gente siente con respecto al primer día de clase. En cambio, tenemos a Margaret Daskin y a Emma McLeod criticando *Newsies* cerca del ascensor para personas con discapacidad, a Lindsay Ward mirando su teléfono boquiabierta y a Colin Nakamura usando la cabeza de Pierra Embry como un tambor. Y, por supuesto, Lana Bennett le está dando una lección urgente a Kelly Matthews, quien supongo que cometió el error de referirse al musical del instituto como una obra de teatro. En serio, no hay nada que a Lana Bennett le guste más que explicar la diferencia entre un musical y una obra de teatro a personas que... claramente conocen la diferencia entre un musical y una obra de teatro.

Al menos Brandie y Raina están relativamente relajadas, apoyadas contra la pared del fondo mientras leen algo en sus teléfonos. Es sabido que, de todos los miembros de nuestro grupo, ellas son las que tienen la vida casi resuelta. Siempre me preguntaba quién de ellas era la madre de nuestro grupo de amigos, pero la verdad es que ambas lo son. Tienen un lado maternal, aunque cada una a su manera. Raina es la madre mandona que hace que todos tengamos una vida saludable, nos mantengamos hidratados y estemos al día con los deberes. Brandie es la madre tierna que te deja llorar sobre su cárdigan cuando la persona que te gusta empieza a salir con una *fuckgirl* del equipo de voleibol.

Hoy están tan distraídas que prácticamente estamos frente a frente antes de que se percaten de nuestra presencia.

—Buu —digo.

Ambas alzan la vista con un sobresalto, y los ojos de Raina se desvían directamente a las llaves de Anderson que tengo en la mano.

—Kate, ¿has conducido tú?

—Eh, no. —Me río y le devuelvo las llaves a Andy.

—¿No ibas a...?

—Sí. Y lo haré.

Raina entrecierra los ojos.

—¡En serio! Muy pronto.

Técnicamente, podría hacer el examen de conducir mañana (tengo mi permiso de principiante desde hace casi un año y medio), pero aún no me animo. Y digamos que tampoco me muero por hacerlo.

Al fin y al cabo, prefiero estar en el asiento del copiloto.

—¡Me encanta cómo tienes el cabello! —comenta Brandie y me abraza.

Creo que ha sido una gran idea que Anderson me desper-
tara a las cinco y media de la mañana. Por lo general, mi cabello es un nido incontrolable. Es de un tono entre el rubio y el
castaño y, cuando lo dejo a su suerte, se me forman ondas
descuidadas. Pero ahora, según Anderson, tengo las típicas
ondas de una chica blanca que sube vídeos a YouTube. En mi
opinión, merece la pena esforzarse de vez en cuando, dado
que soy una de esas personas cuyo atractivo tiene una estre-
cha relación con el estado del cabello. Pero ahora siento que
todo el mundo sabe que le he dedicado mucho tiempo para
que se vea bien.

—¿Qué tal el viaje a México? —le pregunto a Brandie, tocando la manga con volantes de su vestido—. Qué bonito.

—Ha sido una pasada. —Sonríe—. Pero hace mucho calor
allí. ¿Qué tal el campamento?

—No ha muerto ninguno de los campistas.

—Menos mal —dice Raina.

—Y Matt sabe cómo nos llamamos —añado con una mano
a la altura del corazón.

—¿Cola-Matt? —Raina sonríe.

—Eso es prácticamente una blasfemia. —Arrugo la nariz—. Hablo en serio, es guapísimo…

—Ya lo sabrían si no decapitaras a las personas en los *selfies* grupales.

—Eh, no tengo la culpa de que Matt mida un metro ochenta —me defiendo—. ¿Ya os he mencionado que mide un metro
ochenta?

—Literalmente diez veces —responde Raina.

Anderson se vuelve hacia Brandie y Raina y dice:

—¿Os he dicho que pronunció bien Esquilo? ¿En el primer intento? —interviene Anderson.

—Parece el novio perfecto —señala Brandie.

—Así es —dice Anderson—. ¿No os gustaría… quitarle la
chaqueta deportiva y dejar que…?

—¿… te lleve a la cama? —finaliza Raina.

Anderson contiene una sonrisa y niega rápidamente con la cabeza.

—Vale. —Observa la puerta de la oficina de la señora Zhao—. ¿Alguna noticia?

—Ninguna —dice Raina—. Ni siquiera una pista. Harold cree que será *A Chorus Line*.

Anderson se gira para mirarla de frente.

—¿Por qué?

—Quizás sea un presentimiento. —Raina se encoge de hombros—. O quizás los pelirrojos solo tengan una buena intuición.

—¿Acaso los pelirrojos tienen un sexto sentido?

—Al parecer sí, según Harold.

Harold MacCallum: el pastelillo más dulce de todos. La mismísima personificación de un rayo de sol. Y el novio de Raina. Se conocieron hace aproximadamente un año en el grupo de apoyo en línea para personas transgénero que dirige Raina. Harold es cis, pero su hermane gemele es no binarie y, de hecho, vive bastante cerca de mi casa. Es un chico muy tímido y maravilloso, incluso con la torpeza que lo caracteriza. Cuando Raina habla de él, siempre hay sonrisa en su voz.

—Vale, tengo una teoría —dice Anderson—. Este año es medieval.

—¿Qué?

—Claro. El año pasado se hizo *West Side Story*. Cuando estábamos en primero, se hizo *Into the Woods*. Y cuando estábamos en octavo curso, hicieron *Bye Bye Birdie*.

—¿Y eso qué tiene que ver? —pregunta Brandie.

—Ahora te lo explico. El presupuesto es muy bajo, ¿no? Por eso siempre usamos dos tipos de vestuarios: los años cincuenta o la Edad Media. Los van alternando para que nadie se dé cuenta. Prestad atención, Zhao llegará en cualquier momento con la hoja de inscripción. —A Andy se le marcan los hoyuelos, lo que significa que está disfrutando de prolongar el momento antes de compartirnos toda la información—. Ya lo veréis. La temática de este año será medieval. Recordadlo. *Cenicienta, Camelot…*

—O será *A Chorus Line* —lo interrumpo—, y quedarás como un idiota.

—Sí, pero… —Levanta un dedo—. *A Chorus Line* con ropa medieval. Piensa en el dinero, Garfield. Siempre en el dinero.

Raina y yo resoplamos al unísono. Pero antes de que podamos responderle con un comentario ingenioso, la puerta de la señora Zhao se abre con un chirrido.

Y todos los ruidos del pasillo se apagan.

Anderson me toma de la mano, y el corazón se me sale por la boca. Lo cual no tiene sentido, ya que no hay nada de suspense en lo que está a punto de suceder. Todos los años ocurre lo mismo. La señora Zhao anuncia el musical de otoño el primer día de clase. Luego me paso una o dos semanas enloqueciendo sin razón, escuchando la banda sonora una y otra vez y fantaseando con mi papel soñado. Siempre tengo el mismo pensamiento absurdo. Tal vez este año sea diferente. Tal vez esta vez las cosas cambien. Pero la verdad es que siempre sé con exactitud dónde estará mi nombre cuando se publique la lista del elenco.

Al final de la página. Con un papel sin nombre en el musical. Tengo fama interpretando ese tipo de papeles.

Pero de alguna manera, el anuncio del musical siempre me emociona. La forma en la que todos nos quedamos inmóviles cuando la señora Zhao sale de la sala de teatro. La forma en la que mantiene el rostro impasible y no hace contacto visual con nadie hasta que cuelga oficialmente la hoja de inscripción en la puerta.

Al menos, así suele ser.

Pero cuando la puerta por fin se abre, no es la señora Zhao quien está allí.

19

Escena 2

Anderson me suelta la mano.

—Mierda.

Ese gesto me indica que no es un producto de mi imaginación.

Pero algo no cuadra. Él no es de Roswell. Ni siquiera es de Georgia.

El corazón se me sube a la garganta.

Porque Matt. El guapísimo Matt. Cola-Matt.

Está aquí.

—¿Estáis bien? —Brandie parece preocupada—. ¿Lo conocemos?

—¡Shh!

—Nos ha visto. —La voz de Anderson suena ahogada—. Ay, Dios. ¿Qué está haciendo aquí? Qué… holaaaaa.

Está caminando hacia nosotros. El MISMÍSIMO Cola-Matt está caminando hacia nosotros, mientras nos observa a Andy y a mí con sus ojos azules. Y joder. No hemos saciado nuestra sed. Es imposible. Imposible, imposible.

—Eh. Hola.

Su ligero acento de Alabama.

—¿Qué haces…? —Mi voz se desvanece.

—Acabo de mudarme a la ciudad —comenta mientras se pasa una mano por el pelo.

—Tú… —Parpadeo—. ¿Vas a estudiar aquí?

—Sí, estoy en último año.

—Míralos. Mira sus rostros —le murmura Raina a Brandie.

—Es amor a primera vista —susurra Brandie.

—O algún maldito flechazo compartido a primera vista.

Vaya. Qué sutiles. ¡Y qué prejuiciosas! Raina no lo entiende. Ninguna de las dos lo entiende, y dudo que alguna vez lo hagan.

Esta es la verdad: los flechazos son inútiles sin Andy. O peor, son dolorosos. Enamorarse de alguien solo es como ensayar sin un compañero de escena. No hay nadie a quien enfrentarse, y tu voz suena falsa y fuerte.

Pero ni mi voz ni mi cerebro están funcionando en este momento. Apenas estoy prestando atención a la conversación. Estoy demasiado concentrada en el hecho de que Matt acaba de estrechar la mano de Brandie y de presentarse con su nombre completo. Como un abuelo. Es adorable.

Matt Olsson.

No me puedo creer que esté aquí.

Me puse muy triste cuando terminó el campamento. Es una tontería, porque ni siquiera éramos grandes amigos. No es que nos quedáramos despiertos hasta tarde intercambiando secretos en las literas. Literalmente descubrimos el apellido de este chico hace cinco segundos.

Pero sentía que lo conocíamos. Y no solo por aquella vez que mencionó a Esquilo e hizo que Andy tuviera una erección. No me importa Esquilo. Me siento muy… no lo sé. Desconcertada. Esa es la palabra.

Porque aquí está Matt Olsson, como si recién hubiera salido de un cómic de Archie. Con el pelo del color de la arena y sencillamente hermoso, de pie justo delante de nosotros. Es un estudiante de último año. En el bachillerato en el que YO estudio. En mi ciudad. En Roswell, Georgia, a unos treinta kilómetros al norte de Atlanta, hogar de un Super Target muy bien abastecido, de muchísimas sucursales de la Casa de los Gofres y de una asombrosa cantidad de *f-boys*.

Nuestras miradas se encuentran.

—Tu cabello se ve diferente.

—Es muy raro verte de nuevo —digo, apenas en voz alta.

—Sí, lo sé. —Matt se ríe—. He venido aquí para la primera hora. —Hace un gesto vago hacia la sala de teatro—. No pensé…

—¿Tu primera clase es con la señora Zhao? —Anderson abre los ojos como platos—. ¿Tienes Teatro Avanzado?

Teatro Avanzado, mejor conocido como T Avanzado. No tengo ni idea de por qué, excepto por el hecho de que la clase es para estudiantes de último año, y a la gente le gusta decir: «T veo en T Avanzado». Sin embargo, es la clase de las leyendas. Zhao ni siquiera te tendrá en cuenta a menos que te tomes en serio el arte dramático. Al parecer, los dos primeros meses sirven estrictamente para generar confianza entre los estudiantes, porque las cosas se ponen bastante intensas, y solo funciona si eres vulnerable. Todo el mundo dice que sales de T Avanzado con un máster en actuación. No sé si me lo creo, pero sí sé que esta asignatura une a las personas de por vida. Andy y yo tenemos ganas de inscribirnos desde primero.

—Vale —dice Matt—. Se supone que debo llevar un formulario a la oficina del señor Merced.

—¿Ahora? —Brandie apunta con el mentón hacia la puerta—. Pero la señora Zhao está a punto de anunciar el musical. En cualquier momento.

—¿Es un secreto?

Raina se da la vuelta para mirarlo con los ojos entrecerrados.

—Te lo ha dicho, ¿verdad?

Matt nos dedica la sonrisita culpable más encantadora que he visto en mi vida.

—Dinos. —Anderson junta las manos—. Te lo suplicamos.

—¿Debería? —Matt inclina la cabeza.

Vale, ¿cómo es que ya está bromeando con nosotros? ¿Cómo es un tío tan guay? Yo todavía estoy tratando de que la cabeza deje de darme vueltas, y aquí está Matt, troleando al grupo como si nos conociera desde hace años.

—Bueno, si el musical fuera *Once Upon a Mattress*, ¿querríais saberlo?

—Qué cabronazo. —Raina parece tan atónita como yo. Zhao le ha revelado el musical a Matt. Vaya. Hasta aquí ha llegado la tradición. Al igual que la pompa y la circunstancia y la discreción. Simplemente… se lo ha dicho. A Matt.

A Cola-Matt. Que ahora estudia aquí.

Vale, necesito calmarme con unos ejercicios de yoga. Inhalemos lentamente. Contemos hasta diez. Exhalemos lentamente. Kate Garfield, estás fresca como una lechuga. No te estás volviendo loca. Nop. No tienes el cerebro sobrecargado.

Matt me mira y sonríe.

Bueno, ahora no puedo pensar con claridad, ni siquiera puedo respirar bien, ni siquiera puedo mantener la cabeza en alto, ni siquiera puedo…

—Tengo que hacer pis —susurra Andy.

Asiento con calma cuando por fin recupero el aliento.

Tengo que hacer pis.

Es nuestro código de escape mágico.

Escena 3

Vale, no es del todo un código.

Significa reunión privada en el baño. En concreto, en el baño de chicos al final del pasillo de teatro, también conocido como el Baño Olvidado en el Tiempo. El BOT. Somos los únicos que lo usamos. Bien mirado, es un baño decente. Hay pocos grafitis en las paredes, y los que hay tienen un toque *vintage* agradable (en su mayoría, son penes hechos con rotuladores permanentes e iteraciones puntiagudas y estilizadas de la letra S). Nos dirigimos directo a nuestros compartimentos favoritos, uno al lado del otro, y nos sentamos en los retretes. Ni siquiera recuerdo cómo llegamos a este arreglo. Solo sé que es extrañamente íntimo sentarse así, uno al lado del otro en un par de cubículos, y hablar a través de la pared parcial que los divide. Soy judía, pero tal vez así es como te sientes al confesarte. Cuando estamos aquí, siempre comparto un poco más de lo que creo que voy a decir.

—Qué. Coño. Está. Sucediendo. —dice Anderson. Aunque no pueda verlo, sí soy capaz de imaginármelo a la perfección: sentado a horcajadas en el asiento del retrete, como si estuviera montado en un burro. Bastante incómodo, a decir verdad.

—Espera, ¿estamos hablando del musical o…?

—De Cola-Matt. No lo he soñado, ¿verdad? ¿Está aquí? ¿En nuestra puta escuela?

—Cola-Matt está en nuestra puta escuela —confirmo.

—Pero ¿por qué?

—¿Porque acaba de mudarse aquí?

—¿Por qué se mudaría aquí? —Andy exhala.

—Tal vez nos ha seguido, ¿no crees? —Deslizo los pies hacia adelante sobre las baldosas.

—Ay, cielos. Se ha enamorado de nosotros y nos ha seguido desde el campamento.

—ESPERA…

—Tiene que haberlo sabido, ¿verdad? —pregunta Andy.

—Eso creo. Definitivamente. Es demasiada coincidencia…

—Pero —señala Andy—. Pero, pero, pero. Era evidente que estaba sorprendido de vernos.

—Podría haber estado actuando.

—Es cierto, está inscrito en la clase de Teatro Avanzado.

—Esto es muy extraño —digo, por lo que parece ser la millonésima vez esta mañana.

—MUY extraño.

—¿Cómo vamos a…?

Pero mi voz se desvanece, porque de la nada, la puerta del baño se abre con un chirrido. Y un momento después, se escucha el sonido de alguien meando en un urinario.

Recibo un mensaje de Anderson: EHHHHHHH

Le respondo: iiiiiiiiiintruso!!!!!!!!!

UN INFILTRADO. CÓMO SE ATREVE, escribe Andy, y yo suelto una risita antes de que pueda detenerme.

El chorro de pis se detiene de forma abrupta.

Durante un momento, se produce un silencio absoluto.

—Puedes seguir meando —dice Anderson al final.

Esta vez me tapo la boca con las manos para no reírme.

El infiltrado se aclara la garganta.

—¿Eh…?

—Estás en el lugar correcto —dice Anderson—. Sigue con lo tuyo y que tengas un día maravilloso.

¿¿QUE TENGAS UN DÍA MARAVILLOSO??, le escribo a Andy. Suenas como el líder de una secta.

Vale, pero ¡¡¿por qué no está meando?!!

Porque lo has asustado y ahora no quiere unirse a tu secta de «días maravillosos».

Solo estás celosa de que en mi secta sea un día maravilloso, escribe. De todos modos, tú eres la que se ha reído. ¿¿Quién hace eso??

Eh, yo. Obviamente.

Katy, no se va, ¿¿¿qué hacemos???

¿Quién crees que es?, le contesto.

DIOS MÍO

ESPERA

Al principio solo veo puntos suspensivos en el chat. Y luego nada. Y luego el emoji de una bombilla, seguido de un *selfie* en primer plano de los ojos abiertos de Anderson.

Luego: ¿¿¿Es MATT???

—¿Estoy interrumpiendo algo?

Esa no es la voz de Matt, le respondo.

—Nop —dice Andy, radiante—. En absoluto. Estamos, ya sabes…

—Meando —digo con rapidez—. Solo meando.

—¿Kate? —pregunta el intruso.

Y en ese momento reconozco la voz, aunque dudo que Andy lo haga. Me levanto del trono y desbloqueo la puerta, pero hago una pausa antes de abrirla.

—¿Te has subido los pantalones?

—Qué gran pregunta, mini Garfield.

Mmm. ¿Adivina cuánto me gusta que alguien que tiene seis semanas menos que yo me llame mini Garfield?

—Necesito escuchar una confirmación verbal, Noah.

—Sí, tengo los pantalones bien puestos.

Abro la puerta y echo un vistazo hacia afuera.

—¿Por qué estás aquí?

—¿En el baño de chicos? ¿Por qué estás tú aquí?

Noah Kaplan, el *f-boy* de al lado. Vale, técnicamente es el *f-boy* que está al otro lado de la calle, y solo cuando estoy en la casa de mi padre. Él y mi hermano son inseparables, a pesar de que Ryan está en último año. Supongo que es una de esas amistades del equipo de béisbol que no tienen límite de edad.

—Este no es el vestuario —exclama Anderson desde el cubículo.

Andy no tiene paciencia para los *f-boys*. Ni para las *f-girls*. Ni para cualquiera que esté remotamente aliado con la fuerza F. Pero ¿quién podría culparlo? La población de *fuckboys* en nuestro instituto no organizó precisamente un desfile del Orgullo cuando Andy salió del armario. Noah no es tan malo… es el típico *f-boy* cachondo, no el homofóbico. Es uno de esos chicos que siempre está coqueteando de forma ostentosa, dando demostraciones públicas de afecto o siendo abandonado a gritos en el pasillo del instituto. El año pasado tuvo dos citas para el baile de bienvenida, y ni siquiera era un secreto. Tenía dos flores en el ojal.

Una vez, Andy miró a Noah y, sin venir a cuento, le preguntó: «¿Los chicos hetero están bien? ¿Necesitan ayuda?».

Es la pregunta que todos nos hacemos.

Noah esboza una sonrisa irónica.

—No estoy buscando el vestuario. —Se arremanga la sudadera y me doy cuenta de que lleva una escayola de fibra de vidrio de un blanco brillante que le llega casi hasta el codo.

—Vaya. ¿Qué te ha sucedido? —pregunto.

—Fractura de radio distal.

—¿Te has lesionado haciendo deporte?

—Algo así.

Anderson entreabre la puerta de su cubículo y se asoma.

—Qué lástima que no hagamos *Dear Evan Hansen*.

—Esa es una referencia a un musical —señala Noah.

—Noah Kaplan —dice Andy—. Estoy sorprendido.

—Estoy practicando para la clase de teatro de primera hora —dice Noah.

—Un momento. —Salgo del cubículo y cierro la puerta detrás de mí de golpe—. ¿T Avanzado?

—¿De qué hablas?

—T Avanzado. La clase. Teatro Avanzado. Andy, ven aquí. —Me apoyo contra la puerta de mi compartimento para observar Noah de arriba abajo—. Estás en penúltimo año.

Anderson sale del compartimento con delicadeza, como si estuviera saliendo de una limusina. Mira a Noah directo a los ojos.

—¿Cómo lo has hecho?

—Digamos que... ¿me la han asignado? —Mira de Anderson a mí, y noto que se le forman arruguitas en los rabillos de los ojos color café. Una expresión clásica de Noah. ¿Nunca has almacenado la imagen congelada de una persona en el cerebro, casi como si se tratara de una foto de contacto mental? Eso me sucede con Noah. No puedo evitar pensar en su mirada eternamente resplandeciente. No es que sigamos siendo amigos, pero siempre está cerca: en las fiestas del vecindario que organiza mi padre, o con Ryan, tirado en nuestra sala de estar viendo la televisión en los días lluviosos.

Anderson, quien al parecer se ha transformado en un abogado de la tele, inicia su contrainterrogatorio.

—¿Te han dicho algo por ser un estudiante de penúltimo año?

—Nop.

—¿O por el hecho de que nunca has hecho teatro?

—He tenido que dejar Educación Física, y aquí había lugares disponibles. —Noah se encoge de hombros.

—¿Qué? —Andy respira hondo—. ¿Por qué hay lugares disponibles?

—Nunca hay lugares disponibles —digo.

—A menos que… —Andy hace una pausa para escribir algo a toda velocidad en su móvil. Luego me pone la pantalla en la cara—. ¡Kate, mira, mira, mira!

Es el sitio web del bachillerato Roswell Hill. *Departamento de música. Noticias y actualizaciones.*

Alzo la vista para mirar a Andy.

—¿El coro ahora cuenta como una clase?

—Sí, es nueva. Había visto el anuncio, pero nunca había atado cabos. —Anderson parece que se ha quedado sin aliento—. Katy, es a primera hora…

—Así que solo coincide con…

—¡Sí! Sí, así es. Con razón…

—¿Estáis bien? —pregunta Noah.

—Nunca he estado mejor. —Anderson me toma de la mano y tira de ella, y lo siguiente que sé es que estamos a medio camino de la oficina del consejero escolar.

Escena 4

—No lo entiendo —dice el señor Merced, el orientador. Es nuevo (lo cual resulta prometedor) y joven. Así que tal vez sea una persona malcable—. Me estáis pidiendo que os transfiera a la clase de Teatro Avanzado.

—Sí. —El corazón me late desbocado.

—No estoy seguro de que el sistema me lo permita. —Se sube las gafas y echa un vistazo al monitor.

—Pero ¿lo intentará? —pregunta Anderson.

El señor Merced ya está tecleando.

—¿Andrew… Walker?

—Anderson Walker.

—Ah. Vale. Sip, aquí estás. —El señor Merced frunce los labios mientras se desplaza por la pantalla—. Veo que a primera hora tienes…

—Tiempo de estudio —confirma Andy—. Solo eso. Un desperdicio. De veras, ¿quién va al aula de estudio durante la primera hora?

El señor Merced enarca las cejas.

—YO. Yo iría. Porque nunca faltaría a clases —añade Anderson con rapidez—. Nunca lo haría.

—Yo tampoco. Nunca. —Asiento.

Anderson se desliza hacia el borde del asiento y planta los codos en el escritorio del señor Merced.

—De hecho, varios estudios han demostrado que la participación en las artes ayuda a los estudiantes...

—Vale, señor Walker —lo interrumpe el señor Merced—. Listo.

—Espere... ¿qué?

—Primera hora, Teatro Avanzado, Zhao, aula...

—No, lo sé. Pero... ¿ya estoy inscrito?

—Te imprimiré un horario actualizado para que puedas ir a clase ahora mismo. ¿Necesitas un pase de pasillo?

Anderson desvía la mirada hacia mí, con la mandíbula abierta.

—¿Qué hay de mí? —digo—. Kate Garfield.

El señor Merced empieza a teclear.

—Y te gustaría hacer el mismo cambio que el señor Walker, ¿correcto? Quieres abandonar el tiempo de estudio y...

—En realidad, tengo tiempo de estudio a séptima hora. A primera tengo Álgebra II con...

—Oh. —El señor Merced frunce el ceño—. Señorita Garfield, si la clase que tienes a primera hora es una asignatura troncal...

—Sí, lo sé. —Las palabras salen de forma atropellada—. Pero si pudiera cambiarme a la sección de tercera hora...

—Me temo que no...

—O si movemos Química a la cuarta, tal vez...

Alguien llama a la puerta, y el señor Merced se pone de pie.

—Ya ha llegado mi cita de las nueve.

—Un momento...

—¡Casi lo olvido! —El señor Merced nos señala haciendo pistolitas con los dedos—. Vuestros pases de pasillo. —Saca un bloc de color rosa brillante y un bolígrafo de su cajón—. Vale... señorita Garfield. —Destapa el bolígrafo, todavía de pie—. Hora: 08:57... pase para Álgebra II... con... la señora Evans. Aquí tienes. —Me lo entrega, y se me hunde el corazón hasta las zapatillas—. Y señor Walker... digamos 08:58... pase para Teatro Avanzado... con... la señora Zhao.

—Espere, espere, espere —dice Anderson mientras se levanta del asiento de golpe—. Tiene que haber algo que...

Pero el señor Merced ya nos está acompañando a la puerta.

—Notificaré al profesor encargado del aula de estudio sobre el cambio. No te preocupes.

Luego, con un movimiento suave, abre la puerta y nos lleva hacia el vestíbulo, donde un chico llamado Frank Gruber está esperando con un horario medio arrugado. En realidad, no conozco muy bien a Frank, aunque casi siempre nos emparejaban por razones alfabéticas. Pero tuve uno de esos flechazos pasajeros en noveno grado. A veces hablábamos en clase, pero él tenía la costumbre de enmudecer en mitad de una oración mientras me miraba la boca. Como si fuera un satélite saliendo de su órbita. Y el hecho de que yo, Kate Eliza Garfield, tuviera la habilidad de sacar a un chico guapo de su órbita era electrizante.

Excepto que... Anderson no creía que Frank fuera mono en absoluto, y eso lo hizo cien veces menos atractivo en el acto. Sé que suena horrible, pero así funcionan las cosas para mí. Para que un flechazo realmente tenga futuro, a Andy también le tiene que gustar el chico. De lo contrario, un interruptor se activa dentro de mí, y de pronto el chico ya no me resulta guapo y toda la situación se torna agria, en vez de electrizante. Y a Andy le pasa lo mismo cuando se trata de mí. Raina dice que es otro ejemplo más de que somos codependientes, y por eso ninguno de nosotros ha salido con nadie más que con el otro.

Por supuesto, Frank Gruber simplemente pasa junto a nosotros hacia la oficina del señor Merced. Ni siquiera nos dedica una mirada.

La puerta se cierra y parece que Anderson está a punto de deshacerse en lágrimas.

—Katy, lo siento mucho. Esto es una mierda. Puedo volver a cambiar…

—No pasa nada.

—Sí que pasa. Estamos hablando de T Avanzado. Íbamos a cursar la asignatura juntos.

—Sí, bueno. —Me encojo de hombros, y él hace una mueca. Y vale, esto no me enorgullece, pero una pequeña parte en lo profundo de mi interior se alegra de que se sienta fatal. Sé que no es culpa suya. Y sé que es solo una clase. Hasta hace diez minutos, nunca había soñado con la posibilidad de cursar Teatro Avanzado este año. Pero no puedo evitar sentir que me han arrebatado algo, justo frente a mis narices.

Porque no es solo T Avanzado. Es T Avanzado con Matt.

Anderson va a compartir una clase con Matt.

—Katy. En serio. —Anderson me agarra de las manos—. Le pediré al señor Merced que me vuelva a cambiar. Haremos la clase juntos. El año que viene. Tú y yo.

—Andy, basta.

Arruga el entrecejo.

—No pasa nada. Ve a clase. —Esbozo una sonrisa forzada—. Alguien tiene que conseguir información sobre Matt.

Asiente con lentitud

—Es verdad.

—Y obviamente me lo contarás todo.

—Todo. Con lujo de detalles. Lo prometo. —Anderson me abraza—. Eres tan…

—Oye, no quiero llegar tarde a mi primera clase. —Levanto el Pase Rosa de la Perdición Algebraica—. Me tengo que ir.

Escena 5

Hace mucho que ha terminado la jornada escolar. Pero Andy y yo, lamebotas de primera clase, estuvimos casi una hora pegando anuncios de la audición de la señora Zhao por todo el instituto. ¿Nunca has tenido a un profesor por el que harías cualquier cosa? ¿El que sería tu mejor amigo en cualquier otro contexto, tanto en las buenas como en las malas?

Eso ocurre con la señora Zhao. No es broma. Todos la adoramos de verdad. Es una cuarentona con esposa, hijos y todo, pero siempre está al día con las noticias, la cultura pop y prácticamente con todos nuestros tontos memes. Pero no es forzado. Se nota que nos considera personas geniales e interesantes. Lo cual no debería ser una postura revolucionaria para una profesora, pero lo es.

Cuando llegamos a casa, el coche de mi madre está en el garaje, y el de Ryan ocupa todo el camino de entrada. No importa. Como somos vecinos, Andy siempre aparca en su casa, y luego atravesamos nuestros jardines delanteros contiguos para regresar a la mía. Los perros nos reciben como héroes cuando cruzamos la puerta. Charles y Camilla, cachorrito y cachorrita, respectivamente.

Mi madre está en la cocina, preparando un plato de tentempiés. Se le ilumina el rostro cuando entramos.

—¡Ay, hola! Katy, tu hermano acaba de irse. Ha salido a correr.

Claro que sí. Lo juro, Ryan es un adicto a la televisión por naturaleza, pero hoy en día nunca lo sabrías, sobre todo durante la temporada de béisbol. Está en modo atleta total.

—¿Estás haciendo arte con galletas Goldfish? —pregunta Anderson.

Echo un vistazo más de cerca al plato de mi madre y, en efecto, hay galletitas multicolores con forma de pez dispuestas en espiral, siguiendo el orden del arcoíris. Por lo general, Ryan y yo estamos acostumbrados a estar solos en casa. A Andy le ocurre lo mismo; como sus padres son médicos, es normal que atiendan a pacientes hasta la hora de la cena. En cambio, mi madre es profesora de música de secundaria, lo que significa que es responsable del coro después de clase y del espectáculo de variedades. Pero cuando llega temprano a casa, le gusta ser lo más excesiva posible.

Se acerca con su obra maestra de galletas Goldfish, pero primero aprovecha el momento para saludarlo con una ronda de besos en la mejilla.

—Mi chiquito. *Mua*.

Es curioso, cuando se trata de Ryan y de mí, mamá está obsesionada con la idea de no tener favoritos. Se esfuerza para que no haya ningún tipo de diferencia entre nosotros: nos da la misma paga y nos sirve tazones de cereales del mismo tamaño en el desayuno. Estoy casi convencida de que nos llamó Ryan y Kate para gastar la misma cantidad de dinero en cada juego de letras de madera personalizadas que compró para hacer los letreros que tenemos en las puertas de nuestras habitaciones. De hecho, técnicamente soy dueña de la mitad del coche de Ryan, y ni siquiera conduzco.

Pero todo eso queda de lado cuando se trata de Anderson, su favorito de verdad. Cuando él está aquí, se vuelve una madre judía hecha y derecha. Es un poco aterrador.

—¿Y bien? ¿Cuál es el musical? —pregunta mientras apoya la espiral de Goldfish entre nosotros. Anderson se hunde en una silla, arrastra varias galletitas rojas del borde exterior.y se las mete en la boca como si fueran palomitas de maíz. Seguido de mucha masticación vigorosa. Monta toda esta escena solo para mantener a mi madre en suspense durante un minuto, porque a este chico le encantan las pausas dramáticas.

Anderson traga por fin y le sonríe de oreja a oreja.

—*Once Upon a Mattress.*

—¡Ay, no puede ser! —Mi madre se lleva las manos al pecho—. Participé en ese musical en el campamento. ¡Era Winnifred!

Los ojos de Anderson se agrandan.

—No me lo creo.

—En serio. —Mi madre lanza una sonrisa amplia—. Fue uno de mis papeles favoritos.

La cosa es que yo sé cantar un poco. Pero mi madre realmente sabe cantar. Cuando tenía mi edad, se lucía en todas las audiciones y siempre terminaba siendo la protagonista de todas las obras. No solo de las obras escolares, ya que también participaba en el teatro comunitario del centro recreativo. Y, por supuesto, era toda una celebridad en el campamento Wolf Lake durante los veranos. Creo que incluso dirigió todo el programa de teatro desde cuarto curso en adelante.

—*Once Upon a Mattress.* ¡Es una pasada! Tengo que contárselo a Ellen. Katy, recuerdas a mi amiga Ellen, ¿verdad? —dice mi madre, que ahora no parará de hablar—… hemos crecido juntas, y éramos mejores amigas en el campamento, pero perdimos el contacto hace… *oy*. ¿Veinticinco años? —Mi madre niega con la cabeza con tristeza—. Tuvimos una de esas peleas absurdas porque ella estaba saliendo con un chico terrible, y ya sabes cómo soy. No puedo mantener la boca cerrada. Ese tío era un idiota. Menos mal que al final rompieron. Ellen es un encanto, seguro que la recuerdas.

—Sip. Ellen del campamento, la que salía con un idiota.

—Peor aún, se casó con ese idiota. *Oy gevalt*. Por suerte, el divorcio está casi finalizado, y ella ha regresado a Roswell...

Mi mente empieza a divagar. Quiero mucho a mi madre, pero es una Bocazas, con B mayúscula. Puede hablar por los codos durante horas. Cuando éramos más jóvenes, Ryan y yo la cronometrábamos en silencio. Por supuesto, Andy asiente con cortesía a cada palabra como el chiquito perfecto que es.

—En la cena de *sabbat* —concluye mi madre—. En fin, no quiero entreteneros. Apuesto a que os morís de ganas de escuchar esa banda sonora.

—Oh, no... —empieza a decir Andy, pero lo interrumpo.

—Sip. SIP. Tengo que ir a practicar para el musical. Gracias, mamá. Eres la mejor.

Escucha. Cuando mi madre te ofrece una vía de escape, la aprovechas.

Escena 6

Por desgracia, la clase de Historia Avanzada me está arruinando las horas que dedico a soñar despierta. Me parece una falta de respeto que los profesores pretendan que nos concentremos en los puritanos cuando faltan ocho días para las audiciones.

Tengo que pensar en muchas cosas para ese momento. Con qué canciones me voy a presentar a la audición, cómo voy a controlar la respiración y a cuántas personas Zhao les va a dar un papel solo por ser estudiantes de último año. Cada pocos años, a la señora Zhao se le mete en la cabeza que los estudiantes de último año deben interpretar todos los papeles buenos. Lo cual sería una excelente mentalidad a futuro… señora Zhao, siéntase libre de hacerlo el próximo año. Sin embargo, si lo hace en esta ocasión, ni siquiera tengo una oportunidad.

El problema es que ya me he hecho ilusiones. Típico de mí, soñando con estar en el centro de las miradas. Con mi nombre en la parte superior del elenco. Con mi voz, amplificada por el micrófono inalámbrico que tengo en las manos. Con ovaciones de pie. Con aplausos atronadores. Todos los años vuelvo a quedar fascinada por estas ocurrencias.

Y todos los años vuelvo a quedar desilusionada.

Es una tontería. Querer un papel protagónico. Tener partes de canto. Apenas he tenido un papel con diálogo antes. Ni siquiera creo que pueda lograrlo. A quién le importa si sueno bien cuando estoy sola en mi habitación. Todo el mundo sabe que soy un desastre bajo presión.

Todos lo saben.

Pero parece que no puedo evitar soñar despierta. Cada vez que cierro los ojos, me imagino como la princesa Winnifred the Woebegone. En el centro del escenario, con un vestido medieval ingeniosamente desaliñado, cantando sobre pantanos. Sentada encima de una pila de colchones, mientras el resto del elenco se abre en abanico a mi alrededor.

Además, estoy siguiendo los pasos de grandes actrices. Carol Burnett. Sarah Jessica Parker. Tracey Ullman. Mi madre. Es el tipo de fantasía en el que me encanta vivir.

Inconvenientemente, el señor Edelman quiere aprovechar la clase Historia Avanzada para enseñarnos sobre la historia de los Estados Unidos, y hoy, eso significa trabajar en hojas de ejercicios. Se nota bastante el nivel de desesperación de un profesor por la rapidez con la que recurre a las hojas de ejercicios.

Es el tercer día de clase.

Al menos nos ha separado en grupos. Pero los grupos no son los ideales. Me ha tocado con Brandie, pero en vez de Raina y Anderson, tenemos que trabajar con un *f-boy* llamado Jack Randall. No hace falta decir que no vamos muy bien con los deberes. En parte porque Jack es un gilipollas y los puritanos son aburridísimos, pero también porque Brandie y yo estamos ocupadas con nuestra investigación.

—¿Cómo sabemos si es la versión original o el nuevo montaje? —pregunta Brandy.

—Yo te monto —dice Jack. Porque los comentarios vagamente sexuales pertenecen a la lengua materna de todos los *fuckboys*. Como Brandie no levanta la mirada de su móvil, se inclina más cerca e inhala de forma dramática—. Brandie Reyes. Qué bien huele tu cabello. A mí gustar.

Joder, habría que golpear en las pelotas a todos los que digan «a mí gustar». Me dejaré la piel si hace falta.

—Es por el champú —dice Brandie.

De todos los integrantes del grupo, Brandie es la más paciente con los *f-boys*, como lo demuestra el hecho de que no ha golpeado a Jack en las pelotas. Raina es todo lo contrario: a estas alturas, el golpe en las pelotas está implícito con solo mirar a un *f-boy*. Es bastante divertido presenciarlo en el día a día. No sé por qué Raina y Brandie tienen un imán para *fuckboys* cuando están juntas. Mi teoría es que ambas son muy bonitas, pero de formas muy diferentes. Raina tiene uno de esos rostros con los pómulos marcados y sin poros, y básicamente se parece a la típica hermana menor sensata de todas las actrices blancas de cabello castaño que trabajan en la cadena de televisión CW. En cambio, Brandie emana la energía de una chica común y sin pretensiones, vestida con ropa bohemia de ensueño. Además, Brandie suele hacer caso omiso de todos los que intentan ligar con ella, lo cual resulta completamente irresistible para un tipo específico de *fuckboy*. Así es como hemos llegado a esta maravillosa escena en la que Jack se empecina en averiguar más sobre la rutina de cabello de Brandie. Y está más que claro que ninguno de nosotros ha abierto el paquete con las hojas de ejercicios.

Jack echa un vistazo por encima de mi hombro.

—¿Estás mirando porno?

—¿Perdón?

—¿*Mattress* no significa colchón? Mieeeeeerda.

—Es un musical. —Empiezo a buscar los auriculares en mi mochila. Algo me dice que necesitaré un poco de ayuda para que la voz de Jack desaparezca.

—¿Un musical porno? —pregunta, sin inmutarse. Escucho la risita de Anderson a lo lejos—. ¿No crees que sea gracioso, Garfield? —Jack inclina la cabeza y sonríe—. Tu novio sí lo cree.

Se refiere a Andy, claro, aunque en realidad sabe que Andy no es mi novio. A estas alturas, todos sabemos que Anderson ha salido del armario. Lo curioso es que Anderson y yo salimos una vez en séptimo curso. Se dio cuenta de que era gay después de nuestro segundo beso.

Sin embargo, me molesta un poco la manera en la que la gente reacciona ante nuestra cercanía. Si fuéramos una pareja, a nadie le parecería raro. Pero la gente siempre nos dice que si no supieran que Andy es gay, nunca creerían que solo somos amigos.

Es una mierda. En primer lugar, somos mejores amigos.

En segundo lugar, no somos *solo* amigos. Así no funcionan las amistades. Sí, Andy es gay. No, no somos una pareja. Pero Anderson Walker es la persona más importante de mi vida, sin lugar a dudas.

—*Once Upon a Mattress*. —Jack sonríe—. Es imposible que sea un musical de verdad.

Me pongo los auriculares y me desplazo por mi biblioteca de música. Tal vez sea mejor escuchar a Lizzo. Es la única que podría ahogar este nivel de descaro de un *fuckboy*.

—Búscalo en Google —respondo.

Luego presiono el botón de reproducción.

Escena 7

Raina golpea la mesa del almuerzo con las palmas.

—Inventario final.

—En Spotify está la banda sonora. —Me siento a su lado y saco mi almuerzo de la bolsa de papel—. Tenemos dos versiones de la película…

—¿Y las pistas de karaoke?

—Están en YouTube —afirma Andy—. Además, la madre de Kate también ha estado en el musical, así que…

Escucho unas risotadas detrás de mí y ni siquiera tengo que darme la vuelta para saber de qué mesas provienen. No estoy diciendo que Roswell Hill sea como uno de esos dramas adolescentes en los que la cámara recorre la cafetería y hace zoom en cada grupo perfectamente diferenciado del instituto.

Pero la fuerza F.

No sé cómo explicarlo. Cuando están solos, no son tan malos. Jack Randall es un dildo humano, y estoy bastante segura de que Mira Reynolds y Eric Graves son realmente supervillanos, pero la gran mayoría es guay por separado.

Por el contrario, cuando están juntos, la realidad es completamente diferente.

No quiero ser la gilipollas que siempre juzga a los demás. Sé que me estoy aferrando a cosas que sucedieron hace años. En la primaria. En la secundaria, incluso. Pero las heridas de la fuerza F son algo serio.

—Eh —dice Andy, observando un punto por encima de mi hombro—. Creo que Chris Wrigley acaba de violar la sudadera de tu hermano.

—¿Acaba de hacer... qué? —Giro la cabeza y localizo a Ryan en un instante. Reconocería su postura encorvada en cualquier lugar. Está de espaldas a nosotros, sentado entre Vivian Yang y Chris Wrigley—. No veo nada...

Andy levanta el mentón.

—Solo mira.

Durante casi un minuto no ocurre nada, pero luego sí sucede algo a la velocidad de un rayo. Chris Wrigley, un *fuckboy* con una misión en mente, estira el brazo hacia Ryan como si fuera a darle un abrazo de costado. Pero tiene algo en la mano... ¿una patata frita? Observo con desconcierto cómo la mano de Chris se cierne sobre la capucha de Ryan y se detiene como el gancho de una máquina de peluches antes de soltar el premio.

Ryan no se percata de lo que está pasando, ni por asomo.

—Le ha puesto como quince patatas —dice Andy.

—Pero ¿por qué?

—¿Porque es un imbécil? —Andy se encoge de hombros.

Me doy la vuelta en el asiento para mirar a Chris y Ryan. No lo entiendo. En serio. Ryan se lleva bien con Chris. Se lleva bien con todos. Es un chico guay en general.

—¿Debería ir a rescatarlo?

—¿De unas patatas? —pregunta Raina.

Niego con la cabeza mientras fulmino con la mirada a Chris.

—De ser la víctima de un maldito *fuckboy*.

—¿Te refieres a su compañero de equipo? —añade Raina—. ¿Con el que ha elegido sentarse?

—No ha elegido vestirse con el almuerzo de Chris Wrigley. —Empujo mi silla hacia atrás—. Lo siento, pero esto es *bullying*.

—Eh, no estoy segura —dice Raina—. Creo que así se tratan los *f-boys* entre ellos.

—Ryan no es un *f-boy*. —Le doy un golpe en el brazo, y ella sonríe.

No puedo evitar devolverle la sonrisa. Es una especie de chiste interno entre nosotros. Nadie, realmente nadie, puede llamar *fuckboy* a mi hermano. No me importa si Ryan parece un *f-boy* o juega al béisbol con *f-boys*. No me importa si se tatúa una gran F de color rojo en el pecho. No me importa.

Y sí, para ser sincera, me molesta que Ryan pase el rato con gilipollas como Chris Wrigley. O con Eric Graves y Mira Reynolds. Sobre todo, con Eric Graves y Mira Reynolds. No me gusta. No lo entiendo. Pero no es que sean sus mejores amigos. Diría que Ryan se encuentra en los límites difusos de la fuerza F. Apenas está aliado con ellos, pero no es un gilipollas. Es solo un deportista al que no le gusta causar problemas.

Chris, quien al parecer ya se ha quedado sin patatas, lanza una servilleta a la capucha como si fuera un balón de baloncesto. Ryan ni siquiera se inmuta. Pero el movimiento llama la atención de Vivian Yang; un momento después, empieza a sacar las patatas y la basura de la sudadera de Ryan para luego dejarlas de vuelta en la bandeja de Chris. Ryan se ríe y le da un empujoncito a Chris en el hombro, pero Vivian mueve su silla hacia atrás y se pone de pie. De alguna manera, me mira a los ojos y esboza una sonrisita, y no puedo evitar devolverle el gesto. A decir verdad, Vivian no es tan mala para ser una *f-girl*. Ni siquiera sé si cuenta como una. Tal vez se encuentra en los límites como Ryan.

Lo curioso es que, hasta el noveno curso más o menos, Vivian era muy amiga de Anderson. Sin embargo, Andy nunca habla de cómo se distanciaron. Lo único que sé es que ambos participaban en el coro de la iglesia, compartían clases de canto dos veces por semana y viajaban acompañados de sus padres a las audiciones y los concursos de canto. Pero luego Vivian se unió al equipo de atletismo y abandonó el canto por completo. Supongo que también abandonó a Anderson por completo.

Me doy la vuelta, sobre todo para comprobar si Andy la ha visto, pero noto que está sonriendo a su móvil.

—¿De qué te ríes?

—Oh, de nada. —Sostiene el teléfono en alto para enseñarme la pantalla—. Lindsay me ha enviado un meme.

—¿Lindsay Ward? —Lo miro—. No sabía que os escribíais por mensaje.

El meme ya lo he visto un millón de veces antes, con un personaje de anime y una mariposa. Pero no termino de entender el texto.

Anderson me mira con timidez.

—Es un chiste interno.

—Oh.

—De T Avanzado. Pero no es... sí. Lo siento. —Baja el móvil—. Lo siento, se supone que no debemos hablar del tema.

—Vale. —Siento una tensión en el pecho que no puedo explicar. Raina y Brandie ahora están especulando sobre las audiciones, pero yo tengo los ojos fijos en los de Andy. Es como si hubiera un pequeño campo de fuerza a nuestro alrededor.

—Kate, es que... no. —Andy se inclina hacia adelante—. Hemos acordado no hablar del tema, ¿entiendes? Lo que sucede en T Avanzado se queda en T Avanzado. Es un círculo de confianza.

—¿Y yo no formo parte del círculo?

Andy no dice nada.

—Vaya.

—Katy, no es lo que parece.

—¿Y cuál es el problema, entonces?

—Ninguno. Sería un compañero de mierda si hablara de la clase cuando acordamos específicamente no hacerlo. Eso es todo.

—Claro. —Exhalo, más fuerte de lo que pretendía—. Es que el otro día me dijiste que…

—Lo siento, ¿vale? Sé que he prometido contártelo todo con lujo de detalles, pero literalmente no estoy autorizado a hacerlo. No es…

—¡Andy! Basta, ya lo entiendo. Cielos.

Me sonríe con vacilación.

—¿No estás enfadada?

—No, claro que no. —Me muerdo el labio—. Me resulta extraño, ¿sabes? No estoy acostumbrada a estar al margen de tus bromas internas.

—Lo sé…

—Y no estoy acostumbrada a que haya temas prohibidos entre nosotros.

Es decir, Anderson sabe cuándo estoy con la regla. Yo conozco la graduación de sus gafas y sus cinco tuits preferidos de Chrissy Teigen. Él conoce el tipo de cabello ondulado que tengo. Por el número. Ni siquiera yo conozco mi propio número de cabello. Y no es que seamos macabros, pero sabemos las contraseñas de Instagram del otro, por si uno de nosotros muere. En serio. Lo sabemos todo del otro.

Anderson estira el brazo sobre la mesa y me aprieta la mano.

—Yo tampoco estoy acostumbrado.

Y tal vez sea solo un reflejo, pero no puedo evitar devolverle el apretón.

Escena 8

ndy tiene clase de canto después de clases, y mi hermano está ignorando los mensajes que le he enviado. Eso significa que hoy me toca volver en autobús. Esa es la única desventaja de no conducir.

He guardado mi portátil en la mochila, por encima de las cosas del instituto. En el pasado, llevaba una bolsa de lona de color neón cuando tenía que ir a casa de mi padre, con el tamaño suficiente para guardar lo que necesito para tres noches. Pero a estas alturas, no tengo demasiadas pertenencias para llevar a todos lados. Por lo general, Ryan y yo tenemos la mayoría de las cosas repetidas: dos cargadores, dos cepillos de dientes, dos armarios de ropa. Y mi guitarra casi siempre está en el maletero del coche de Ryan. No hemos tenido ningún inconveniente por el momento.

Cuando suena el timbre, quedo atrapada detrás de un grupo de *f-boys* que está pateando un libro de texto por el suelo. Así que me veo obligada a correr para llegar al autobús, lo que me deja sin aliento. Por supuesto, soy la última en subir.

De todas las personas del instituto, Noah Kaplan está en el asiento de delante, con la espalda apoyada en la ventanilla para observar a todos los que subimos al autobús. Hoy lleva puesto un cabestrillo azul marino, con el brazo pegado al pecho. Normalmente, Noah conduce. E incluso antes de que aprendiera, nunca se habría sentado en la parte delantera del autobús. Pero supongo que tener las muñecas rotas arruina el estilo de vida de los *f-boys*. Lo miro a los ojos, y él asiente.

—Es lo que hay —dice.

—Es lo que hay —repito. Me siento detrás de él y desenrollo los auriculares. Pero en el momento en el que empiezo a buscar algo de música, Noah se desliza a mi lado.

—¿Así que Anderson te ha dejado?

—¿Qué? No...

—Vaya. Te ha abandonado. —Noah niega con la cabeza—. Te ha condenado al infierno del autobús.

—¡Anderson no me ha dejado! Es que ahora...

—... está ocupado con cosas más importantes. Lo entiendo. A veces dejamos atrás a nuestras amistades, mini Garfield.

—Ay, no seas tonto. —Lo golpeo en el hombro—. Tiene clases de canto.

Noah arruga la nariz y sonríe antes de acercarse unos centímetros a mí. Me alejo de él y me pongo los auriculares de forma exagerada.

—Pero esta es la cuestión —declara Noah.

Lo juro, este tío no aguanta dos segundos seguidos sin hablar.

Levanta las palmas.

—Realmente no entiendo qué sentido tiene ir a clases de canto.

—Genial. No es necesario que lo entiendas.

—¿Acaso sirven de algo? —pregunta—. Con los instrumentos es distinto. Estás aprendiendo una habilidad...

—¿El canto no es una habilidad, entonces?

—Me refiero a que sabes o no sabes cantar. Es imposible seguir practicando hasta ser como Beyoncé.

—No, pero puedes entrenar. —Me giro para quedar de frente a él—. Puedes mejorar el control de la respiración, expandir el rango de la voz…

—Pero ¿por qué? ¿Cuál es el objetivo? O sea, si vas a ir a Broadway o algo así, entonces sí, pero el 99,9 por ciento de la gente literalmente solo canta en la ducha, así que…

—¿Hablas en serio? —Me quito los auriculares—. Con ese criterio, ¿entonces cuál es el punto de jugar al béisbol durante el bachillerato si no vas a unirte a la MLB?

Noah esboza una sonrisa amplia.

—¿La MLB?

—Esas son las siglas de las Grandes Ligas de Béisbol.

—Claro, pero nadie dice «la MLB».

—¿Por qué no? —Me cruzo de brazos—. La gente dice «la NFL», «la NBA»…

Noah niega con la cabeza, aún sonriendo.

—La MLB.

—Da igual. —Lo miro de reojo—. A menos que planees jugar en las ligas mayores, no puedes decir que las clases de canto no tienen sentido.

—Vale… —Noah asiente, como si estuviera considerando lo que acabo de decir—. Pero escúchame. Quizás el objetivo de jugar a béisbol en el instituto no tiene nada que ver con el deporte en sí. Digamos que tal vez el objetivo sea impresionar a las chicas.

Me encojo de hombros.

—Quizás a las chicas les impresionan más los chicos que cantan.

Echo un vistazo a su cabestrillo, y de pronto me siento culpable. Tal vez estoy siendo demasiado cruel. ¿Soy una mala persona? ¿Está mal molestar a un jugador de béisbol sobre el béisbol cuando en realidad no puede hacer deporte?

El autobús se detiene en la esquina de nuestra calle, y Noah se levanta con rapidez, pero se detiene para esperarme en el pasillo.

—Eh. —Lo miro a los ojos—. Lamento que te hayas roto el brazo.

—Ah, sí. —Me dedica una sonrisa—. Así es la vida de un deportista. Ya sabes.

—Claro que sí. —Intento agarrar su mochila—. Oye, déjame llevarla.

—Mini Garfield. —Se ríe—. No vas a llevar mi mochila.

—¿No crees que pueda llevar dos mochilas? —Lo sigo hasta el exterior del autobús y empiezo a caminar a su lado—. Puedo llevar diez mochilas. Ni siquiera sabes de lo que soy capaz.

Escena 9

Resulta que Ryan está en casa. Papá también, ya que los miércoles sale temprano del trabajo si puede. Es abogado, pero no de los que demandan a la gente, sino que se especializa en derecho de familia, como en casos de divorcio, custodia y pensión alimenticia. Toda un área de especialización para Neil Garfield, sociedad profesional, quien está divorciado, comparte la custodia con su exesposa y paga la pensión alimenticia todos los meses.

—Hola, guisantito.

Sí, tengo dieciséis años y mi padre me llama «guisantito». Al parecer, así se me veía cuando apenas tenía seis semanas y mis padres me envolvían en mantas. Como una vaina de guisantes.

Los perros irrumpen en la cocina; Ryan debe de haber ido a buscarlos a casa de nuestra madre justo después de clase. Charles tiembla de la emoción. Alerta amarilla, puede orinar en el suelo en cualquier momento.

Mi padre alza a Charles en un brazo y se deja lamer la barbilla, pero llega a un punto en el que ya no es adorable. Y con la otra mano le da a Camilla un masaje profundo en las caderas. Ahora Camilla se inclina tanto para que le acaricien el trasero que su cuerpo parece un signo de interrogación, mientras que todo el cuello de papá es propiedad de la saliva de un perro salchicha. Una situación muy elegante.

—¿Cómo te ha ido? —Mi padre deposita con suavidad a Charles en el suelo de madera.

—¿A qué te refieres?

—A las audiciones. Al musical.

—Todavía falta para las audiciones. Son el próximo jueves.

Mi padre no es bueno con los detalles. Es lo opuesto a mi madre en ese sentido. Pero él es a quien me parezco físicamente. Ryan también. Todo el mundo piensa lo mismo. No por el cabello, porque es bastante calvo, aunque las fotos demuestran que tenía una melena como la de Ryan y la mía cuando estaba en la universidad. Pero tiene las mejillas redondas, los ojos color avellana y la boca en forma de corazón.

Me alejo de mi padre y de los perros para subir las escaleras hacia la habitación de mi hermano. Llamo a la puerta una vez a modo de advertencia antes de abrirla, pues ahora sé que no debo esperar a que me dé permiso. Ryan tiene la costumbre de ignorarme.

Está sentado en una silla *gamer* con un mando de Xbox y los auriculares que nuestra abuela le regaló el último Janucá. Para ser sincera, la habitación de Ryan es el país de las maravillas de un adolescente, aunque la decoración no ha cambiado desde la primaria: paredes de pizarra vacías con algunas camisetas deportivas enmarcadas, una calcomanía de Fathead con el logo de los Atlanta Falcons y un Bulbasaur gigante hecho con luces de neón. Pero no hay nada desordenado, nunca. Lo juro, Ryan es un maniático del orden, mucho peor que Anderson. Su habitación en casa de mamá tiene dos camas individuales, y aunque solo duerma en una de ellas, siempre hace las dos. Si Ryan elige estudiar en una universidad de la zona el próximo año, lo más probable es que venga a casa todos los días para seguir cambiando las sábanas sin usar.

Abre los ojos cuando entro y se quita los auriculares para lanzarme una mirada expectante, en plan: «¿qué quieres?». Parece que no entiende que vive en un mundo en el que una hermana puede entrar en la habitación de su hermano sin traerse algo entre manos. Es insultante, aunque un tanto acertado.

—Necesito las llaves del coche.

Se las saca del bolsillo y me las arroja. Supongo que esa es la ventaja de no conducir: es bastante fácil que Ryan me confíe las llaves porque sabe perfectamente que no llevaré el coche a ningún lado.

—Gracias, Ry —digo, pero ya se ha vuelto a poner los auriculares. Lo observo durante un momento. Ryan nunca canta canciones, ni siquiera articula las palabras, pero sus labios siempre se contraen como si quisiera hacerlo. De hecho, canta bien… simplemente ya no lo hace, ni siquiera con el tono de falsete que algunas personas usan de forma irónica en los vídeos de Snapchat o TikTok. Eso es lo único que no entiendo sobre los chicos heteros… vale, no es lo único. Hay muchas cosas que no entiendo sobre los chicos heteros. Pero en serio, ¿por qué algunos tíos se oponen tanto a exhibir sus habilidades de canto? Si su objetivo es ligar con las chicas, ¿no deberían aprovechar todas las posibilidades que tienen al alcance? Hasta las chicas deportistas se derriten ante el encanto de los chicos que cantan. Es un superpoder sumamente romántico, y ni siquiera lo usan.

Pero Ryan es uno de esos chicos que en realidad nunca tiene citas, a pesar de que tiene el pelo castaño alborotado, las pestañas largas y está objetivamente por encima del promedio de tíos guapos. Andy considera a Ryan un desperdicio de espacio precioso. Pero es un poco tímido, y aunque estoy bastante segura de que le gustan las chicas, se comporta de una forma muy extraña con ellas. Y no es algo de lo que hablaríamos entre nosotros. NUNCA.

Mi relación con Ryan es difícil de poner en palabras.

Para ser sincera, ni siquiera tiene sentido. Juro que hay momentos en los que nadie me entiende como Ryan. Por ejemplo, cuando nuestros padres se están comportando como unos bichos raros, y con una sola mirada nos decimos todo lo que estamos pensando. O la forma en la que ciertas frases, ciertas palabras, nos afectan de la misma manera.

Pero luego vuelve a casa muy tarde tras alguna fiesta de la fuerza F, o saluda a Jack Randall en el pasillo chocando los puños, y siento una punzada en el pecho. Supongo que a veces me pregunto lo siguiente: si Ryan y yo no fuéramos hermanos, ¿nos hablaríamos?

De niños, éramos inseparables. Solo tenemos dieciocho meses de diferencia. Nuestra madre nos llama gemelos irlandeses, aunque no seamos irlandeses; de hecho, estoy bastante segura de que la diferencia de un año y medio es demasiado amplia como para considerarnos gemelos irlandeses. Ryan cumplirá dieciocho el próximo mes, y yo cumpliré diecisiete en marzo. Durante nuestra infancia, jugábamos con Hot Wheels, con la casa de muñecas de Playmobil, al Pokémon Rumble Blast y con cartas de Pokémon. Y dos años seguidos nos vestimos de Ash Ketchum y de Pikachu para Halloween. No quiero dar nombres ni exponer a nadie por estar obsesionado con Pokémon, pero la realidad es que solo uno de los niños Garfield aún tiene un Bulbasaur fluorescente colgado en la pared de su habitación. Solo digo.

En fin, al menos tengo las llaves del coche.

Bajo las escaleras y atravieso la cocina, donde los perros están durmiendo en el suelo. Mi guitarra me está esperando en el maletero, junto a unos mitones y unas cuantas pelotas de béisbol. Levanto el estuche y lo abrazo contra el pecho.

Adoro esta maldita guitarra. Era de mi madre cuando era más joven, pero Ryan la rescató del sótano hace unos años. Nunca aprendió a tocarla, solo posaba con ella para Instagram. Hashtag: «improvisando». Nunca dejaré que supere la vergüenza. No creo que pueda considerarme a mí misma su hermana si se lo permitiera.

Aunque, para ser justos, Ryan es la razón por la que toco la guitarra. Después de lo sucedido con Eric, realmente pensé que había dejado atrás la música para siempre.

Escena 10

Eric Graves. El peor chico de todos. El peor día de mi vida. Incluso hoy en día, tengo ganas de vomitar cada vez que lo recuerdo. Pero siempre lo tengo presente. Supongo que podríamos considerarlo mi historia de origen.

Empecemos.

Érase una vez en octavo curso la reina Kate la Despistada, quien se enamoró del sir Eric el Idiota, el Gilipollas, el Cara de rata y el *F-boy* de nivel 69.

Es difícil de explicar. Sí, era guapo. Pero hubo grandes señales de alerta desde el principio. En principio, a Anderson no le gustaba. No importaba cuántas veces mencionara que Eric me sostuvo la puerta en una ocasión, era imposible hacer que Anderson cambiara de opinión. Estaba convencido de que Eric era un *fuckboy*, un idiota y un gilipollas con cara de rata.

Era lo opuesto a un flechazo compartido.

Pero a mi yo de ese entonces no le importaba lo que Anderson pensara de Eric.

Dejé que el enamoramiento se apoderara de mi cerebro. Escribía el nombre de Eric en mis cuadernos. Orquestaba encuentros casuales en los pasillos. Me quedaba mirándole la nuca durante tanto tiempo en la clase de estudios sociales que memoricé las pecas que tenía en el cuello. Y por las noches, estaba acompañada por más historias de amor que de costumbre. Era prácticamente un antojo incontrolable. Miraba *A todos los chicos de los que me enamoré* casi todas las semanas. Devoraba todas las comedias románticas de la biblioteca. Y luego con mis amigos descubrimos *Hechizada*, que miraba con tanta frecuencia, durante tantos meses, que hasta mi padre era capaz de recitar los diálogos. Obviamente, yo me había memorizado *Somebody to Love* de Queen por completo, y podía cantarla como Anne Hathaway en la película. Me la sabía al dedillo. Cada inflexión, cada pausa y cada minúsculo cambio dinámico. Incluso Anderson, el rey de los perfeccionistas, estaba impresionado.

O sea, me sentía tan bien que se la canté a mi madre.

Y le encantó. Parecía como si hubiera interpretado un solo en el Centro Kennedy. Se levantó de un salto del sofá para aplaudirme sin parar y decirme «brava» una y otra vez, mientras derramaba unas cuantas lágrimas genuinas. Durante las semanas posteriores, la oía presumiéndome ante sus profesores de música amigos, ya fuera por la claridad de mis consonantes, mi presencia en el escenario o por lo mucho que mi voz había madurado.

Supongo que debería haber visto venir todo lo que ocurrió en el espectáculo de variedades.

No era la primera vez que hablábamos del tema. Mi madre había estado tratando de convencernos a mí y a mis amigos de cantar en el espectáculo de variedades desde sexto curso.

—Los cuatro siempre os emocionáis por el musical. ¿Por qué os intimida tanto este espectáculo?

Nunca he podido explicarlo del todo. ¿Quizás era una cuestión de contexto? Cuando cantas en un musical, eres un personaje. Hay un guion. Estás contando una historia. Alguien te está dirigiendo.

En un espectáculo de variedades, eres tú y nadie más.

Pero cuando mi madre quiere que hagas algo, no se detiene hasta conseguirlo. Y digamos que se le metió en la cabeza que yo debía interpretar a Ella.

Pero eso no había sido todo.

Sí, quería que tuviera ese papel. Al principio dije que no. Pero luego no podía dejar de imaginarme a Eric Graves en el público, mirándome fascinado. Estaría en primera fila, pensando: «¿Por qué nunca antes me había fijado en Kate Garfield?».

Era un cliché sin sentido.

Al final, dejé que me convenciera.

En ese entonces, tenía el cabello tan largo que me llevó una hora secarlo y alisarlo. También me vestí como Ella, al menos como una versión de segunda categoría con ropa del centro comercial: una blusa campesina blanca, una falda larga de color azul y un cinturón grueso. El espectáculo de variedades tenía lugar solo una noche, siempre un viernes. Pero hicimos el ensayo general frente a todo el instituto. Como estaba hecha un manojo de nervios, mi madre tuvo que tocar las primeras notas dos veces. La voz me temblaba al principio, pero cerré los ojos y seguí adelante.

Y luego la canción hizo lo que siempre hacen las canciones. Tomó el mando de la situación. Me arrebató el protagonismo. Era Freddie Mercury, era Ella e incluso era Rachel de *Glee*, y nunca me había sentido tan hermosa. Nunca. Abrí los ojos después del primer estribillo, y ahí estaba Eric. En el centro de la primera fila. Las luces de la sala estaban tenues y no logré distinguir su expresión. Pero no estaba durmiendo, susurrando ni enviando mensajes, como lo estaba haciendo Mira Reynolds a su lado. Estaba prestando atención. Y cuando terminé, aplaudió y silbó.

Mi corazón rebosaba de alegría.

Durante el resto del día, floté por los pasillos mientras sentía el poder del triunfo sin que nadie lo supiera. No les dije ni una sola palabra a mis amigos. Pero podía imaginarme a Eric yendo a clase, tratando de explicar lo que estaba sintiendo a sus compañeros. «Su voz. Creo que me estoy enamorando».

Pensé que me escribiría. No es que nos estuviéramos hablando por mensaje, pero tal vez conocía a alguien que conocía a alguien que conocía a alguien que tuviera mi número. Tal vez me buscaría en Internet. Tal vez me seguiría en Instagram. Es curioso… no recuerdo casi nada del espectáculo en sí. Solo recuerdo estar entre bastidores, revisando mi teléfono una y otra vez.

Nada, nada, nada.

Pero en cuanto llegamos a casa, mi hermano me siguió directo a mi habitación. En ese momento me di cuenta de que estaba pasando algo. Me pasó su móvil, ya abierto en el Instagram privado de Mira.

Allí estaba yo.

Mi yo de trece años, con la camisa de campesina por fuera de la falda, y una onda que me había olvidado de alisar en un lado de mi cabello. Era un ángulo espantoso, ya que habían inclinado el móvil para grabarme desde abajo, lo que me hacía parecer el típico meme de alguien que acababa de abrir la cámara frontal sin querer. A su vez, la voz que había modulado con cuidado para parecerme a Ella sonaba tan aguda como la de una niña de seis años. También noté que redondeaba las vocales como una niña de coro y exageraba la pronunciación de las consonantes.

Ya había treinta y dos comentarios.

qué horror jajaja
lo he visto en vivo y vaya, ha sido una mierda de la buena 💯

ESTOY GRITANDO
¿¿Esa es la hermana de Ryan Garfield??
¿Qué está haciendo con la cara en el segundo 32? jaja
qué vergüenza, literalmente no puedo verlo

—No leas los comentarios —había dicho Ryan antes de arrebatarme el móvil.

Apenas podía formar palabras.

—¿Mira me ha grabado?

Ryan me mostró la descripción del vídeo: «Gracias a mi colega @sirEricGeneric por esta obra maestra cinematográfica».

Me quedé helada.

Eric Graves era @sirEricGeneric.

—No les hagas caso, ¿vale? —Ryan cambió de posición, incómodo—. Solo tiene ciento tres reproducciones.

—¿Ciento tres personas lo han visto?

Recuerdo que apenas podía respirar. Recuerdo haberme preguntado si era posible vomitar tu propio corazón.

—No es tan grave —dijo Ryan.

No le respondí.

—Al menos suenas…

—Ay, basta.

Ryan se quedó callado.

Me dejé caer en la cama, con los brazos cruzados sobre el pecho como un cadáver.

Al día siguiente, alguien creó una cuenta en Instagram llamada «Kate Garfield Cantando». Consistía en su totalidad de capturas de pantalla horribles del vídeo de Eric. Imágenes mías con la mandíbula abierta, los labios curvados o los ojos medio cerrados. En la biografía se leía simplemente: «*I die a little*», como en la canción. Me largué a llorar y envié el enlace al grupo.

A LA MIERDA CON TODO, escribió Raina. LOS DESTRUIRÉ. JODER.

Esto es horrible, amiga, lo siento mucho, escribió Brandie.

Anderson nunca respondió al mensaje, porque ya había llegado a mi casa.

—Ese puto monstruo —dijo. Ni siquiera se detuvo para saludarme.

Me sequé los ojos con la palma.

—¿Quién?

—Eric. Mira. Ambos. Todos los putos *fuckboys* que siguieron esa cuenta.

Para ese momento, había setenta y ocho seguidores. No podía dejar de revisar. Algunas eran caras conocidas de la fuerza F, pero otras eran desconocidas.

Ryan estaba en el sofá de la sala de estar, pero me dejé caer de todas formas antes de mirar a Anderson y decir:

—No volveré a cantar. Nunca más.

Ryan ni siquiera levantó la vista de su teléfono.

Pero me desperté el domingo y encontré la vieja guitarra de mamá afuera de mi habitación.

Ryan todavía estaba acostado, pero despierto, hojeando un libro de texto. No parecía sorprendido de verme.

Me aferré al marco de la puerta.

—Sabes que no toco la guitarra, ¿verdad?

—Te enviaré un tutorial. —Estiró el brazo hacia un costado para desconectar con rapidez su teléfono del cargador. Un momento después, el mío vibró.

Primero eché un vistazo a lo que me había enviado y luego lo fulminé con la mirada.

—¿*Somebody to Love*? —pregunté—. Sí, eso no…

—Es una buena canción. No dejes que unos gilipollas te la arruinen.

Presioné el botón de reproducción. El vídeo era bastante básico: un tipo cualquiera que repasaba los acordes y las posiciones de los dedos en una guitarra acústica. Pero había algo especial en cómo producía los sonidos.

No podía despegar los ojos de la pantalla.

—¿Y para quién voy a tocar?

—¿A qué te refieres? —replicó Ryan, encogiéndose de hombros—. Solo toca para ti misma.

Escena 11

Creo que mi madre se está autodestruyendo. Causa de muerte: la cena de *sabbat*. Tiene no menos de ocho recetas impresas extendidas sobre la mesa, y está preparando todo desde cero. No sé si se ha dado cuenta de que tenemos un solo horno. Y de que ella es una sola persona.

No hace falta decir que los Garfield no somos exactamente el tipo de judíos que celebran la cena de *sabbat*.

—Katy, mete los minisuflés en el horno eléctrico. ¿Se puede hacer eso? Se cocinarán bien, ¿verdad?

Examino la cocina: las puertas de las alacenas abiertas de par en par, sartenes en todas las superficies, las mejillas de mi madre manchadas de harina.

—Espera, ¿cuántas personas vendrán?

—Pues, me has dicho que Anderson está ocupado, ¿verdad?

—Si por ocupado te refieres a viendo *Enredados* en su casa.

—¿No la ha visto veinte veces?

—Veintidós.

No soy quién para juzgar. Yo también me estoy acercando a esa cifra. Resulta que *Enredados* es la mejor película de la historia. Me recuerda mucho a *Hechizada*, pero sin la extraña

63

carga de *f-boys*. Además, está Flynn Rider, el chico animado de mis sueños. ¿Quién puede resistirse a los encantos de ese granuja sabelotodo con el pelo suelto y suave?

—Vale, entonces somos nosotras dos —continúa mi madre—, Ryan, Ellen y el hijo de Ellen.

—Pues… somos cinco.

—Ajá. Oh, te llevarás bien con el hijo de Ellen. Cenamos la otra noche cuando estabas en casa de tu padre. Es monísimo. Se parece a su padre, y déjame decirte que Paul es guapo. Un completo idiota, pero guapo. —Mi madre frunce los labios—. Y muy conservador. Ha crecido en Mentone, justo al lado del campamento. Pero se ha convertido en uno de esos republicanos de Fox News. Es muy triste.

—¿Fue al campamento con vosotras?

—Oh, no, era un lugareño y, por supuesto, tuvimos algunas discusiones al respecto. Ellen pensaba que me estaba comportando como una esnob solo porque él vivía en una ciudad, pero ese no era el problema. Claro que no. Simplemente no me gustaba la forma en la que le hablaba a ella. Muy condescendiente. No lo sé, ahora parece una tontería. ¿Te imaginas perder a tu mejor amigo por un tipo así? Estoy muy agradecida por Facebook; de lo contrario, Ellen y yo nunca nos hubiéramos reencontrado. Nunca hubiera sabido que estaba de vuelta en Georgia.

«Estoy muy agradecida por Facebook». Una oración que nunca nadie menor de cuarenta años ha pronunciado en toda su vida.

—… es como si no hubiera pasado el tiempo. Ha sido increíble. Los viejos amigos tienen algo especial. Y su hijo, Matthew, es un encanto.

Todas las células de mi cuerpo se quedan heladas.

—¿Matthew?

Vale, ¿acabas de escuchar ese chillido? Joder, ¿la voz me ha salido una octava más aguda de lo normal?

Mi madre no se da cuenta de nada, como siempre.

—Es muy dulce. Oh, me había contado una historia sobre…

Respiro hondo.

—¿Se llama Matt Olsson?

—¡Oh, así es! He olvidado que está en último año. Seguro que Ry y tú os habéis topado con él en el instituto. Es…

—¿Matt Olsson vendrá aquí? —Sujeto el respaldo de la silla con tanta fuerza que puedo ver mis nudillos—. ¿Esta noche?

—En cualquier momento. —Mi madre exhala y echa un vistazo hacia el horno—. *Oy*. Vale. Estamos en un apuro.

—Te ayudaré. Lo siento, dame… un segundo. —Ya he abierto mi chat con Anderson.

ALERTA ROJA ALERTA ROJA 📱 ¿Recuerdas a Ellen,
la amiga de mi madre? ES LA MADRE DE MATT

Y LOS DOS VIENEN A CENAR

COLA-MATT

VIENE A CASA

ESTA NOCHE 🗣

—¡Kate! ¿Puedes llevar agua a la mesa? ¿Y dónde está tu hermano?

Apoyo el móvil en la encimera.

—¿Con o sin hielo?

En ese momento, suena el timbre.

—Maldita sea —dice mi madre. Se dirige hacia la puerta, aún con el delantal puesto y la cara manchada de harina, y cuando la alcanzo, veo que está abrazando a Ellen en el umbral.

Por si sirve de algo, Ellen es como un clon de mi madre. Son muy parecidas: cabello castaño, ojos grandes de color café, y ambas tienen rostros sumamente animados y expresivos. Ellen deja escapar un grito ahogado cuando me ve.

—¿Esa es Kate? Ay, cariño. Eres como en las fotos de Facebook.

—Eh, ¿gracias?

—Mirad esas hermosas mejillas. Dios mío, Maggie, tu hija. Y él es mi hijo, Matthew. Matthew, Kate está en penúltimo curso...

—Ya nos conocemos. —Sonríe—. Hola, Kate.

Su voz. Diciendo mi nombre.

Nuestras madres, la casa, los suflés, todo. Todo a mi alrededor se evapora.

Oficialmente me he derretido en el suelo.

Escena 12

Mi madre se queda con los minisuflés y los filetes de pollo empanados a mano y descarta las demás recetas, pero añade un plato de verduras y una pizza congelada a la mezcla. Es la cena de *sabbat* con la comida menos kosher de todas. La cocina es un desastre, con la excepción del suelo reluciente recién fregado. Y por esta vez, la fregona en cuestión no ha sido la lengua de Camilla. La hospitalidad de la familia Garfield en su máxima expresión.

Mi madre abre una botella de vino que ha traído Ellen y saca las velas. Estamos a punto de encenderlas cuando alguien abre la puerta principal.

—¿Hoooola?

—Debe de ser el escort que he contratado —comenta mi madre antes de reírse a carcajadas con Ellen.

Me encuentro con la mirada de Ryan durante una mínima fracción de segundo.

—Mamá, basta —dice de forma rotunda.

Mientras tanto, estoy aquí sentada, encantada con el hecho de que mi madre haya dicho «escort». Frente a Matt. ¿Sabes qué es realmente genial? Que tu madre y la madre del chico que te gusta hablen de escorts.

De todas formas, no es un escort. Es Anderson.

—Hooolaaa. —Se asoma en el comedor—. ¿He llegado muy tarde?

—Oh, claro que no, cariño. Ellen, te presento a Anderson Walker, el vecino de al lado y el mejor amigo de Kate. Mírate, chiquito. Me encanta la pajarita que llevas puesta.

Un poco desesperado, ¿no? Anderson literalmente se puso una camisa nueva y una pajarita para venir a mi casa a cenar.

—He visto tu mensaje —explica Andy, lanzándome una mirada ladina.

—Me he dado cuenta.

Vale. Me alegro de que esté aquí, pero ¿podemos tomarnos un momento para reconocer que está abandonando a Rapunzel y Flynn por Matt? Porque está claro que no planeaba abandonarlos por mí. Y está bien, lo entiendo. Es solo un tanto ofensivo.

—Mucho gusto, Anderson —dice Ellen—. Siento que estoy en presencia de Maggie y Ellen, la próxima generación.

Casi me ahogo con mi vaso de agua.

Un momento. Andy y yo no somos como mi madre y Ellen. El vínculo amistoso que tienen ellas está lejos de ser ejemplar. Ni siquiera se hablaron durante dos décadas. Más de dos décadas. Lo siento, pero la idea de conocer al hijo de Andy por primera vez en su adolescencia me da ganas de hacerme un ovillo y llorar. Y si alguna vez les digo a los hijos de Anderson que son como en sus fotos de Facebook, mejor mátame.

Agregamos un plato más para Andy en la cabecera de la mesa, con Matt justo a su derecha. Así que ahora se están riendo por algo que sucedió en T Avanzado esta mañana. Al parecer, Noah Kaplan tuvo que fingir ser un mimo. La verdad es que no entiendo qué tiene de gracioso, pero parece que Matt y Andy piensan que es el colmo de la comedia. Supongo que es una de esas situaciones en las que tienes que estar presente para entenderlas. Por supuesto, Ryan ni siquiera se molesta en fingir interés, solo está mirando su teléfono.

Mientras tanto, Ellen y mi madre solo se quejan del padre de Matt.

—Quería regalarle una pistola de aire comprimido a nuestro hijo. ¿Puedes creerlo? Matthew solo tenía seis años. Le dije: «De ninguna manera. No en mi casa».

—Cielos. No, por supuesto. Me enfurece. Y también detesto esas armas de juguete hiperrealistas. ¡Ah, y el *paintball*! —Mi madre empieza a despotricar sobre el evento de paintball para los de octavo curso que la asociación atlética patrocina cada febrero—. Es muy peligroso. Siempre les digo a Ryan y Kate que no. Nunca, ni en casa, ni en el campamento...

—¡Oh, es verdad! —Ellen se vuelve hacia mí en su silla—. Matthew me ha contado que este verano trabajasteis juntos en el campamento. ¡Qué hermosa coincidencia!

—Lo sé. —Sonrío, pero mis ojos se desvían hacia los chicos. Anderson está contando una historia mientras se da golpecitos en la palma con la punta del dedo. Ryan está mirando al vacío, pero Matt está pendiente de cada palabra.

—Pues, a tu madre y a mí nos encantaba participar en las obras de teatro en el campamento. Y también hemos crecido juntas aquí. Íbamos a diferentes institutos, pero estuvimos juntas en algunos espectáculos en el centro recreativo.

De la nada, Andy y Matt se echan reír. Estupendo. Me alegra que lo estén pasando muy bien juntos.

Pero uff, no me gusta este sentimiento. No sé de dónde viene esa vocecita en mi cabeza. Ni siquiera tiene sentido que esté celosa... soy yo quien ha invitado a Anderson. ¡Esta mañana! ¡Literalmente hoy! ¿Y en qué universo preferiría su ausencia a su presencia? O sea, es Anderson. Así que tal vez debería dejar de poner mala cara en la mesa y dar un paso al frente.

—Eh, chicos, ¿queréis que…?

Un estallido de risas de Andy y Matt me interrumpe, y mis palabras desaparecen.

—No tienes ni idea. —Anderson niega con la cabeza—. Además, tenía una especie de obsesión con Lansing. Deberías haberle visto la cara cuando Kate pensó que Detroit era la capital…

—Un momento. —Me inclino hacia ellos—. ¿Hablas de Alexander del campamento…?

—¿Recuerdas que no podías llamarlo Alex? Tenía que ser Alexander sí o sí —dice Andy.

—Oh, pero me gustaba llamarlo así —revelo—. Me parecía tierno.

—Eso sí, era muy guapo —añade Andy—. Me casaría con él, seguro.

Y ahí está: esa pequeña hendidura en las mejillas de Andy. El Hoyuelo de la Inseguridad. Conozco este momento. Me llevó algunos años reconocerlo, pero así es como Andy sale del armario. Mira hacia un lado, y casi puedo sentir cómo contiene la respiración, a la espera de que Matt reaccione.

—En ese caso, tendrías que mudarte a Lansing —dice Matt—. No cabe duda.

Andy sonríe.

—He oído que Lansing es un lugar increíble.

—Según Alexander —matizo.

—Ambos sabemos que buscaste esa ciudad un millón de veces en Google —dice Andy. Luego, se vuelve hacia Matt—. Para que conste, Kate estaba igual de enamorada que yo.

Y por supuesto —por supuesto—, las palabras de Andy aterrizan justo en el medio de una de esas pausas conversacionales aleatorias.

Mi madre se gira hacia Andy, claramente encantada con la noticia.

—¿Kate tuvo un flechazo?

Le dirijo a Andy la mirada más asesina que uno pueda imaginarse, y él se muerde el labio.

—Eh, en realidad no…

—¿Sabéis qué? —Me pongo de pie de forma abrupta—. Tengo que… ir a buscar algo.

—Te acompaño. —Andy prácticamente salta de la silla. Luego grita «vuelvo enseguida» por encima del hombro, ya de camino a mi habitación.

Cierro la puerta detrás de nosotros.

—¿En qué estabas pensando?

—¡Katy, lo siento! Tu madre estaba metida en su propia conversación. No pensé que…

—Te das cuenta de que recordará esto para siempre, ¿verdad? Alexander de Michigan me perseguirá el resto de mi vida. —Me siento en el borde de la cama.

—¿No crees que tal vez estés exagerando? ¿Solo un poco? —Se acomoda a mi lado y me rodea la espalda con el brazo.

—¡No! —Apoyo la cabeza en su hombro y suspiro—. Cierra la boca. Ya sabes que no me gusta que la gente sepa cuáles son mis flechazos. Es información confidencial.

—Katy, pasó hace dos años.

—Sí, bueno, el Código de Confidencialidad no tiene una prescripción…

—Técnicamente, no es una violación del código a menos que se lo cuente a Alexander.

Lo fulmino con la mirada.

—Sigo pensando que era gay —añade Andy—. ¿Recuerdas cuando me tocó el pelo?

—¿No me dijiste que era una de esas microagresiones de mierda…?

—Ah, sí. Es un gesto cien por ciento racista. —Se da unas palmaditas en el afro y lanza una mirada de reojo al universo—. Pero ¿la ternura con la que lo hizo? Yo estaba en plan: «tío, eres gay».

—¿Qué? No. Era bi. ¡Tenía novia!

—En Lansing —aclara Andy—. Una novia falsa en la ciudad falsa de Lansing…

—Perdón…

—DISCULPA, LANSING, MICHIGAN, ES REAL, Y ES LA CAPITAL.

Esbozo una sonrisa, y él me abraza de lado.

—Me gusta tu cara, Katypie.

—A mí también me gusta tu cara de tonto. —Pongo los ojos en blanco—. Venga, vamos a ver si el postre está servido.

Escena 13

Es sábado, y el clima es pura agua. Reconozco que soy una cría inmadura con la lluvia. Es esencial, y me parece bien. Apoyo su existencia, pero no entiendo por qué tiene que ser tan irrespetuosa. No le importan tus planes, ni tu cabello, ni nada. La lluvia simplemente aparece, como un *fuckboy* ecológico en tus mensajes directos. No te pide ni se le concede permiso, por lo que no te queda más remedio que aceptarla.

Por eso hoy no voy a salir de casa. Me quedaré todo el día en pijama con mis amigas y nos pondremos al día con los deberes. Andy está en su clase de canto preparándose para la audición, pero las chicas están aquí, y Brandie incluso está trabajando de verdad. Está tirada en mi cama, hojeando un enorme libro de tapa blanda: *Les Misérables* en francés, su idioma original. Brandie lo está petando a lo grande con los idiomas. Siempre ha dominado el inglés y el español, y aunque empezó a estudiar francés a principios de la secundaria, ahora también lo habla con fluidez. Está demasiado avanzada, incluso para las clases avanzadas del instituto, así que ahora está estudiando Literatura francesa de forma independiente. No obstante, Madame Blanche le permite a Brandie elegir sus propios libros, los que realmente le gustan. Uno pensaría que los otros profesores podrían ser así de considerados, pero curiosamente, ninguno me deja reemplazar mi manual de Álgebra por *Los miserables*.

Raina también tiene deberes de Álgebra, así que nos hemos apoderado de los pufs en la esquina de mi habitación. Tenemos los libros de texto abiertos, y hasta ahí hemos llegado. No quiero ser una holgazana, pero es difícil concentrarse en las mates cuando hay una audición sobre la que especular de manera obsesiva.

—No, tenemos un precedente —dice Raina—. En el instituto de Harold, hicieron *Once Upon a Mattress* en primer año. El bufón y el juglar fueron chicas, y solo cambiaron algunas notas.

—Y son todos tenores, ¿verdad? Brandie, tal vez puedas cantar las partes del bufón, ya que…

—Confirmado. La he oído hacerlo —dice Raina—. Pero a veces el juglar canta bajo…

—Vale, ¿quién creéis que será el juglar? Seguro que Colin, pero no creo que sea capaz de dar en el clavo con la dinámica musical…

—Oh, será Lana Bennett —responde Raina.

—Ohhhhh, sí. Tienes razón.

—¡Piénsalo, Brandie! —dice Raina—. Si te toca el bufón, ¡vas a pasar mucho tiempo con Lana! ¡Hurra!

—Ajá. Son muchos condicionantes, pero vale —dice Brandie.

—Tú y Lana sois muy buenas amigas. —Raina sonríe con picardía—. Mejores amigas.

Brandie la ignora, ya que ese es su *modus operandi* cuando la troleamos sobre Lana Bennett. Pero trolear a Brandie sobre Lana es el pasatiempo más emocionante del mundo.

El problema es que Brandie desprende la energía de un dulce ángel. No puede evitarlo. Así es ella. Pero Lana parece sentirse específicamente atraída por la esencia fundamental de Brandie y considera que deben ser mejores amigas de por vida. Por eso siempre la invita a pasar el rato y le envía largos mensajes confesionales sobre chicos, a los que Brandie habitualmente responde con emojis educados. Es bastante descabellado, porque el resto de nosotros no le caemos muy bien a Lana.

Brandie deja el libro a un lado y se cubre los ojos.

—Iremos a ver una película el viernes de la semana que viene...

—¡Brandie, no! —Raina deja escapar un grito ahogado—. ¿Cómo ha sucedido eso?

Brandie espía a través de sus dedos.

—Vale, pues, Emma me estaba contando sobre esa película con Kristen Wiig, y le dije: «Oh, qué ganas de verla». Cuando Lana me escuchó decir eso, se unió a la conversación...

—La emboscada —conjetura Raina.

—Sí. No sabía qué decir, así que traté de ser ambigua y le dije: «Sí, tal vez». —Brandie se muerde el labio—. Pero luego empezó a sugerir fechas específicas...

—Ay, no. —Hago una mueca.

—Me imagino que estableciste límites respetuosos, pero firmes. —Raina levanta las cejas hacia Brandie—. Porque no le debes a nadie tu amistad.

—Bueno, le dije que estaba ocupada, pero no paraba de sugerirme fechas alternativas, así que me sentí un poco atrapada...

—Oh, qué difícil, B. Lo siento.

—De hecho, ya ha comprado las entradas, así que debo aceptar que esta es la realidad. —Brandy frunce el ceño—. Estoy siendo muy cruel.

—Ay, Brandie, eres todo lo opuesto. —Niego con la cabeza.

—Solo digo...

Alguien llama a la puerta de mi habitación.

—¡Adelante! —grito, creyendo que se trata de mi madre. No es ella.

—Hola.

Es Matt. En la puerta de mi habitación.

—¡Hola! —Me levanto del puf de un salto y voy derecha a mi cama para patear unos seis pares de ropa interior debajo. Y, como era de esperarse, suelto mi móvil en el proceso. Ni siquiera lo dejo caer como una persona normal. De alguna manera, termina deslizándose por el suelo de madera como un disco de hockey. Miro a Matt con una sonrisa amplia para darle a entender que lo había hecho a propósito—. ¡Pasa!

—Tu madre me dijo que estabas aquí. Me pidió que te dijera algo sobre unos... ¿quince centímetros?

—La puerta —suelto de repente, sonrojada. ¿Por qué las palabras «quince centímetros» suenan tan... peneanas? Vaya, estoy segura de que Matt piensa que estoy especulando sobre el tamaño de su pene. Con mi madre.

Además, ¿con qué se está drogando mi madre? ¡Raina y Brandie están aquí! Joder, ¿qué clase de orgía se está imaginando?

—En fin. —Matt también se ha ruborizado—. He venido a devolver un táper. ¿Qué estáis haciendo?

Mi teléfono empieza a vibrar. Es Anderson, sin duda, así que estiro la pierna para patear el móvil debajo de la cama con toda la ropa interior. Los mensajes de Andy son peligrosos. Hasta donde yo sé, debe de haberme escrito para charlar sobre la obra, pero aun así, podría cambiar de tema en un instante. En cualquier momento, podría pasar a hablar de la belleza y la genialidad de Matt o a preguntarse si está soltero o no. Lo que sería un completo desastre si Matt leyera mi teléfono.

Me dejo caer en el borde de la cama. Matt se acerca y se queda de pie a mi lado, dudando.

—¿Puedo sentarme?

—¡Oh, claro! Ven. —Me deslizo más cerca de Brandie para hacer espacio, pero ella se levanta de la cama y agarra su teléfono.

—Raina, quizás debamos ir a…

—¡Sí! —Raina se incorpora de un salto—. Que os divirtáis, chicos. Portaos bien.

Luego me mira a los ojos durante una mínima fracción de segundo y monta todo un espectáculo para dejar la puerta abierta quince centímetros.

Escena 14

Matt se vuelve hacia mí en cuanto se van.

—Oye, vas a presentarte a las audiciones, ¿verdad?

Reprimo una risa.

—Sip.

O sea, mi mundo gira en torno al musical escolar. El año pasado y el año anterior, y también cada dos años desde sexto curso. Realmente me despierto todas las mañanas pensando en las mejores formas de recitar las líneas de Winnifred. Creo que he escuchado la banda sonora de principio a fin unas… no sé… treinta veces.

—Genial —dice Matt, echándose hacia atrás. Ahora está casi acostado, con las piernas colgando del borde de la cama—. ¿Y suelen darle papeles a la mayoría?

—Creo que les dan papeles a todos. Aunque seas pésimo actuando, Zhao simplemente te dará un papel secundario. Pero no me refiero a ti. —Me sonrojo—. No digo que seas pésimo. Claro que no. En absoluto. Ja. Eh, no. Te he oído cantar.

Kate. Por el amor de Dios. Compórtate.

—En cualquier caso —continúo y trago saliva—, ¿tú también te vas a presentar?

Se encoge de hombros, sonriendo.

—Es un requisito para la clase de Teatro Avanzado.

—¿En serio?

Vale, Anderson nunca ha mencionado eso, lo cual es raro, porque el hecho de que Matt esté en la obra es algo muy importante en el mundo de Kate y Anderson. De todas maneras, sí, supuse que tal vez querría estar en el musical. Pero ahora es oficial, lo que significa que pasaremos horas ensayando y conociéndonos mejor entre bambalinas o en medio de la escenografía. Y es más que pasar tiempo juntos. Es difícil de explicarlo, pero hay un cierto nivel de cercanía que surge al trabajar en una obra de teatro. Tal vez sea el sentimiento grupal de que estamos todos juntos en la misma situación, la vulnerabilidad que nace de crear algo o la intimidad despreocupada de la última semana de ensayo. Tal vez sean las hormonas. La verdad es que no conozco la explicación científica detrás de esto. Solo sé que se trata de un vínculo diferente y mejorado. Casi como si fuéramos hermanos. Excepto por la parte en la que te pillan enrollándote en la cabina de iluminación, *cof*, *cof*, Pierra y Colin.

Eh, para que conste, no me importaría besar a Matt en la cabina de iluminación.

Me enderezo, con las mejillas ardiendo.

—Así que…

—¿Así que…?

—Te has mudado aquí.

—Así es. —Sonríe.

Se produce un silencio incómodo, y bastante largo. Uno que merece estar en los libros de Historia. Pero oye, hablar y babear por alguien al mismo tiempo no es fácil. Es demasiado para un solo cerebro. Porque es obvio que no puedes soltar lo que realmente estás pensando, que en este caso son muchísimos emojis de corazón. Además, no quieres que te seleccionen para el papel de Desconocido Genérico Número Seis, que solo habla con preguntas básicas como:

—¿Qué te parece Roswell?

Lo he clavado.

Pero Matt se inclina un poco hacia atrás para mirar al techo.

—¡Me gusta! O sea, es muy diferente. Creo que lo más extraño es que mi padre no está aquí.

—Oh. —Siento un revoloteo en el estómago—. Lo siento. No debería haber…

—No, está bien. No somos cercanos. Para nada. No es una persona muy… —Matt se detiene.

Durante un momento, nos quedamos callados.

—Atravesar un divorcio es raro —declara al final.

—Muy raro. —Asiento.

—Tú me entiendes. ¿Desde cuándo tus padres están…?

—Desde séptimo curso. Así que estoy bastante acostumbrada.

—Qué alivio saber que te acabas acostumbrando.

Me acerco un poco más a él, lo bastante cerca como para que nuestros meñiques se toquen. Es un gesto sumamente valiente de mi parte, pero también adecuado para la situación.

—¿Echas de menos a tu padre?

—Mmm. —Esboza una leve sonrisa—. En realidad, no.

De pronto, se me enciende una bombilla. No es nada trascendental ni revolucionario. Es solo un detalle minúsculo.

Matt Olsson sonríe cuando está triste.

No digo que esté en negación. Es solo que parece como si estuviera reprimiendo el sentimiento, como si lo estuviera escondiendo en su interior. Me resulta extrañamente conmovedor, y me hace sentir una calidez en todo el cuerpo.

Tal vez solo sea la intimidad de saber este pequeño dato sobre él. No es algo que puedas descubrir en Instagram. Es algo real.

Se gira hacia mí.

—¿Dónde vive tu padre?

—Oh, a unos diez minutos de distancia.

—Qué bien. ¿Ryan y tú soléis visitarlo a menudo?

—Nos quedamos con él los miércoles y los jueves por la noche, y también un fin de semana de por medio.

—¿Y es difícil?

—¿A veces? No lo sé. Por lo general… sí.

Asiente.

—Sé exactamente a qué te refieres.

Escena 15

Y ahora no puedo sacármelo de la mente.

«Sé exactamente a qué te refieres».

Esa oración me ronda por la cabeza durante todo el rato que Matt está aquí. Y sigue ahí incluso cuando se va, ocupándome todo el cerebro, cuando en realidad debería estar concentrada en los deberes de Álgebra. Estoy tan distraída que Brandie me llama la atención por enviar mensajes escuetos al chat de grupo.

Pero no puedo dejar de pensar en eso. Es la oración más infravalorada del mundo. «Sé exactamente a qué te refieres».

Traducción: no, no eres un bicho raro. Incluso las cosas raras que dices no son raras. Tiene sentido lo que sientes.

La cuestión es que no suelo hablar del divorcio, aparte de las cuestiones logísticas.

No es un secreto, por supuesto. Simplemente no quiero quedar como una mocosa, sobre todo con todo el asunto de la custodia compartida. Porque sé lo afortunada que soy. Apenas hay cinco kilómetros de distancia entre las casas de mis padres. No es una tragedia. Es solo mi vida, partida a la mitad.

Pero es difícil explicar la manera en la que te desgasta. La sensación de estar en constante movimiento. El hecho de que nunca estás cien por ciento en casa. La forma en la que todo esto pasa a ser lo normal de una manera desconcertante. Así es la vida. Es lo que hay.

Y de algún modo, Matt lo entiende.

Mi madre y Ryan se van a una reunión informativa de la universidad, y a mí no me lleva mucho tiempo abandonar por completo los deberes de Álgebra. Cuando estoy con este tipo de humor, solo sirvo para una cosa. Afino mi guitarra y luego rasgueo las cuerdas hasta que una canción toma forma: *Hold Me, Thrill Me, Kiss Me*, que me encanta desde que tengo memoria. Cada vez que la toco, una sensación suave y mágica se apodera de mí, como si estuviera en un jardín de rosas inglés, o en una pista de baile rústica en el campo adornada con luces de colores.

En su momento, fue la canción de boda de mis padres. Uno pensaría que eso solo la despojaría de todo el romance, pero no ha sido el caso. Para nada. Tal vez algunas canciones sean imposibles de arruinar.

Canto la primera estrofa con los ojos cerrados y me dejo llevar por los acordes. Mi mente sigue volviendo una y otra vez a Matt. Al Matt sonriente y triste, sosteniéndome la mano mientras paseamos por un camino nevado, justo al atardecer. Estoy vestida como Elizabeth Bennet, y en mi cabello se están acumulando copos de nieve.

—*But they never stood in the dark with you, love.*

Sé que estoy cantando demasiado alto. Sé que lo estoy haciendo con demasiada pasión y honestidad. Pero estoy tan loca de amor que no puedo evitarlo. Creo que me siento en las nubes.

Alguien llama a la puerta… y todo se paraliza. Se me endurece la mano contra las cuerdas de la guitarra.

—¿Hola?

El corazón me late tan fuerte que apenas puedo oír mi propia voz. «¿Hola?». Tal vez no lo dije en voz alta, solo en mi cabeza. Tal vez solo haya sido mi imaginación. Echo un vistazo por la ventana y veo que no hay ningún coche en el camino de entrada. Eso significa que Andy es el único que podría estar aquí, pero sé que todavía está en la clase de canto. Ergo, no hay nadie aquí. Nadie ha llamado a la puerta de mi habitación. El cerebro me va a dos kilómetros por minuto y se lo ha inventado todo, solo para trolearme.

—¿Mini Garfield?

Ay, no.

—Eh. —Nop. Nop. Esto no es real—. ¿Noah?

Por supuesto, lo interpreta como una invitación para entrar.

Así que ahora Noah Kaplan está en el umbral, sonriendo como un *Tyrannosaurus rex*.

—¿Por qué has dejado de cantar?

¿Conoces esas estufas en las que giras la perilla para hacer que la llama se dispare hacia arriba? ¿Para pasar de la nada a una llamarada? Esa es mi cara.

—¿Qué haces aquí? —atino a decir con la voz ronca.

Cruza la habitación en dos zancadas y se sienta en el borde de la cama.

—¿A qué te refieres?

—Esta es la casa de mi madre.

—¿No puedo venir a casa de tu madre?

—No, me refiero a cómo has venido. ¿Dónde está tu coche?

—En casa. No puedo conducir hasta que me quiten esto. —Levanta el brazo escayolado.

—Entonces, ¿has venido caminando?

Noah se quita el calzado usando solo los pies. Siempre me olvido de que hace ese tipo de cosas. Recoger cosas del suelo con los dedos de los pies y luego arrojarlas hacia arriba para agarrarlas con las manos. Dice que lo ayuda a seguir siendo un holgazán. Ni siquiera entiendo cómo es un deportista.

Se desliza hacia atrás para posicionarse a mi lado junto al cabecero.

—Claro que sí.

—Has venido caminando hasta aquí desde tu casa.

—Ajá.

—Es una caminata de una hora.

—Fue agradable. —Acaricia la cabeza de mi guitarra, bostezando.

—Bajo la lluvia.

—Me gusta la lluvia.

—Pero estás completamente seco. Ni siquiera estás… vale, te lo has inventado, ¿no?

—Tal vez.

Lo golpeo en el hombro.

—¡Vale, vale! Vaya, mini Garfield. —Me mira de reojo, y noto algunas arruguitas alrededor de sus ojos—. Si quieres saberlo, estoy aquí porque tu hermano, Ryan Kevin Garfield, me ha robado el móvil…

—Te ha robado el móvil.

—Vale, ayer lo dejé en su coche.

—Ah.

—Y por desgracia, mis fuentes me han informado que aún está en su coche, que actualmente está aparcado en el Instituto de Tecnología de Georgia, y seguirá ahí —comprueba el reloj de pared— cuarenta y seis minutos más.

—Por eso estás aquí… ahora.

—Mi transporte tenía otras cosas que hacer, pequeña G.

—Tu transporte. ¿Te refieres a tu madre?

—No, definitivamente era una limusina. Una gran limusina llena de chicas guapísimas.

—No llames guapísima a tu madre. Es raro.

—Lo es. —Arruga la nariz, pero luego sonríe y vuelve a tocar la cabeza de mi guitarra—. Oye, lo siento, te he interrumpido. ¿Qué estabas cantando?

—Nada. No estaba cantando.

—¿Qué? Venga, deberías seguir. Me gusta mucho esa canción.

—No. —Dejo la guitarra a un lado y la empujo hacia el pie de la cama.

—¡Pero si eres muy buena! Me pareció increíble. Sentía que estaba en la MLB, pero de canto. En serio, guau. Podía sentir la emoción en tu voz…

—Claro que no.

—De veras. ¿Sobre quién estabas cantando? Espera, déjame adivinar. Shawn Mendes. No, no, espera. ¿Cómo se llama el tío de esa película?

—El tío de esa película. —Reprimo una sonrisa—. Qué específico.

—Ya sabes a quién me refiero. El tío con los pómulos marcados. Con el nombre francés…

—No tengo ni idea de a dónde quieres llegar con esto.

—Voy a empezar a olvidar más seguido el móvil en el coche de Ryan. Si eso significa que podré presenciar a Kate Garfield cantándole a Timothée no sé qué…

Todo el aire abandona mis pulmones. Noah me dedica una sonrisa expectante, pero cuando me mira, se desvanece.

Kate Garfield Cantando.

Los ojos de Noah se agrandan.

—Kate…

—No es gracioso. —Me levanto de la cama con rapidez, agarro la guitarra y la guardo en el estuche—. ¿Lo has entendido? No me hace ninguna gracia.

Cierro el estuche de golpe. Y la boca de Noah también hace lo mismo.

Escena 16

Por supuesto, en cuanto Andy y yo entramos al instituto el lunes, vemos a Noah, listo para abalanzarse sobre nosotros.

—¡Kate! —Nos intercepta en el vestíbulo—. Hola, Anderson.

—Holaaaa. —Anderson me mira de soslayo y enarca las cejas.

—¿Qué tal estás? ¿Cómo lo llevas? —pregunta Noah.

—¿Te refieres a mis testículos? —dice Anderson—. Los llevo colgando, gracias.

Por primera vez, Noah se queda sin palabras.

Anderson sonríe y me da un codazo suave.

—Te quiero. Nos vemos en la clase de Historia. —Luego se ajusta la bandolera (las mochilas le arruinan la estética) y desaparece por el pasillo.

Noah parpadea.

—¿Por qué estamos hablando de testículos?

—Los huevos los has sacado tú a colación. —Me sonrojo—. O sea, no digo que los hayas sacado físicamente…

—Esta conversación debería ser un cien por cien menos literal —señala Noah.

—Sí. —Asiento con rapidez—. Sí, en fin…

—En fin —repite, repentinamente serio—, quería hablarte sobre lo de ayer. Quería disculparme de nuevo…

—No, no, no. No es necesario. He reaccionado de forma exagerada. No pasa nada.

—No, lo que he dicho ha sido una estupidez. Ni siquiera pensé en todo ese desastre. Eh, no me refiero a que la canción haya sido desastrosa. Solo lo que han subido a Instagram.

—¿Noah?

—¿Sí?

—No quiero hablar del tema.

—Vale. —Asiente—. Genial. Entonces, ¿estamos bien?

—Sí, estamos bien.

—Estupendo —dice—. Perfecto. Porque necesito tu ayuda.

—¿Mi ayuda?

Me lanza una leve sonrisa y asiente. Luego endereza los hombros y me mira directo a los ojos.

Ajá. Reconozco esta maniobra. El orgasmo visual. Un clásico de los *f-boys*. Se trata de esta fracción de segundo adicional de contacto visual, pero con la intensidad aumentada al máximo, que por lo general termina en un beso. Incluso Jack Randall lo logra, y está tan drogado la mitad del tiempo que apenas puede mantener los ojos abiertos. Pero en el caso de Noah, me inquieta que sea tan bueno en eso.

—¿En qué quieres que te ayude? —digo en tono aburrido.

Me niego a sucumbir al orgasmo visual.

Pero vaya. Noah tiene unos ojos dorados enormes y unas pestañas increíbles. A decir verdad, me parece injusto. A los *f-boys* se les debería exigir por ley que tengan el cuerpo musculoso de un deportista que a mí no me provoca nada. De verdad, no me interesan los abdominales. Los abdominales me resultan meh.

Pero ¿unos ojos bonitos? Esos no me resultan meh.

—Pues, estaba pensando —dice Noah— que tal vez podrías enseñarme a cantar.

—¿A cantar?

—Preferiblemente para el jueves.

—¿Quieres formar parte del musical? —Levanto las cejas.

—Es obligatorio para los estudiantes de T Avanzado.

—Claro.

—Ayer me quedé pensando: «Vaya, qué bien canta Kate, tal vez podría contarme sus secretos». Pero no creía que fuera posible enseñarle a alguien a cantar. —Se frota las manos a lo largo de la escayola—. Pero luego recordé lo que me dijiste en el autobús…

—Oh. Noah. No, es que…

—Y no, no soy bueno, pero quizás podría mejorar con algo de entrenamiento, ¿verdad? Siempre hay posibilidad de mejorar.

—Sí, hay posibilidad.

No sé muy bien qué decir. Ni siquiera sé si habla en serio.

Esto es lo que sí sé: Noah no es como mi hermano, que esconde una serie de talentos sin explotar. La voz de Noah Kaplan cuando canta suena como un ganso que se está muriendo lentamente. Estuvimos juntos en el coro de The Temple durante más de dos años, e incluso la cantora de la sinagoga se dio por vencida con él. Se detuvo de golpe en medio de *Oseh Shalom* y le pidió a Noah que solo articulara las palabras. En el acto, todo el coro se escuchaba cincuenta veces mejor. Si hubiera sido yo, me habría muerto de la vergüenza, pero a Noah le resultó graciosísima la situación.

—¿En serio tienes que hacer la audición para un papel con partes de canto?

—Ni idea. No he preguntado.

—Deberías hacerlo.

—¿Y si realmente quiero conseguir un papel con partes de canto?

Me río.

—¿Por qué?

—Porque sí.

—¿Acaso hay una chica guapa en esa clase o qué?

—¿Qué clase de pregunta es esa? —Noah me da unas palmaditas en el hombro—. Kate, es la clase de Teatro. Básicamente estoy rodeado de chicas guapas.

—Pero ¿te refieres a chicas guapas en general, o a las chicas guapas en la limusina de tu madre…?

—No, no. Qué horror. —Niega con la cabeza con firmeza—. Me refiero a las normales y maduras… vale, no maduras. O sea, chicas guapas que tienen una edad apropiada. Es una clase llena de chicas guapas con edades apropiadas.

—Además de Anderson y Matt —señalo, y no puedo evitar tener unas náuseas repentinas.

Matt. Y chicas guapas. Estuve tan ocupada con mis celos hacia Andy que ni siquiera consideré la existencia de las chicas guapas.

—Entonces, ¿lo harás? —pregunta Noah.

—Un momento… ¿qué?

—¿Esta tarde te parece bien? Le diré a Garfield que nos lleve… al otro Garfield. Al gran Garfield. A mi colega Garfield…

—Noah. —Las comisuras de mi boca se elevan—. No puedo enseñarte a cantar.

—¿Por qué no? —Parece afligido.

—Porque no podrías cantar afinado ni aunque lo intentaras.

—Vaya, mini Garfield. Dime lo que piensas de verdad…

—Vale, ¿recuerdas cuando tú y Ryan tratasteis de enseñarme a practicar deportes?

Fue en sexto curso, justo después de que Noah se mudara aquí desde Texas. Él y yo pasábamos mucho tiempo juntos, pero no estábamos del todo sincronizados. Noah siempre quería hacer cosas, pero no las que a mí me gustaban, como leer y marcar frases con separadores adhesivos codificados por colores o cantar la banda sonora de *Los miserables* de principio a fin. Noah solo quería patear pelotas de fútbol y entrenar con mi hermano, y yo nunca podía seguirles el ritmo, sin importar lo que hiciera. Así que traté de convencerlos de que me enseñaran.

Asiente con seriedad.

—Eso fue deprimente.

—Eh, no. Tú eres deprimente. Esto no tiene nada que ver con hacer deporte. Fue solo una analogía, pues estoy tratando de explicarte por qué no puedo enseñarte a cantar.

—¿En serio? Porque en realidad me parece un recordatorio de que me debes una. —Noah inclina la palma hacia arriba, la que no tiene escayola—. Y bien, ¿esta tarde?

—Estaré en casa de mi madre.

—¿Y mañana?

—También.

—¿Y el miércoles?

Hago una pausa de apenas una fracción de segundo, y el rostro de Noah se ilumina.

—¡El miércoles, entonces! Genial. Convenceremos a Ryan de que nos lleve.

—No puede. Mi padre se llevará el coche para cambiarle el aceite. Además, ¿Ryan no tiene béisbol los miércoles?

—Ohhh. Sí, tienes razón. Sip.

—Así que el miércoles queda descartado.

—Oh, no, claro que no. Mini Garfield, vamos. Viajaremos en autobús. El miércoles es el día perfecto. —Se acomoda la mochila sobre el hombro con dificultad y echa un vistazo hacia atrás antes de irse—. En serio, eres la mejor. Gracias por ofrecerme esta oportunidad.

—No lo he hecho.

—Nos vemos el miércoleeeeeees —trina.

Escena 17

Esta semana, soy un manojo de nervios. No puedo concentrarme en nada. En el camino al instituto el miércoles, tengo tantas nauseas que Anderson tiene que detener el coche.

—Inhala y exhala. —Me frota el hombro—. ¿Estás bien?

—¿Por qué siempre me pongo así?

—Oh, Katy. Son solo náuseas matutinas por razones teatrales. Ya lo sabes.

Sobrevivo a la clase de Álgebra, lo cual es un milagro en estas circunstancias. No es que a la señora Evans le importe lo más mínimo. Hoy está enfocada en los polinomios y en nada más. Los profesores nunca lo entienden. Venga ya, es la semana de las audiciones. En un mundo justo, apagarían las luces, se saltarían toda la parte académica y nos dejarían acurrucarnos en posición fetal con la banda sonora de *Once Upon a Mattress* en repetición.

Para la hora del almuerzo, nuestro grupo está oficialmente preso del pánico. Todos nosotros. Brandie está demasiado nerviosa como para comer. Raina está convencida de que está perdiendo la voz, por lo que ha hecho un voto de silencio. De hecho, lleva consigo un cuaderno de espiral con frases comunes a las que puede recurrir, como «nop», «joder, sí», «te estoy juzgando» y «adiós, *f-boy*».

Pero por alguna razón, hoy Anderson es el ojo del huracán. Es la calma en medio del caos. Se desliza con cautela en su asiento, apoyando el mentón en la mano.

—Matt quiere quedar conmigo para ensayar —dice, y el corazón me da...

Un.

Vuelco.

Vaya. Matt y Andy. Ensayando juntos. Y besándose, probablemente. En modo multitarea, pero con un toque romántico. Mi mejor amigo y el chico que me gusta.

Es raro. Nuestros flechazos compartidos siempre han estado bien contenidos. Como una hilera de muñecas en un estante. Los bajamos cuando queremos y los guardamos cuando terminamos.

Pero Matt es Pinocho. Es un chico de verdad que camina, habla y hace planes, y al parecer esos planes son con Anderson. Solo con Anderson. No conmigo.

Es genial. Absolutamente genial.

—Pasadlo bien —digo, tratando de que sonar casual, pero parezco susceptible y cortante.

Anderson pone los ojos en blanco.

—Tranquila, amargada, no es una cita. Estáis todos invitados. Justo después de clase en mi casa.

Raina levanta el cuaderno. «Joder, sí».

—Oh, qué guay. Llevaré algo para comer —dice Brandie.

—Nada de lácteos —aclara Andy con firmeza—. Ninguno de nosotros comerá productos lácteos hasta después de las audiciones. De hecho, Katy, ¿puedes llevar té? Tu papá tiene muchos tés de hierbas, ¿verdad?

Algo se me tensa en el pecho.

—No puedo ir.

93

—¡Ay, no! Yo te llevo. No te preocupes por el té. Nos vamos juntos después de clases.

—No, no es eso. Es que… le he prometido algo a… Noah.

Raina resopla.

—Noah Kap… —comienza a decir, pero cierra la boca al instante antes de buscar algo frenéticamente en su cuaderno. «Adiós, *f-boy*». «Adiós, *f-boy*». «Adiós, *f-boy*». Apuñala las palabras una y otra vez con el dedo índice.

Me cubro la cara con las manos.

—Lo séééééé.

—No lo entiendo —dice Anderson.

—Se supone que debo enseñarle a cantar.

—Vale, eso es inesperado. —Andy me toma de la mano por encima de la mesa—. ¿No tienes escapatoria?

—No. No lo sé.

Joder, parece a propósito. El único día, literalmente el único día que hago planes sin mis amigos, Matt Olsson entra en escena. Y sí, supongo que podría cancelarle a Noah. Está claro que una tarde no mejorará ni perjudicará su voz de canto. Pero este tipo de situaciones me desconcierta. Soy alérgica a la toma de decisiones. Al menos, soy alérgica a la idea de elegir entre varias personas. Por un lado, tengo a mis mejores amigos, a todo mi grupo, y al chico más guapo del universo, a quienes les gustaría pasar la tarde conmigo ensayando para el musical con el que no puedo dejar de fantasear. Por el otro, está Noah, literalmente un *f-boy*, que en un principio me engañó para que pasara el rato con él.

El problema es que no soy una persona que cancela compromisos.

Mierda, pero no me agrada la idea de que mis amigos y Matt ensayen sin mí.

Supongo que una pequeña parte de mí se siente aliviada de que no sean solo Andy y Matt. La presencia de Raina y Brandie interferirá en todo avance sexual. Pero incluso ese pensamiento es muy extraño. Interferir en la vida sexual de Anderson. Nunca antes se me había pasado por la cabeza. ¿Por qué ahora sí? Sería como hacer tropezar a mi propia pareja de baile. Es inútil y absurdo, ya que prácticamente me estoy perjudicando a mí misma. Pero tal vez sea diferente con Matt. No sé cuáles son las reglas en este caso. Nunca antes habíamos tenido un flechazo compartido que luego se convirtiera en uno verdadero.

—Estoy muy enfadada conmigo misma. —Suspiro en la manga de mi camisa de franela.

—Estarás bien. Solo recuerda, nada de lácteos. —Anderson entrecierra los ojos con picardía—. Pero Noah sí puede consumir.

—Qué malo eres —comenta Brandie.

—¿Qué? No me importa si es el protegido de Kate. Es mi competencia.

—Noah no es mi protegido. —No puedo evitar sonreír un poco—. Y te aseguro que no es tu competencia.

Escena 18

De hecho, Noah es incluso peor de lo que pensaba.
—Do medio —digo—. Escucha… —Canto una negra rápida y sencilla, sin ningún vibrato.

Noah está sentado en el borde de mi cama, con el brazo en el cabestrillo. Y sí, tiene la espalda derecha, así que gana puntos por postura. Pero ¿vocalmente?

—Ahhhhh…

—Parece como si te estuvieran haciendo una prueba de estreptococos.

Noah sonríe de oreja a oreja.

—¿Y eso está bien?

—No.

—Ahhhhhhhhhhhhhhh…

—Tal vez sea mejor si lo tarareas.

—Mmmmmmmmm. —Me mira—. ¿Qué tal?

—Mejor.

Mentira. Básicamente, está eligiendo notas al azar. Si no hubiéramos estado juntos en el coro, habría jurado que me estaba gastando una broma.

—Esta habitación es muy diferente de la casa de tu madre. —Se recuesta sobre el codo sano y echa un vistazo al dosel—. Parce la habitación de una niña.

—Eh, vale. Nadie ha pedido tu opinión...

—Creo que hace muchos años que no la renuevas. Parece que no has movido ni una sola hoja del escritorio, ¿verdad?

—¿Y qué?

Es verdad, mi habitación en la casa de mi padre es un museo de mi vida. Tengo a mis ositos de peluche más queridos, Amber y Ember. Las paredes son de color rosa, todavía cubiertas con pegatinas de Rapunzel, y la cama tiene un dosel, porque yo era *esa* clase de niña. Hay un juego de té de cerámica en el tocador, una biblioteca enorme, además de un arcón gigante lleno de ropa de muñecas, con demasiadas togas cosidas a mano por Brandie y Raina durante su efímera etapa de diseñadoras de moda para las American Girl. No es nada que Noah no haya visto antes. Pero si fuera Matt, me moriría.

Por supuesto, Matt ahora está en la casa de Anderson sin mí.

—Probemos cantar con la banda sonora —propongo con rapidez.

—A sus órdenes, capitana.

—De acuerdo, ¿cuál vas a cantar en la audición?

—Ni idea.

—Vale... —Conecto mi teléfono al altavoz y empiezo a revisar mi biblioteca de música—. ¿De qué canciones te sabes la letra?

Pero cuando me vuelvo para mirar a Noah, noto que está completamente acostado, con el brazo detrás de la cabeza y los ojos cerrados.

—¿Noah?

Se incorpora con un sobresalto.

—Espera, ¿qué?

—¿Te acabas de quedar dormido?

—Nooooo. —Tuerce la boca en una leve sonrisa—. Tal vez.

—¡Noah!

Lo miro boquiabierta. Esto es increíble. Me estoy perdiendo el último ensayo del grupo por esto. Por este *f-boy*, que literalmente está durmiendo y desaprovechando el favor que le estoy haciendo. ¿En serio? No le estoy pidiendo que sea Josh Groban, solo que esté físicamente despierto. El listón no está demasiado alto.

—¡Estoy despierto! —Me propina un golpecito en el brazo—. Vamos, Katy. ¿Qué me habías preguntado?

Parpadeo lentamente.

—¿De qué canciones te sabes la letra?

—¿Hablas de canciones en general?

—De *Once Upon a Mattress*.

—Oh, claro. —Asiente—. Ninguna. Aún no he escuchado la banda sonora.

—Bromeas. —Río sin expresión.

—Nadie me dijo que tenía que memorizarla.

—Pues, no es necesario, pero… —Mi voz se desvanece y solo lo miro. Es desconcertante. Tal vez solo sea la mentalidad de un *f-boy* agresivamente casual. Pero si no vas a estar preparado, ¿por qué te molestas en hacer la audición? Vale, técnicamente debe hacerla para la clase de T Avanzado. Pero Noah es el que está empeñado en conseguir un papel con partes de canto.

Lo cual no va a suceder, por cierto. No tiene ninguna posibilidad.

Niego con la cabeza.

—Noah, ¿cómo…?

Pero mis palabras quedan ahogadas por el chirrido de unos neumáticos y un sonido bajo muy profundo, seguido del ruido de la puerta de un coche cerrándose de golpe.

—Parece que alguien ha vuelto de entrenar —digo.

Un minuto después, Ryan aparece en mi puerta con una gorra de béisbol que no tarda en quitarse.

—¿Cómo va la lección? —Se alisa el pelo y se sienta con cuidado en mi escritorio, como si estuviera tratando de minimizar la contaminación del sudor en la silla.

—Está siendo un completo éxito —responde Noah, y luego hace una pausa como si realmente lo estuviera considerando—. Bastante difícil —concluye.

Solo niego con la cabeza. Nop.

—¿Te ha traído Sean? —pregunta Noah, y Ryan asiente.

Madre mía. Sean Sanders, el verdadero icono de los *fuckboys*. Un tío que pasa la mayor parte del tiempo publicando *selfies* sin camisa para que todos le vean la V abdominal y escribiendo descripciones con errores de ortografía, ya que no parece conocer la diferencia entre «halla» y «haya».

—Qué asco. —Arrugo la nariz.

Noah parece intrigado.

—¿Sean te parece asqueroso?

—No es asqueroso, solo es un imbécil.

—¡¿En serio?! ¿En qué sentido?

—¿Quieres que te explique por qué Sean Sanders es un imbécil?

—Sí, ¿qué ha hecho?

¿Qué ha hecho Sean? Ni siquiera sé cómo responder a esa pregunta. ¿Sean es un imbécil? Claro que sí. Pero no se debe solo a sus acciones, *per se*. Es simplemente un *fuckboy*, con la esencia básica de un *fuckboy*.

Pero incluso yo debo admitir que la esencia de un *fuckboy* es un tanto nebulosa. Probablemente no sirva como defensa en un caso de homicidio, por ejemplo.

Niego con la cabeza.

—La verdadera pregunta es: ¿por qué sois amigos de él?

—¿De Sean? —dice Ryan e intercambia miradas con Noah—. Pues, no somos muy cercanos.

—Te ha traído hasta casa.

—Porque tenía que llevar a alguien que vive aquí cerca. No es un mal tipo. —Ryan hace una pausa para mirarme a los ojos—. ¿Verdad?

—Sí. No, tienes razón. —Algo me oprime el pecho—. No me ha hecho nada.

—Vale, genial. —Duda—. Avísame si alguna vez te hace algo.

Alzo la vista hacia el dosel, sintiéndome extraña y con un nudo en la garganta. No es que me moleste que Ryan se comporte como el hermano mayor protector. Es solo que mi corazón nunca sabe cómo interpretarlo. Porque, al fin y al cabo, Ryan todavía levanta pesas con Eric Graves. Todavía ve a Mira Reynolds en las fiestas. Y a veces solo quiero gritarle en la cara: «¿Ya lo has olvidado? ¿No te importa?».

—¿Sabéis cuál es el problema? —dice Noah.

Parpadeo.

—¿Que tenéis unos amigos de mierda?

—Buena suposición, pero no. —Noah esboza una sonrisa—. Mini G, el problema aquí es que no entiendes los deportes.

—Hurra. Otra vez lo mismo…

—Escucha. Me refiero a los deportes de equipo, ¿vale? Tomemos a Sean como ejemplo. Nos has preguntado por qué somos sus amigos, y lo entiendo. Es una pregunta totalmente válida, porque, para los ojos inexpertos… claro, eso es lo que parece.

Me siento erguida y frunzo el ceño.

—No tengo los ojos inexpertos.

—Solo digo que no sabes lo que es estar en un equipo.

—¿Perdón? Antes jugaba al fútbol.

—Tenías seis años —me recuerda Ryan—. Y llorabas en todos los partidos porque tenías miedo de que la pelota te golpeara.

—¡Porque una vez me golpeó! ¡Justo en el pie!

—Así es el juego —dice Ryan—. Literalmente de eso se trata el juego.

—De acuerdo, ¿y qué? Sé lo que es un equipo…

—Pero —Noah levanta un dedo— no entiendes las dinámicas de equipo. Estás tratando de comparar un equipo con la amistad, pero no es lo mismo. Es así. —Agarra mis ositos de peluche, Amber y Ember—. Estos dos. Se detestan, ¿verdad?

—Eh, no. Se aman…

—Pero en el pro del argumento, digamos que se detestan. Espera, no. Es más como una leve aversión mutua. —Posiciona a los ositos para que queden enfrentados—. Pero el problema es que están atrapados juntos y tienen que pasar todo el día en tu cama uno al lado del otro. Duermes con ellos, ¿verdad? —Me mira—. Sí, claro que sí. Así que durante todo el día y la noche, estos dos pequeños…

—¡Son chicas!

—¡Perdón! Estas dos señoritas. Estas ositas muy bonitas…

—¿Por qué haces esto?

—¡Solo escucha! Lo que quiero decir es que estas dos bellas mujercitas básicamente están obligadas a estar juntas las veinticuatro horas del día, los siete días de la semana. Y llevémoslo al siguiente nivel, ¿vale? Por ende, Peluchita y Peludita…

—¡Amber y Ember! Muestra un poco de respeto.

—De acuerdo, piensa que Amber y Ember no son solo compañeras constantes, sino que también tienen que trabajar juntas. Digamos que tienen que completar una tarea en conjunto, como… —Mira a Ryan, quien se encoge de hombros—. Bueno, no lo sé. Desconozco la vida de los osos. Pero la cuestión es que, a pesar de que no sean amigas ni se lleven bien, tienen que encontrar una manera de cooperar y ser amables la una con la otra. De lo contrario, es una mierda para todos.

Le arrebato las osas de peluche y las abrazo.

—Entendido. Buena historia.

—Entonces, lo que te estoy diciendo —continúa Noah, sin inmutarse— es que cuando estás en un equipo…

—Te das cuenta de que es exactamente la misma dinámica que la de un grupo de teatro, ¿verdad?

—No, no, no. Es diferente. Es más como… Ry, échame una mano. Tú entiendes lo que digo.

—¿Algo sobre ositos de peluche? —Ryan apoya el mentón en el puño.

—Mejor no digas nada. No. Vosotros dos sois… uff.

Ryan y yo intercambiamos unas sonrisitas.

—¿Sabes qué? —Noah se levanta de la cama y se vuelve hacia mí—. Tengo un plan, Kate. Tienes que ir a un partido. A uno solo, ¿vale? Prométemelo. Ni siquiera tiene que ser uno de béisbol.

—Yo no…

—De fútbol, ¿qué te parece? Hagamos un trato, mini Garfield. Tienes que acompañarme a un partido de fútbol, y quiero que realmente prestes atención a cómo interactúan los jugadores. Dentro y fuera del campo. Te iré explicando toda la dinámica a medida que avance el partido. Ya la entenderás.

—¿Cómo es eso un trato…?

—¡No he terminado! Si vas a un partido y realmente te concentras en él, a cambio… —Hace una pausa, pensativo—. Cantaré una canción completa en un escenario.

Me río.

—Eso no es un incentivo.

—Piénsalo. —Noah hace un gesto vago hacia Amber y Ember—. También puedes hablarlo con estas señoritas…

Le arrojo los dos peluches a la cabeza antes de que cierre la boca.

Escena 19

Tres minutos y medio después de que suene el último timbre el jueves, Andy y yo ya estamos en el auditorio. Sector central, sexta fila desde el frente, cuidadosamente calculada para que sea el lugar ideal para espiar las audiciones. Andy se hunde en su asiento.

—¿Cómo te sientes?

—Bien, bien. ¿Estás nervioso? Yo sí. —Tamborileo con los dedos a lo largo del reposabrazos—. ¿Por qué nunca se vuelve más fácil?

Anderson asiente sin decir ni una sola palabra.

—Tú puedes —añado—. Lo harás genial, Andy. Lo juro, te tocará el papel de Dauntless. No tengo dudas…

—Creo que le tocará a Matt —me interrumpe.

—¿Por qué crees eso?

—¿En serio? Ya lo has oído cantar.

—También te he oído cantar a ti.

Pero Anderson solo suspira.

—¿Y si este año Zhao vuelve a elegir solo a los estudiantes de último año? ¿Y si fracaso a lo grande?

—¡No vas a fracasar a lo grande!

—No lo sabes. No eres psíquica.

—Andy, nunca has fracasado en una audición en tu vida.

Y es verdad. Si Anderson quiere interpretar al príncipe Dauntless y no lo consigue, estaría sorprendida. Después de todo, sabe cantar, bailar y actuar. Es ofensivamente talentoso.

Deberían inventar una palabra para definir la mezcla de orgullo y envidia que sientes cuando uno de tus seres queridos es realmente bueno en algo. El deseo de que esa persona triunfe es tan fuerte que parece personal. Pero también te reconcome el sentimiento de deseo cuando lo piensas.

Porque, a fin de cuentas, no soy tan talentosa como Andy. Simplemente no lo soy. Nunca lo he sido. No tengo la voz mágica para cantar, ni la cadencia cómica, ni el carisma. Nunca he sido la última en hacer una reverencia durante la ovación final. Tal vez no sea una de esas personas.

Soy más del tipo que suscita el siguiente comentario: «Qué vergüenza, literalmente no puedo verlo».

Raina aparece por el pasillo lateral, lista y llena de energía. Señala su móvil antes de decir:

—Harold os desea mucha mierda.

—Ayy. Gracias, Harold. Qué tierno.

—Lo sé. —Se inclina sobre nosotros y estira el cuello—. ¿Dónde está Zhao?

—Supongo que...

Pero me interrumpe, con los ojos entrecerrados fijos en la entrada.

—¿Por qué Vivian Yang está aquí?

—¿Qué? —Me giro y el estómago me da un vuelco. No es que no me agrade Vivian. Vale, no me gusta del todo la forma en la que abandonó a Andy de la nada para unirse a la fuerza F, pero entiendo que estábamos en noveno. Es solo que Vivian no es precisamente una chica de teatro. Y me parece que nunca ha participado en un musical en toda su vida.

Pero sabe cantar. De eso estoy segura, y no solo por las grabaciones de estudio de Anderson. Vivian interpretaba el himno nacional cada dos o tres meses en las asambleas de la primaria. ¿Y todas esas competencias de canto a las que Vivian y Andy iban juntos en aquel entonces? Vivian las ganaba. Prácticamente las ganaba todas. No es tan sorprendente, teniendo en cuenta que sus padres son músicos profesionales. De hecho, el grupo de R&B de su madre una vez fue telonero de Blaque en los noventa. Vivian también tiene una voz muy parecida a la de su madre. Es una de esas voces que suena como un alto, pero no lo es. En realidad, es una supersoprano. Estoy convencida de que puede alcanzar notas que solo mis perros pueden escuchar.

Suspiro.

—Mierda.

—Vale, ¿dónde está Zhao? —pregunta Raina—. ¿Y dónde está Matt?

De pronto, se escucha una serie de notas provenientes del piano, tan fuertes que todos damos un respingo. Miro hacia el escenario, y qué sorpresa… es Noah. No sé qué tienen los *f-boys* con los instrumentos musicales. Es como si tuvieran la necesidad de tocarlo todo y ser tan molestos como sea humanamente posible. Noah parece tan sorprendido que uno pensaría que acaba de aprender lo que sucede cuando presionas las teclas de un piano.

Suena el timbre que indica el fin de la jornada escolar y echo un último vistazo a las puertas del auditorio. Brandie entra corriendo, y luego la señora Zhao y el profesor de música salen de entre bastidores charlando con Devon Blackwell, el estudiante que dirigirá el musical. Un chico guapo, como un músico de grunge con el pelo suelto, que tiene el tic de parpadear dos veces que siempre me ha parecido adorable. Hablábamos mucho en los ensayos de la primavera pasada, más que nada sobre música, y durante un tiempo pensé que… tal vez. Pero Andy no sentía lo mismo. Así que, sí.

De todas formas, la mayoría de nosotros ya conocemos el procedimiento. El profesor de música, el señor Daniels, se coloca al medio como un juez, acompañado por Zhao y Devon, cada uno en uno de sus lados. Y luego llaman a la gente a cantar, uno por uno. Sin embargo, hay que reconocérselo: no se comportan como gilipollas durante las audiciones. En las películas, siempre ves a personas que tienen que cantar solas en un escenario como si estuvieran en Broadway o en *La Voz*. Pero Zhao, Devon y el señor D crean un ambiente tranquilo. Solo tú y ellos en el escenario, sin micrófono. Y sí, todos escuchan desde los asientos del auditorio, pero el acompañamiento del piano oculta ciertos errores. A Zhao no le gusta humillar a los estudiantes, lo cual es poco frecuente en una profesora.

Linsday Ward es la primera, y trato de no ser demasiado obvia cuando me inclino hacia adelante. Está cantando *Happily Ever After*, lo que significa que quiere el papel de Winnifred. Y no es mala. Aprovecho el momento para mirar a escondidas la cara del señor D, que se encuentra detrás del piano. En estas situaciones, suele fruncir los labios hacia adentro y hacia afuera mientras toca, como un ternero que se alimenta de su madre. Raina lo denomina la Mamada por esa razón, y solo lo hace cuando está superconcentrado.

Ahora diría que el señor D está haciendo un movimiento ligero y cortés con la cabeza. Definitivamente nada de Mamadas. Pero como Lindsay es una estudiante de último año, eso la convierte en una amenaza. Nunca se sabe qué dirección tomará Zhao.

—Hola —dice Matt sin aliento, mientras se acomoda a mi lado en el asiento junto al pasillo—. ¿He llegado tarde?

—No, justo a tiempo. ¿Cómo estás?

Anderson se inclina sobre mí para chocarle los cinco.

—Qué bien que hayas llegado.

—Menos mal. —Matt sonríe.

—Tenía que terminar un examen de Literatura —dice Andy, porque al parecer ahora es el guardián del horario de Matt.

Pero luego Matt se inclina más cerca de mí, con los labios a un par de centímetros de mi oreja.

—Anderson me ha dicho que tienes el papel de Winnifred asegurado.

El corazón me da un vuelco.

—¿En serio ha dicho eso?

Matt sonríe y asiente.

—Eh, eres un encanto. —Le doy un pequeño empujón a Anderson, quien me guiña un ojo.

—Bueno, Lindsay ha terminado —susurra Brandie.

En el escenario, la señora Zhao desliza la mirada de la hoja de inscripción a los asientos del auditorio.

—Raina Medlock, tu turno.

—Mieeeeeeeerda.

—Te quiero, Rain. Tú puedes. —Levanto las piernas para que pueda salir al pasillo.

Después de Raina sigue Emma McLeod, y luego Colin Nakamura, luego Brandie, luego Lana Bennett, luego Anderson (que arrasa hasta dominar el escenario por completo), seguido de la masacre auditiva de Noah. Aunque debo admitir que tiene mucha chispa ahí arriba. Noah Kaplan tiene presencia escénica, ¿quién lo diría?

De repente, es mi turno.

Me cruzo con Noah, quien hace una pausa para chocarme los cinco.

—Buena suerte.

Me quedo helada.

—¡Noah! ¡No! Se dice «mucha mierda».

—¿Por qué? No tiene sentido.

—Vale, antes que nada, es solo una expresión… —Pero dejo de hablar, porque la señora Zhao me está mirando expectante desde arriba, y ahora siento que el corazón se me sale del pecho—. Oye —recuerdo añadir, después de un momento—, buen trabajo ahí arriba, Noah.

—Eh, gracias. —Noah sonríe como si supiera que estoy mintiendo, pero acepta la mentira—. Tú puedes, mini Garfield. —Se toca la escayola con grandilocuencia.

—Muy bien —dice el señor Daniels—. ¿Qué vas a cantar?

Respiro hondo.

—*The Swamps of Home.*

La señora Zhao asiente levemente, e incluso ese reconocimiento me hace sonrojar. Es curioso, pues se trata de un acuerdo tácito que existe entre todos nosotros. Zhao quiere que seamos flexibles, por lo que técnicamente no se nos permite presentarnos a la audición con un papel específico en mente. Pero le enviamos mensajes en clave con nuestras elecciones de canciones. Si quieres interpretar un personaje en particular, tienes que cantar una de sus canciones. Nosotros lo sabemos, al igual que Zhao, aunque no siempre dé resultado.

Así que ahora todo el mundo sabe que quiero ser Winnifred. Todos lo saben.

—Cuando tú digas —dice Zhao, inclinándose hacia Devon. Le susurra algo y toca un lugar en su carpeta, donde él luego hace una anotación.

El señor Daniels me mira a los ojos y toca los primeros compases, pero hace una pausa expectante.

Kate Garfield Cantando, mi cerebro se asegura de recordármelo. *I die a little.*

Respiro hondo otra vez.

Y en ese momento, mi mente se libera y se eleva hasta el techo.

Escena 20

Ahora solo queda esperar.

—Ambos son imposibles de leer —comenta Brandie, y creo que ya lo ha dicho unas veinte mil millones de veces. Agarra una botella de Coca-Cola de la mesita de noche de Anderson y le da un sorbo. Es una de esas botellas personalizadas en donde se lee: «¡Comparte una Coca-Cola con Braden!». Esto es verdad: si Brandie ve algo remotamente parecido a su nombre, lo comprará y luego lo guardará. Es su colección de basura, según Raina.

Anderson se apoya en el cabecero.

—Tienes razón. —Suspira—. Zhao es una escorpio, así que tiene sentido, pero uno pensaría que el señor D dejaría entrever algún tipo de pista.

—Ha hecho la Mamada —menciona Brandie.

—Sí, pero ¿qué significa realmente? —contesta Andy—. B, recuerdo con claridad que enloqueciste el año pasado cuando el señor D no mamó en tu audición…

—Ay, Dios. Por favor, dejad de hablar del señor D mamando. —Raina se estremece.

Rain, tú eres literalmente la que…

—Lo sé. —Raina le da un golpecito a Andy en el tobillo—. Pero no como verbo.

Andy le devuelve el golpecito.

—En fin, solo digo que estoy cien por ciento seguro de que el señor D no hizo la Mamada en la audición de Brandie el año pasado y... mmm. Ah, sí, ¿qué papel le tocó al final?

Brandie no puede evitar sonreír en la boca de su botella de Braden.

—María, María, María, María —canta Anderson.

—De acuerdo —dice Brandie—, pero recordad que sí hizo la Mamada en la audición de Raina...

—Puajjjjjjjj.

Brandie la ignora.

—Y este año, está clarísimo que la hizo cuando Vivian estaba cantando.

—Pero con Kate no —señala Andy—. Y Kate fue...

—Nop. —Cierro los ojos con fuerza—. No quiero hablar al respecto.

Una completa mentira. Tengo muchas ganas de hablar al respecto, y lo saben.

Después de las audiciones, tenemos la costumbre de analizar todo lo sucedido. Mientras veníamos en coche hasta aquí, diseccionamos cada momento desde todos los ángulos posibles. Y como la madre de Anderson estaba en casa, repasamos todo de nuevo para ponerla al día. Ni siquiera nos hizo preguntas. Simplemente se quedó sentada trabajando en su bordado en punto de cruz mientras continuábamos con nuestro monólogo, solo porque es una mujer muy guay. Y ahora nos hemos apoderado de la cama tamaño *queen* cuidadosamente hecha de Andy para iniciar la tercera ronda bajo la atenta mirada bidimensional de Billy Porter, Lizzo y Lena Waithe: la Galería de íconos de Andy.

—Kate. —Raina se estira y bosteza a mi lado—. Sabes que lo has hecho increíble.

—¿Qué? No. —Me abrazo las rodillas—. Vosotros lo habéis hecho increíble.

Andy resopla.

—Perdón, vosotras tres lo habéis hecho increíble. Cuando quería llegar a una nota alta, mi voz sonaba como un chillido teniendo sexo con un gruñido.

—¿No sería un graznido? —Brandie bebe un sorbo de Coca-Cola.

—Al menos en la primera estrofa no sonabas como una oveja masturbándose —digo.

—Al menos no sonabas como un sapo tirándose pedos por la boca.

—Esta es la conversación más pirada que he escuchado en toda la vida —dice Raina.

—No estamos pirados —aclara Andy—. Solo somos competitivos. De una manera saludable.

—Acabas de decir que tu voz sonaba como el pedo de un sapo.

—Porque así sonaba —dice Andy.

—A mí me suena —dice Raina— que un niño pequeño llamado Anderson Walker está buscando cumplidos.

—Eh —replica Andy—. No es verdad.

Andy tiene razón: él no busca cumplidos. Solo se comporta así cuando está ansioso. Se pone en modo péndulo, oscilando entre arrogante y autocrítico. Es como si supiera y no supiera al mismo tiempo lo talentoso que es.

—De todos modos, esta es mi predicción —prosigue Anderson, mientras se estira por encima de Brandie para alcanzar un paquete de Skittles en la mesita de noche—. Brandie será el bufón, Raina será la reina…

—¡Basta! No seas gafe. —Las mejillas de Raina se le ponen rojas de inmediato.

Lo juro, las caras de algunas personas son verdaderos carteles de neón. Raina siempre ha sido así. No se sonroja muy a menudo, pero cuando lo hace, es muy evidente.

Raina quiere ser la reina, y mucho.

Podría haberlo adivinado, ya que a Raina siempre le han fascinado las reinas. Por eso eligió el nombre de Raina. Aún tengo el recuerdo vívido del primer día de segundo curso, el año en el que empezó su transición. Sus padres son completa y totalmente exagerados, pues le compraron muchísimas faldas y vestidos para renovar su armario. Pero ese día, Raina solo quería usar vaqueros y una de las camisetas viejas de su hermana, con una foto de Elsa de *Frozen*. En la camiseta se leía «La reina de las nieves». Y cada vez que Mira Reynolds y Genny Hedlund la llamaban por su nombre de nacimiento, o no respetaban su identidad de género, o le hacían preguntas raras e invasivas, Raina fingía ser Elsa. Una vez me lo explicó. Me dijo que el secreto estaba en actuar con confianza. Con una confianza intachable. Con la confianza digna de una reina.

Y funcionó. Mira y Genny dejaron de molestar a Raina bastante rápido, y creo que esa fue la peor etapa. Incluso durante los años siguientes, la fuerza F por lo general la dejaban en paz. Para ser sincera, creo que mucha gente se olvida de que es trans. Está totalmente fuera del armario, pero no habla mucho sobre cuestiones trans, excepto con nosotros y con Harold. Porque si bien sus poderes de Elsa ahuyentaron con éxito a Mira y a Genny, ella nunca confiará del todo en la fuerza F. A decir verdad, le cuesta mucho confiar en las personas de la fuerza F. Y lo más probable es que esté justificada.

—¡Oh! —Anderson me da un codazo—. Matt quiere saber si vamos a ir a la fiesta de Sean Sanders mañana por la noche.

Raina se ríe, pero se detiene en seco cuando se cruza con la mirada de Anderson.

—Ay, tío. Hablas en serio.

Anderson traga un Skittle.

—¿Por qué no hablaría en serio?

—Una fiesta. —Raina entrecierra los ojos—. Con Sean Sanders.

—¡Y con otras personas!

—Vale, vale —dice Raina—. Estoy segura de que irá todo el grupo. Sus seis abdominales…

—Ocho, en realidad —interviene Brandie.

Anderson sonríe con timidez.

—No lo sé. Podría ser divertido.

—Iría —Brandie sonríe con ironía—, pero he quedado para ir a ver esa película.

—Con tu mejor amiga —añade Raina.

—Vale, eso es…

—Y no es una película —dice Raina con solemnidad—. Es un filme.

Brandie le da un golpe en el brazo. Ambas son muy graciosas, lo juro. Mi padre las llama la Pareja Dispareja. Son polos opuestos, pero en realidad creo que, a su manera, están tan unidas como Anderson y yo. Durante un tiempo, Andy estuvo convencido de que Raina y Brandie estaban saliendo en secreto. Había reunido muchas pruebas, como el día que Raina llegó al instituto con olor al champú de Brandie, o la forma en la que Raina se volvió loca buscando Coca-Colas con el nombre de Brandie en la etiqueta en todos los supermercados. En retrospectiva, tal vez haya sido una exageración, pero juro que tenía sentido en ese momento.

Pero no. Era solo Anderson siendo Anderson en su máxima potencia. Raina y Brandie se rieron durante horas cuando se lo contó. Raina es bisexual, pero lo dejó muy claro: salir con Brandie sería prácticamente edípico. Y hasta el día de hoy, no tenemos idea de cómo se identifica Brandie. Es decir, en una ocasión se sonrojó y llamó «adorable» a Harry Styles, pero eso es todo. Es todo lo que sabemos.

Andy se vuelve hacia mí.

—Kate, vas a ir, ¿verdad?

—Claro que sí —confirmo—. No pienso perderme ver todos esos abdominales de *fuckboy*.

Pero Andy solo resopla.

—No piensas perderte ver a Matt —dice sin rodeos.

Es como si hubiera extraído las palabras directamente de mi cerebro.

Escena 21

Cuando suena el último timbre del viernes, me dirijo directamente al Baño Olvidado en el Tiempo. Me reuniré con Andy allí para luego caminar juntos hasta la oficina de la señora Zhao. No me imagino mirando la lista del elenco sin él. Andy siempre encuentra la forma de hacer que las malas noticias no sean tan malas. Y también hace que las buenas noticias se sientan reales.

Él ya está allí, esperándome en la puerta del baño. No hay tiempo para charlar en los cubículos. En el momento en el que llego, me agarra del hombro, me da la vuelta y me lleva por el pasillo.

Me río.

—Deduzco que ya estás listo.

—Siempre lo estoy.

Estamos a solo unos metros de la oficina de la señora Zhao, a la vuelta de la esquina. Pero es imposible ver la puerta de Zhao, incluso cuando nos acercamos. Hay una multitud de chicos de teatro bloqueándola. Los estudiantes siguen abriéndose paso para acercarse lo suficiente y fotografiar la lista completa del elenco con el propósito de analizarla más tarde. Pero algunos también se alejan para celebrar, enviar mensajes o llorar. Margaret Daskin pasa con sigilo junto a nosotros mientras se cubre el rostro con las manos.

—Vale, ha llegado el momento. —Andy exhala—. ¿Deberíamos abrirnos paso?

Asiento con rapidez. Para ser sincera, tenemos que hacerlo. De lo contrario, alguien como Lana Bennett estará destinada a revelar la noticia, y si me han vuelto a elegir para un papel secundario de mierda, Dios sabe que no quiero enterarme de esa forma.

—Veo la cabeza de Brandie —dice Anderson—. Vamos. —Me toma de la mano y entrelaza nuestros dedos. Momentos después, estamos serpenteando entre la gente para llegar a Brandie. Se da la vuelta justo cuando la alcanzamos, casi como si nos hubiera percibido. Está sonriendo de oreja a oreja.

El corazón me salta a la garganta.

—¿Buenas noticias? —indaga Andy.

Brandie cierra la boca y asiente. Es difícil saber qué interpretar de eso. Buenas noticias, seguro. Pero ¿buenas noticias para quién? Es obvio que Brandie quiere ser el bufón, ya que está esa escena de baile, pero tal vez su entusiasmo esté relacionado con Anderson. O con Raina.

O conmigo.

Me ruborizo y desvío la mirada a toda velocidad para enfocarme en la nuca de una chica de primero. Ahora estamos peligrosamente cerca de la puerta. Ya puedo vislumbrar el papel blanco contra la madera. Anderson sigue empujando para llegar al frente, y se me corta la respiración. Durante un momento, se me nubla la visión cuando tengo la lista impresa frente a mis ojos.

Luego logro enfocar la vista.

El nombre del primer personaje de la lista: princesa Winnifred.

El nombre escrito al lado: Vivian Yang.

—Ay, Katy. —Andy me suelta la mano y, en su lugar, me rodea la cintura con el brazo.

Asiento, aturdida.

—No pasa nada.

Princesa Winnifred: Vivian Yang.

Vaya. Así que Vivian ha obtenido el papel soñado. La primera vez que hace una audición, y *bum*. Lo ha conseguido todo: la última reverencia, el vestido del pantano, las mejores escenas y canciones y el beso con...

Príncipe Dauntless: Anderson Walker.

Un momento.

Príncipe Dauntless.

Anderson Walker.

—¡Andy, lo has conseguido! —Lo abrazo—. Te lo dije. Mierda. *Mazel tov*.

Se ríe.

—*Mazel tov* para ti también.

—¿Para mí?

Vuelvo a observar la lista.

Reina Aggravain: Raina Medlock.

Rey Sextimus: Noah Kaplan.

—Oh, Noah. —Sonrío.

El rey Sextimus pasa la mayor parte de la obra mudo por culpa de una maldición. Ojalá pudiera trasladarse a la vida real y extenderse a todos los *f-boys*.

Anderson me da un codazo.

—Sigue leyendo.

Lady Larken: Kate Garfield.

—Espera... ¿qué?

Me giro despacio hacia Anderson, cubriéndome la boca con las manos.

—Nada mal, ¿eh? —dice y me abraza de lado.

Pues, estoy bastante segura de que se me está cerrando la garganta. Solo un toque de asfixia, nada grave.

En serio, no lo proceso. Yo. Un papel protagónico. Un guion que aprender. En el centro de atención. Filas de ojos. Mi rostro iluminado por las luces.

Lady Larken. Un personaje que tiene nombre, habla, canta y hace cosas. Mi voz, pero subrayada. Yo, pero en negrita.

—No parece real —digo al final.

Siempre pensé que el teatro era el amor no correspondido de mi vida. Todos esos papeles que quería, pero ellos no me querían a mí. Todas esas audiciones que no me llevaban a ninguna parte. Estaba empezando a sentirme como si estuviera gritando «te quiero» en un agujero negro.

Resulta que obtener un papel protagónico se parece mucho a un «yo también te quiero».

Anderson estudia mi rostro.

—¿Estás feliz?

—Sí. —Asiento y luego lo miro, sonriendo—. Aunque estoy desanimada porque no podré casarme contigo.

—Eh, mira a tu Harry.

—Ah, cierto. —Vuelvo a posar la mirada en la lista y echo un vistazo más allá de mi nombre. Y ahí está, justo debajo.

Sir Harry: Matthew Olsson.

Mierda.

Sir Harry: Matthew Olsson.

Sir Harry: mi interés amoroso. Matt Olsson es mi interés amoroso. Y ni siquiera un interés amoroso casual. Ni siquiera es sutil. Nuestros personajes literalmente tienen un hijo juntos.

Memorizar mis líneas ya no es importante. Ahora necesito aprender a respirar de nuevo.

Escena 22

Cuanto más nos acercamos a la casa de Sean Sanders, más rápido me late el corazón.

—Recuérdame por qué estamos a punto de entrar a la fiesta de un *f-boy*.

—Porque nos ha invitado el padre de tu hijo por nacer.

Andy lo ha estado llamando así toda la noche. Mi preñador. El progenitor de mi bebé. Y sí, Andy solo está haciendo comentarios jocosos, pero lo juro, hay algo raro en su voz. Tal vez crea que si bromea lo suficiente sobre el asunto, nadie sabrá que le fastidia.

Anderson engancha el brazo con el mío.

—¿Entramos?

Asiento con firmeza.

—Hagámoslo.

Vaya. Vamos a entrar en una auténtica y verdadera fiesta. La música retumba a través de la puerta principal, y mi corazón sigue el ritmo de la línea de bajo. A través de la ventana, vislumbro a varias personas bailando y bebiendo de vasos de plástico rojo. Miro de reojo a Andy, que se ha detenido en la escalera de entrada, con la mirada fija al frente. Se ve completamente perdido con esos gigantescos ojos color café.

—Psst. Eres un genio —susurro.

—Lo sé.

—Un genio guapísimo.

Me mira de arriba abajo y sonríe.

—Tú también.

Vale, sí, eso me hace sonrojar. Porque aunque me avergüence admitirlo, el objetivo estético era sin duda verme como una genio guapísima. El pelo lo tengo bastante bien domado y recogido hacia atrás con horquillas. Anderson me convenció de que me pusiera una falda, corta y plisada, botas y un cárdigan enorme. Y también me he puesto colorete, rímel y bálsamo labial, que son los únicos productos de maquillaje que puedo usar sin verme como alguien que ha dejado que unos niñitos y/o unos *f-boys* le hicieran garabatos en la cara.

Desengancha el brazo, abre la puerta y me toma de la mano para llevarme al interior.

Y... uff.

La fiesta me golpea cada uno de los sentidos. Muro de sonido. Olor a cerveza. Luces navideñas multicolores que demuestran que Sean Sanders es un héroe festivo entre los *f-boys*. Estoy completamente aferrada a Anderson, casi sin darme cuenta.

—¿Crees que Matt ya está aquí? —pregunto.

—No lo sé. Vayamos a dar una vuelta.

Dar una vuelta. Vaya, Anderson, ya dominas el lenguaje de las fiestas.

Me esfuerzo por no parecer demasiado aterrorizada ante la posibilidad de tener que abrirme paso entre la multitud de *fuckboys*. Es curioso cómo hace solo unas horas, Anderson logró atravesar una masa de chicos de teatro a codazos. La misma maniobra, pero ahora, en vez de cabellos teñidos y camisetas de *Hamilton*, estamos rodeados de pantalones de chándal grises, camisetas deportivas, minifaldas y blusas cortas. Veo a mi hermano en la esquina riéndose con unos chicos de béisbol. Nunca he estado en la misma fiesta que Ryan, pero he visto fotos en Instagram donde aparece sonriente y con las mejillas rosadas. Supongo que una parte de mí pensó que existía la posibilidad de que Ryan bebiera alcohol, pero no estaba del todo segura. Después de todo, en las fotos nunca se lo ve con un vaso en la mano.

Pero misterio resuelto: mi hermano definitivamente está bebiendo. De todos modos, la confirmación de mis sospechas me hace sentir rara, pequeña y a un millón de kilómetros de él.

De pronto, un tío rubio y corpulento pasa caminando con pasos pesados delante de nosotros mientras flexiona los músculos y grita:

—VAMOOOS.

—Ay, cielos. —Anderson se agarra la garganta.

Algo se estrella en la habitación de al lado, seguido de carcajadas, chillidos y una lista interminable de palabrotas. Todos los sonidos parecen un poco más fuertes de lo necesario. Incluso las personas que se han adueñado del sofá dejan de besarse por el sobresalto que les produce el ruido.

Tal vez hayamos entrado en un universo alternativo. Todo está ligeramente fuera de eje, como por ejemplo las gorras de béisbol. En cuanto un *f-boy* llega a una fiesta, parece que se olvida de cómo funcionan. Quizás los *f-boys* no quieran comprometerse a usarlas por completo, así que simplemente las giran hacia atrás y se las colocan a media cabeza. Es la única explicación posible.

—Deberíamos encender un ventilador —propone Andy, leyéndome la mente, como siempre—. Y… ¡zas! ¡Ay, no! ¿La gorra acaba de salir volando? Quizás deberías habértela puesto bien en la maldita cabeza.

Parpadeo.

—¿Matt… está en alguna parte? No lo veo.

—Tal vez esté en una de las otras habitaciones. ¿Quieres que nos separemos y…?

—¿Estás loco? —Miro a Anderson boquiabierta—. No te atrevas a dejarme sola. Podrían matarme.

En ese preciso instante, una chica con una blusa corta desteñida se choca conmigo y apenas logra mantenerse en pie sin derramar su bebida.

—Dios mío. —Me apoya la mano en el hombro—. Dios mío, lo siento. Lo siento mucho.

—No pasa… nada —empiezo a decir, pero ya está arrastrándose de vuelta a la multitud.

—Vale, seamos sistemáticos —dice Anderson—. ¿Por qué no nos acercamos a la mesa de las bebidas?

—¿Vas a beber?

—¡Ni de coña! —Anderson aprieta los labios con cautela—. Pero deberíamos conseguir unos vasos rojos de agua o algo así, para pasar desapercibidos. No lo sé. Esta fiesta me desagrada tanto como a ti.

—Uff. —Arrugo la nariz—. De acuerdo.

Lo juro, hay una burbuja a nuestro alrededor. Nos movemos por la fiesta y nadie nos habla. De vez en cuando, alguien se aparta de nuestro camino para dejarnos pasar; de lo contrario, se podría decir que somos invisibles.

Resulta que Vivian Yang está merodeando por la puerta de la cocina mientras sujeta un vaso rojo contra el pecho. Lleva una camiseta de tirantes, una falda larga y maquillaje, lo que me desconcierta. En el instituto, siempre usa ropa de atletismo. Sin embargo, Vivian es guapísima, con ese tono marrón dorado de la piel, los ojos oscuros y ese halo luminoso alrededor del cabello. Puede que sea la única persona en el mundo capaz de hacer que la iluminación fluorescente de una cocina parezca la luz del sol. Se sobresalta cuando nos acercamos a ella.

—Eh, hola.

—Eh, hola —responde Andy, muy animado.

—Eh —repite Vivian—. Así que…

—Eh, ¡enhorabuena! —exclama Anderson al mismo tiempo.

—Eh, ¡lo mismo digo!

Cinco «eh» en el lapso de diez segundos. Debe de ser un nuevo récord humillante. A decir verdad, no entiendo la extraña química que comparten. No es una química romántica, pero es algo.

Andy duda.

—Ha sido muy guay volver a escucharte cantar —dice al final.

Es difícil saber cuál es su postura. No estoy muy al tanto de lo que ha ocurrido entre ellos, aparte de lo básico. En noveno curso, a Vivian le gustaba Jeff Jacobs, del equipo de atletismo, y recuerdo que fue un bombazo. Tal vez se suponía que era uno de esos flechazos secretos del que la gente se terminaba enterando de todas formas. O tal vez Jeff tenía novia. Realmente no lo recuerdo. Pero la cuestión es que Vivian se unió al equipo de atletismo y dejó de hablar con Andy. Y eso es todo. Ni siquiera se pelearon. Más bien, bajaron el volumen de su amistad.

Vivian se coloca un mechón de cabello detrás de la oreja.

—La audición fue intensa. Dios. Estaba nerviosísima.

—No se notó —asegura Andy.

—Pues —Vivian mira de Anderson a mí—, vosotros lo habéis hecho increíble.

Siento que las mejillas se me calientan.

—¡Qué dices! Tú lo has hecho de maravilla.

—¡Oh! —Vivian sonríe con timidez—. Gracias.

Lo dice con tanta sinceridad que casi me sorprende. ¿Cómo puede ser tan guay? Un simple gracias, sin evasiones ni negaciones. Tal vez yo esté mal de la cabeza, pero ni siquiera sé si soy capaz de hacer algo parecido. Cuando alguien me felicita, siempre, siempre tengo la necesidad de contrarrestarlo. Acepto el cumplido... pero te dedico un cumplido MAYOR.

Pero Vivian dejó que el cumplido cumpliera con su objetivo, lo cual me hace sentir extrañamente de buen humor. Como si mi cumplido realmente significara algo para ella. Tal vez le importaba mi opinión lo suficiente como para dejar que la conmoviera.

—En fin —dice Andy—. ¿Has visto a Matt?

Vivian inclina la cabeza.

—¿El chico nuevo? Creo que no.

Echo un vistazo hacia la cocina, pero no veo la cabeza rubia de Matt, ni siquiera medio escondida bajo una gorra de béisbol mal puesta. No es que Matt alguna vez haya usado una gorra de béisbol de esa manera. Nunca lo haría. Y al parecer no está en ninguna parte. Aunque... guau. O como diría mi madre: *oy*.

Levanto las cejas.

—¿Ese es... Noah?

Claro que es Noah, con la espalda apoyada contra la nevera, besando con entusiasmo a una chica con el pelo largo y oscuro y unos parches en la parte trasera de sus pantalones cortos. Desliza la mano que no tiene escayolada a lo largo de su espalda, de una forma casi metódica, y sigue alternando entre besuquearle el cuello y la boca. No puedo dejar de mirar. Vaya. Sabía que Noah era guarro, pero vaya.

—Ay, por favor —dice Anderson—. ¿Frente a la nevera?

—Iban a buscar bebidas —explica Vivian—, pero no lo lograron.

Parpadeo.

—Estamos en el infierno.

De pronto, a Anderson se le ilumina el rostro.

—Oye, Matt está aquí.

—¿Dónde?

Andy toca la pantalla de su móvil.

—Acaba de enviarme un mensaje. Ha tenido que rescatar a un tío borracho en el patio trasero, pero quiere saber dónde estamos. Le diré que ahora vamos allí, ¿vale?

—Espera. —Miro a Andy—. ¿Te escribes con Matt?

—No es gran cosa. Solo nos hemos escrito para coordinar el ensayo antes de las audiciones.

—Claro. —Mi voz sale débil.

—Eh —dice Vivian lentamente—. Iré rápido al baño.

Levanto la vista hacia ella, sobresaltada... y completamente muerta de la vergüenza. Genial. No es para tanto. No es la primera vez que Andy y yo babeamos públicamente por un chico y la gente se ve obligada a correr al baño para no sentirse incomodada.

—Vamos —dice Andy y me toma de la mano. Entrelazo nuestros dedos, por pura costumbre, a pesar de que una parte de mí quiere transportarme lejos de él, transportarme lejos de la fiesta, transportarme a casa. En lugar de eso, me arrastro medio paso detrás de Andy, sintiéndome prácticamente paralizada. Siempre necesito un minuto para acostumbrarme a las noticias desconcertantes. Para encontrar el camino de regreso a mí misma.

No es que sea algo relevante. Dos humanos intercambiaron sus números de teléfono para coordinar una actividad fuera del horario de clases. Una actividad a la que incluso me invitaron. Y el hecho de que Matt no me haya pedido mi número no significa nada. No es para tanto. No es nada.

El extenso patio trasero de Sean Sanders está compuesto en su mayoría de unos cuadrados de cemento que sobresalen del césped. Hay una parrilla Big Green Egg cubierta a un lado y varias sillas de plástico dispuestas en grupos. Hay unos cuantos *f-boys* sentados allí, bebiendo, fumando, riéndose y viendo a otros *f-boys* jugando a voltear el vaso en una mesa del jardín. Pero Matt está alejado de la acción; está sentado con las piernas cruzadas y la espalda apoyada contra la pared de la casa de Sean. A su lado hay un *f-boy* sonrojado con cara aniñada, vestido con una camiseta sin mangas y la indispensable gorra de béisbol mal puesta.

El chico nos sonríe.

—Holaaaaaaaaaaaaaa, Fiona.

—A mí también me ha estado llamando así —comenta Matt—. Le estoy siguiendo el juego.

—¿Y quién es Fiona? —pregunta Andy.

—Ni idea.

—Estoy borrachooooo —explica el chico.

Anderson lo mira fijamente durante un minuto, sin parpadear, y luego vuelve a ser él mismo.

—Vale, tío, solo voy a… —Andy se pone en cuclillas frente al *f-boy* borracho y estira la mano hacia la cabeza. Durante un momento, estoy extrañamente convencida de que Andy va a abofetearlo. Pero, en cambio, agarra la gorra y gira la visera hacia adelante antes de acomodársela con firmeza sobre la cabeza—. Uff, qué satisfactorio.

—¿Así que acabas de encontrar a este tío dando vueltas por aquí? —le pregunto a Matt—. ¿Está bien?

—Sí, eso parece. Pero lo encontré echado sobre el cemento, lo cual fue me pareció un tanto… no lo sé. Me dijo que estaba mirando las estrellas. Simplemente no quiero dejarlo solo hasta que encontremos a sus amigos.

Vale, Matt es literalmente un ángel. Basta con solo mirarlo. Es su primera fiesta en un instituto nuevo, y ya está acogiendo a borrachos que no conoce bajo el ala. No soy del todo religiosa, pero incluso yo puedo reconocer una referencia bíblica cuando la veo. Sacrificar su propia noche para ayudar a un extraño en un momento difícil. Eso sí es un flechazo digno. No puedo decir lo mismo de Eric Graves.

—¿No deberíamos entrar y buscar a alguien llamada Fiona?

—Nop. —Anderson se sienta frente a Matt, tan cerca que sus rodillas casi se tocan—. Prefiero cuidar a este borracho desastroso toda la noche antes que volver allí.

Matt se ríe.

—Estoy cien por ciento de acuerdo. ¿Kate?

Me siento en el piso de cemento.

—Siempre estoy dispuesta a no andar de fiesta.

—Síiiiííí —afirma el chico ebrio.

Un grito de alegría estalla en la mesa donde están jugando a voltear el vaso, y levanto la vista a tiempo para ver a Chris Wrigley derramándose un vaso de cerveza sobre la cara. Ryan y Noah también han salido al patio, pero se quedan al margen del grupo. No veo a la chica con parches en el trasero, y no es que me importe, pero está claro que Noah quiere presumir ese cabello caóticamente despeinado tras la sesión de besos. Por supuesto, me pilla mirándolo y me dedica una sonrisa amplia y borracha.

Desvío la mirada con rapidez, pero eso también es un error.

Jack Randall parece estar follándose la parrilla Big Green Egg.

Escena 23

Son las nueve de la mañana del sábado, y Noah Kaplan está en mi cocina. Sin mi padre, ni Ryan, ni los perros presentes. Solo Noah en la mesa de la cocina con una bolsa de jalá trenzada, enrollando un trozo del pan hasta formar una bola. Típico de Noah.

—¿Qué tal todo, mini Garfield?

Hago una pausa.

—¿Qué haces aquí?

No es la primera vez que bajo en pijama y me encuentro a Noah comiendo lo que hay en la despensa de mi padre. Pero por alguna razón, hoy se siente diferente. Supongo que mi mente sigue retrocediendo a esa imagen junto a la nevera de Sean Sanders: la chica con los parches en la parte trasera de sus pantalones cortos y la mano de Noah en su espalda. La forma en la que sus rostros se apretaban y se desapretaban. En plan, vaya, eso es mucha baba. Un beso baboso, asqueroso y repugnante. El beso verdadero de un *f-boy* que no tiene vergüenza alguna.

Supongo que me resulta raro tener a un *f-boy* así en mi cocina.

—Ahora vivo aquí —dice Noah con calma.

Pongo los ojos en blanco.

—Sí, claro.

—Nah, he vuelto con Ryan.

—¿Ha conducido Ryan? —Me hundo en la silla frente a Noah mientras recuerdo la cara sonriente y sonrojada de mi hermano. El vaso rojo—. ¡Estaba borracho!

—No hay necesidad de alarmarse, mini G. Nos ha traído Madison. Buena fiesta, ¿no? —Sonríe—. Estabas muy guapa. Me gusta cuando llevas el cabello así. —Simula recogerse el pelo hacia atrás con unas horquillas imaginarias. Nunca sé cómo responder cuando Noah hace ese tipo de comentarios. No puedo distinguir si se está burlando de mí o no.

Así que cambio el tema de conversación.

—¿Quién es Madison? Y por favor, dime que no está en la cama de mi hermano en este momento. —Me estiro sobre la mesa para procurarme un pedazo de jalá.

—Nah, se ha ido a su casa.

—¿Y por qué tú no has hecho lo mismo?

—Porque Livy ha organizado una pijamada, y sabes que no puedo llegar y escandalizar a las más jóvenes.

Como si Livy Kaplan pudiera escandalizarse a estas alturas. Para empezar, no solo es una chica de siete años muy sofisticada, sino que es la más joven de cuatro hermanos. Noah y Livy no tienen una, sino dos hermanas mayores en la universidad.

—Pues —Noah apoya el mentón en la mano—, he oído que preguntaste por mí anoche.

Las mejillas se me enrojecen.

—¿Perdón?

—Vivian me dijo…

—¿Vivian te dijo que yo pregunté por ti?

Inclina la cabeza hacia adelante y hacia atrás, con los ojos brillantes.

—Vale, en primer lugar, no pregunté por ti. Te vi succionándole la cara a tu novia y pregunté si eras tú…

—Madison no es mi novia —aclara—. Somos amigos.

—¿Amigos? —farfullo.

—Además… —Noah hace una pausa para meterse otro bocado de jalá en la boca—. Si realmente me viste succionándole la cara a Madison…

—Así es.

—¿Por qué preguntaste si era yo?

—¿A qué te refieres?

—Me dijiste que no preguntaste por mí, sino que preguntaste si era yo. Pero también me dijiste que me viste, con tus propios ojos, así que solo me pregunto…

—Ay, basta.

Se encoge de hombros y, durante un minuto, me quedo sentada allí, fulminándolo con la mirada al otro lado de la mesa.

—Bueno —dice después de un momento—. ¿Y en segundo lugar?

—¿Qué?

—Dijiste que, en primer lugar, no preguntaste por mí, lo cual es absolutamente cuestionable, en mi opinión, pero nunca cerraste la idea. Nunca dijiste lo que…

—En segundo lugar, tal vez deberías ir a practicar tus líneas. Ya.

Noah cierra un ojo de forma pensativa.

—Pero mi personaje es mudo.

—Exacto —digo y me estiro al otro lado de la mesa. Luego le arrebato la jalá y la sostengo contra el pecho como si fuera un bebé mientras me voy ofendida de la cocina.

Escena 24

Mi nivel de entusiasmo por el primer día de ensayo está por las nubes. Pasé todo el lunes tratando de activar mis habilidades de telequinesis para mover las agujas del reloj, pero es inútil. Estoy bastante segura de que han pasado al menos diez años cuando suena el timbre de las tres y cuarenta.

Pero en cuanto llego al auditorio, sé que la espera ha valido la pena.

Los primeros ensayos son gloriosos. Simplemente lo son. Estamos todos aquí, incluso los técnicos, con las luces del escenario apagadas, así que reina un ambiente de paz y tranquilidad.

—Me gustaría empezar con la lectura del guion —anuncia la señora Zhao—. Pero primero, quiero concentrarme un poco en fomentar el espíritu de grupo. Quiero que os sintáis lo suficientemente cómodos como para tomar riesgos. Es mucho pedir, lo sé, pero necesito que lleguéis a un punto en el que realmente confiéis en el otro.

Todos asentimos con solemnidad, como si fuera una sabiduría trascendental. Y tal vez sí lo sea. O tal vez la sabiduría no necesite ser trascendental. Solo tiene que sentirse real. Y sentada aquí en una silla plegable de metal entre Raina y Brandie, ¿qué podría ser más cierto?

—A medida que avanzamos, a veces nos dividiremos en grupos más pequeños y programaremos ensayos intensivos en parejas o en tríos con algunos de los personajes principales: Winnifred y Dauntless, Larken y Harry, etcétera.

Matt me mira y me guiña un ojo, y lo juro, siento que se me reorganizan los órganos. En serio. No creo que mi cerebro haya comprendido del todo el hecho de que me han elegido para protagonizar un musical junto a Matt Olsson.

Tendré ensayos intensivos con Matt Olsson.

Y.

Tendré la oportunidad de besar a Matt Olsson.

—Pero —Zhao deja la mano quieta y luego levanta un solo dedo— todas las semanas, todos los lunes, me gustaría volver a esto. Con el elenco completo, el grupo completo. Y puede que suceda más de una vez a la semana. Tomaos un minuto para mirar a vuestro alrededor.

Le hago caso, al igual que el resto. Nos quedamos sentados allí un minuto, mirando alrededor del círculo de cuerpos sobre el escenario. Está Anderson, con la espalda derecha y las piernas cruzadas sobre la silla; Vivian, con pantalones cortos deportivos de color azul marino; Matt, tan guapo como siempre. A su lado está Emma McLeod, jugueteando con las ruedas de la silla de ruedas manual que usa para teatro. Mientras tanto, Devon Blackwell está absorto enrollándose un mechón de pelo con la punta de los dedos, como si su cabeza fuera el premio en una máquina de peluches.

Y luego está la mismísima Zhao, con tatuajes que sobresalen de su camisa a cuadros.

—Durante los próximos dos meses, somos una familia —dice—. No siempre será fácil, pero vamos a construir esa base de confianza en equipo. Empezando desde hoy.

Resulta que eso significa juegos de teatro para romper el hielo. Empezamos con una dinámica para conocernos mejor entre nosotros, antes de pasar al nudo humano, y luego a las caídas de confianza, lo cual se me da como el culo. Soy pésima, incluso con Anderson de compañero. No puedo evitar que mi cuerpo intente atraparse a sí mismo. Pero está bien, nadie me juzga, y antes de que me dé cuenta, pasamos a ese juego en el que tenemos que colocarnos en silencio por orden de cumpleaños.

Y luego llega la hora de leer el guion entre todos.

Pierra, Lindsay y Margaret no tienen papeles con diálogo, por lo que pasan todo el rato interpretando el guion con un baile. Un baile un tanto inapropiado, ya que se tocan la entrepierna en unas cuantas ocasiones, justo a espaldas de la señora Zhao. En un momento, Pierra se apoya el lomo de su guion en el esternón y abre las páginas con un movimiento repentino y sexy, como si se estuviera desabrochando la camisa de golpe. Pero cuando Zhao se da la vuelta, todas se paralizan. Es como uno de esos juegos antiguos de Super Mario con los fantasmitas que parecen bombas de crema.

Así que ahora Anderson y Vivian no paran de intercambiar sonrisitas, y los de primero están completamente encantados. Incluso a Brandie se le dibuja una sonrisa reservada en el rostro. Pero nadie está disfrutando de este momento más que Matt, y es lo más tierno del mundo. No me canso de la pequeña inflexión en su voz ni de la forma en la que se apresura para leer sus diálogos y evitar reírse. No funciona.

Además, cuando él se ríe, yo también me río.

Lo que genera algunas discusiones muy risueñas entre Larken y Harry.

Lo juro, por eso hago teatro. No se trata de los focos de luz, ni de la atención, ni de la última reverencia, ni de nada de eso.

O sea, tal vez a veces sí. Un poco.

Pero por lo general, se trata de esto. De esta sensación de que todo está absolutamente bien. De estar rebosantes de felicidad. No sé qué tienen los ensayos de teatro, pero a veces se sienten así. Uno vive estos momentos que parecen únicos, llenos de talento y casi demasiado buenos para ser reales. Es justo ese punto medio entre el vértigo y la alegría. Mitad montaña rusa, mitad mecedora.

Y justo cuando pienso que este momento no podría ser más tierno, Matt se sienta a mi lado en el borde del escenario, y dejamos las piernas colgando sobre el foso de la orquesta. Los vaqueros de Matt están junto a los míos.

—Oye, avísame si necesitas que te lleve a casa —dice—. Me queda de camino.

Me giro para mirarlo a los ojos.

—¡Oh!

No puede ser real, ¿verdad? ¿Realmente acaba de sucederme esto? ¿Matt Olsson acaba de ofrecerse para llevarme a casa después del ensayo?

Llevarme a casa. A mí. Kate Eliza Garfield.

Pero…

Anderson. Me doy cuenta de que está mirando en nuestra dirección, rígido y estoico, mientras sujeta la bandolera con demasiada fuerza.

—Solo digo que no me habría molestado.

Anderson no despega los ojos de la carretera. Está apretando el volante con tanta fuerza que juro que los nudillos están a punto de atravesarle la piel.

—¿No te habría importado? Andy, parece que estás estrangulando el volante.

—Perdona por ser un conductor responsable.

—Andy, anda ya. —Le propino un golpecito—. ¡No te pongas así! No quiero que estés enfadado. Estoy aquí. Contigo. ¿De verdad crees que te habría abandonado?

—¿Para irte con Matt Olsson? —pregunta. Luego se encoge de hombros, en plan: «no lo sé, dímelo tú».

Y vaya. Vaya.

—¿Acaso alguna vez te he abandonado para irme con Matt?

¿De verdad? ¿Andy habla en serio? Podría haber tenido a Matt solo para mí esa noche en casa de mi madre, pero no. En cuanto me enteré de que estaría allí, le escribí a Anderson. Pero ¿Andy? Ensayó con Matt cuando yo no podía estar allí. Se unió a T Avanzado con Matt. Intercambió números con Matt.

Pero de alguna manera, Andy está cabreado conmigo porque Matt se ofreció a llevarme a casa después del ensayo. Una oferta que rechacé.

Noto que Anderson empieza a atar cabos por la forma en la que exhala y en la que tensa la mandíbula. Y en efecto, cuando el semáforo frente a nosotros se pone rojo, se gira brevemente para mirarme.

—Katypie, lo siento.

—No pasa nada. Lo entiendo. Es raro.

—Es una locura. Me siento como el monstruo de los celos. Cada vez que te mira, pienso que mi vida es una mierda. —Suelta una risita ahogada, con un leve temblor en el labio, y oh. Se parece tanto al Andy de séptimo curso que hace que me duela el pecho.

Transcurre un minuto completo antes de que cualquiera de los dos hable.

—Kate, me gusta —dice Andy al final—. Creo que realmente me gusta, y mucho.

Escena 25

Cuando éramos más jóvenes, Anderson lloraba por todo: arañas, astillas y fuegos artificiales demasiado ruidosos. Una vez lloró durante una hora cuando mordió un pedazo de un postre de Oreo que resultó ser queso azul.

Pero al comienzo del séptimo curso, la mayoría de las lágrimas desaparecieron.

No digo que Anderson haya dejado de ser dramático, pues es como el rey soberano de las diatribas. Nadie, literalmente nadie, sabe cómo despotricar como Anderson. Lo he visto destruir a senadores republicanos, gurús de belleza racistas, *Lo que el viento se llevó* y todo lo que se te ocurra. Y la vez que criticó a Rachel Dolezal podría ser una excelente charla TED. Mi parte favorita siempre es el punto medio, cuando Andy dice: «Vale, da igual, estoy harto. Ya lo he superado». Pero luego, una fracción de segundo después dice: «Vale, pero TAMBIÉN, me parece que…».

No lo sé. Es como si en algún momento, Andy se dio cuenta de que es posible ser gracioso y estar cabreado al mismo tiempo. Y al parecer, a la gente le resulta menos incómodo escuchar a un chico despotricando con mucha gracia que a un chico llorando. Pero el temblor del labio es algo completamente diferente. Se lo he visto hacer solo una vez antes.

Fue el sábado después del bat mitzvá de Eva Cohen. Durante toda esa semana, la timidez se apoderaba de Anderson y de mí cada vez que nos veíamos. Nadie sabía que nos habíamos besado. Ni siquiera Raina y Brandie, y sé que Andy no se lo contó a Vivian. La situación era demasiado irreal. La mañana después del beso, no podíamos parar de usar nuestros móviles a escondidas en la escuela dominical y en la iglesia. Andy me pidió que fuera su novia con un mensaje de un párrafo de largo, plagado de adverbios y descargos de responsabilidad que dejaban entrever sus nervios. Le dije que sí con un GIF de «Yo seré tu Batman» de *Teen Wolf*, la obsesión de Andy en ese entonces. Y realmente estaba siendo sincera. Me sentí en las nubes todo el día.

Pero al día siguiente, ir a clases fue como entrar en una casa de la risa. Todo parecía fuera de lugar. El lunes intentamos tomarnos de la mano en el autobús, pero nos sentíamos ridículos, así que dejamos de hacerlo. Y luego, la mayoría de las veces pasábamos el rato de la misma manera que lo hacíamos antes, solo un poco más tímidos y más sonrientes. No era exactamente lo que esperaba. Pero recuerdo haber pensado que tal vez así era tener un novio. Y que tal vez las relaciones románticas fueran solo amistades que se volvían raras.

Por supuesto, no fue hasta el sábado que estuvimos realmente solos. Por lo general, me iba a la casa de Andy después de desayunar vestida con pantalones de chándal, pero esa vez me sequé el pelo e incluso me puse mi nuevo bálsamo labial de cereza.

Pero Andy tenía un humor rarísimo ese día: callado, preocupado, casi taciturno. Terminamos viendo *El corredor del laberinto* en su portátil, y cuando terminó, se incorporó de un salto para ir a cepillarse los dientes. Luego me preguntó si podía besarme de nuevo.

Y el beso fue agradable. Tranquilo y dulce. Pero cuando abrí los ojos, le temblaba el labio inferior. Parecía que estaba tratando de no llorar.

—Lo siento mucho —susurró—. No creo que pueda seguir con esto.

—Oh. —Se me retorció el estómago—. Pero...

—Lo siento mucho.

—No, no. No pasa nada. Lo entiendo. Eres mi mejor amigo, y es raro. Tiene mucho sentido.

Pero Anderson estaba negando con la cabeza.

—Creo que soy gay —dijo en voz baja.

Cuando lo abracé, se deshizo en lágrimas.

Escena 26

Las palabras de Anderson flotan en el aire durante todo el camino a casa.

«Kate, me gusta. Creo que realmente me gusta, y mucho».

Lo juro, mis instintos me están pidiendo a los gritos que absorba la tensión de esta situación. Sería increíblemente fácil. Podría hacerlo con una sola oración.

—Andy —digo con suavidad.

Andy, con respecto a Matt… deberías intentarlo.

Podría decirle que no estoy interesada en Matt. Podría ofrecerme para ser la compinche de Andy. O sea, no puedo cambiar a Matt Olsson si no le gustan chicos, pero al menos serviría para detener esta competencia. Todo volvería a la normalidad. Un flechazo normal, un Andy enamorado normal y yo, Kate, una mejor amiga normal.

El único problema es que no me siento normal. No con Matt.

—Creo que a mí también me gusta —revelo, y apenas reconozco mi propia voz. Es suave, pero segura. Como si mi voz supiera cómo me sentía antes que mi cerebro—. Me gusta mucho.

—Lo sé. —Suspira.

—Pero estaremos bien, ¿vale? —Tamborileo con los dedos en el reposabrazos, con los ojos fijos en el perfil de Anderson—. En serio. No es la primera vez que nos pasa esto.

—¿A qué te refieres?

—Me refiero a los flechazos compartidos. Es lo nuestro, ¿verdad?

Andy niega con la cabeza.

—Así no. Nunca fueron de verdad hasta ahora.

Ambos nos quedamos en silencio durante lo que parecen siglos, hasta que finalmente Andy enciende el reproductor Bluetooth del coche. Tal vez algo de hiphop ahogue la incomodidad que hay entre nosotros.

Pero de todas las canciones del universo, la que suena es —y no estoy bromeando— *The Boy Is Mine*. Sí, el chico es mío… mierda. La canción es de hace dos décadas… de hace más de dos décadas. Y ni siquiera creo que cuente como hiphop. La única razón por la que está en la colección de música de Anderson es porque a su madre le gusta mucho escuchar a Brandy cuando se siente en la crisis de la mediana edad. Joder, no me puedo creer que haya empezado a sonar esta canción.

—¿Dios nos está hablando a través del Bluetooth? —pregunto.

De pronto, Anderson detiene el coche, aunque estemos a menos de cinco minutos de la casa de mi padre. Presiona el botón para activar las luces intermitentes y, durante un minuto, se queda sentado allí, con las manos sobre la cara y los hombros temblorosos. Está tan inclinado hacia adelante que me preocupa que pueda tocar el claxon con su caja torácica.

Tardo un minuto completo en darme cuenta de que no está llorando, sino que se está riendo.

—Vaya, ¿acaso somos los clichés más grandes de la historia?

—Creo que sí. —Sonrío—. Es nuestra especialidad.

—Pues no nos vamos a pelear por un chico. Porque eso es una actitud de mierda de la fuerza F en su máxima potencia, y no estoy para nada de acuerdo con eso.

Se me hincha el corazón.

—Yo tampoco.

—Katypie, lo siento mucho. Me he cansado de ser un imbécil. —Se inclina sobre el cambio de marchas y me rodea con los brazos con fuerza—. Te quiero mucho. Nada de esto importa. Ni siquiera el asunto de Matt. Te quiero.

Me entrego a su abrazo, y siento que me pican los ojos por las lágrimas.

—Yo también te quiero.

—Hueles a detergente para ropa —murmura Andy en mi camisa—. Solo para que lo sepas.

Lo abrazo con más fuerza.

Y así nos quedamos durante cinco minutos seguidos. Como una de esas parejas que se besan en el autocine, pero sin la película ni los besos.

El amor que siento por Anderson Walker es tan platónico que me duele el cerebro.

Escena 27

Así que estamos bien. Al menos, creo que lo estamos. Pero cada vez que hablo con Matt, vuelvo a recordar la conversación con Anderson. A Anderson le gusta este chico. A Anderson le gusta mucho este chico. Pero a mí también me gusta mucho este chico. Y todo está resultando ser un poco más complicado de lo que pensaba.

Sobre todo, durante los ensayos.

—Bueno, tenemos a Harry arrodillado aquí —dice la señora Zhao—. Larken, ve y ponte junto a él. —Doy un paso al frente del escenario, en dirección a Matt—. Más cerca… más cerca. Justo a su lado, Kate.

Matt me mira, con la sonrisa más dulce que podría imaginar.

—Necesitamos que te inclines un poco hacia atrás y pongas la mano en la cadera. La otra mano. Estupendo. Vale, y… ¿Matt?

—¡Sip! —Endereza los hombros y asiente con obediencia, haciéndose el tonto. Es tan adorable que casi duele. Andy dice que Matt también es así en T Avanzado. Muy respetuoso con la señora Zhao. Pero respetuoso al nivel de un soldado.

—Matt, quiero que apoyes la cabeza justo sobre su estómago.

Mi estómago. Vaya. Ahora el corazón me late a toda velocidad, como el aleteo de un colibrí. Sé exactamente lo que quiere lograr Zhao. Es obvio que quiere recrear esa pose emblemática de la reposición de Broadway con Jane Krakowski y Lewis Cleale. Es una pose innegablemente adorable para un señor y una dama embarazada en secreto. Larken parece una futura madre excelente, y me encanta la idea de que Harry intente escuchar al bebé a través de su falda de princesa. A nivel artístico, me mola. Es solo que hoy no me desperté pensando que la mejilla de Matt estaría apoyada sobre mi estómago.

Matt inclina la cabeza para mirarme. Parece como si me estuviera pidiendo permiso.

Respiro hondo. Lo miro a los ojos y asiento.

Y… vale, por ahora todo bien. No lo considero algo sexual, ni nada por el estilo. En realidad, no me siento tan insegura como creía. Supongo que Matt no es como uno de esos tíos que buscan abdominales. Lo cual es bueno, ya que soy una persona blanda sin abdominales marcados. De todos modos, hoy tengo varias capas de ropa, vestida con vaqueros y una camisa de franela, lo que resulta en una barrera sólida y agradable. A decir verdad, la única parte extraña de la ecuación es Anderson.

Que casualmente se encuentra en la sala de música con Vivian y el señor D, practicando sus canciones. Menos mal.

—Estupendo. Y Matt, muévete un poco para quedar de cara al público… bien. Ahora apoya la mano sobre su estómago.

Una vez más, duda y decide mirarme a los ojos primero. Si esto no es lo más adorable del mundo, entonces no sé qué es. Está claro que Matt Olsson es el tipo de chico que te pregunta si puede besarte antes de hacerlo, una maniobra que hace que Anderson y yo nos derritamos. Cielos. La primera vez que vimos *Llámame por tu nombre*, Anderson tuvo que morderse el puño cuando Oliver hizo esa pregunta, solo para no gritar de la emoción. Andy cree con firmeza que el consentimiento es algo sexy, y tiene toda la puta razón.

Pero si soy totalmente sincera, es el momento en sí lo que me atrae. En concreto, el momento justo después de que se hace la pregunta. Cuando llega esa respiración de un segundo, antes de que el mundo cambie de órbita. Cada vez que pienso en ello, literalmente suspiro.

Vale, literalmente estoy suspirando.

Lo que hace que Matt mueva la mano hacia atrás, como si mi estómago fuera una estufa caliente.

—Tranquilo, no has hecho nada malo —susurro.

Y luego me percato de que me ha poseído una Kate completamente diferente, una versión de mí misma que es una reina absoluta y apenas reconozco. Sujeto la mano de Matt que se encuentra a unos centímetros de mi cuerpo y la apoyo de nuevo sobre mi estómago.

—Esto se ve fantástico —afirma la señora Zhao, asintiendo—. Larken y Harry, vais a mantener esta pose durante unos segundos después de que termine la canción… bien… aplausos, aplausos, aplausos. Y luego vais a salir del escenario por la derecha. —Hace una pausa para hacer una anotación en su guion—. Y… genial. ¡Perfecto! Continuemos. Ahora pasemos directamente al… primer acto, escena cuatro, con la reina Aggravain y el hechicero. Raina y Emma, ¡es vuestro turno!

Sigo a Matt hacia los bastidores, y él se vuelve hacia mí, con los puños cerrados debajo del mentón. Es un gesto que me resulta muy dulce, pero luego niega con la cabeza lentamente, y su voz es apenas un susurro cuando me dice:

—Lo siento mucho.

—¿Por qué?

—Por todo el manoseo. ¿Estás bien?

—Sí. ¿Y tú?

Se ríe.

—Sí, claro. —Luego extiende la mano.

Un momento.

¿Se supone que debo tomarlo de la mano? ¿Me está pidiendo que...? Oh.

Oh.

Ya entiendo. Estamos haciendo lo del hombro, no lo de la mano. Desliza el brazo alrededor de mis hombros para darme un buen abrazo lateral. Sin duda, el abrazo lateral más maravilloso de la historia.

—Lo siento si las cosas se pusieron raras en el escenario. Es que no quería... ya sabes...

—Tranquilo, no pasa nada. —Niego rápido con la cabeza, tratando de no enloquecer por el hecho de que todavía tiene el brazo enganchado alrededor de mis hombros.

Ninguno de los dos habla durante un momento, y el corazón me da un vuelco y se me estruja al mismo tiempo, como un bicho bolita.

Cielos. Si tan solo Anderson estuviera aquí.

Y de pronto, Matt saca el brazo de mis hombros, como si mi cerebro culpable le hubiera enviado un mensaje telepático. *Oy.* Menos mal que Andy y yo no nos peleamos por este chico como Brandy y Monica, porque yo no tendría ninguna posibilidad. Anderson tiene la suerte de que mi propio cerebro interfiera en su beneficio. A menos que...

Vale, tal vez el hecho de que haya dejado de abrazarme no signifique nada.

Tal vez tenga que ver con su móvil. Después de todo, veo que se está metiendo la mano en el bolsillo trasero y...

—Deberíamos intercambiar números —dice.

Me quedo petrificada. Lo único que hago es parpadear mientras lo miro.

—Si quieres —añade con rapidez—. Solo para que podamos ensayar. Pero en serio, solo si quieres...

—Sí, claro. Ningún problema. —Saco mi teléfono del bolsillo, tratando de ignorar los latidos ensordecedores de mi corazón—. Dime el tuyo y te enviaré un mensaje.

Siento una punzada de culpabilidad en la garganta, pero me la trago. Anderson ya tiene el número de Matt, lo que significa que ya puede coquetear por mensaje. No es que yo tenga en mente hacer lo mismo. En realidad… solo pienso en actuar. Y en ensayar. Y en ser colegas. Solo un colega apoyando el rostro contra el estómago de otra colega.

Da igual.

Solo digo que si Anderson tiene la oportunidad de escribirse con Matt Olsson toda la noche, tal vez yo también.

Escena 28

Pero no nos escribimos toda la noche. De hecho, Matt ni siquiera responde al mensaje que le envié con mi número. Y sí, técnicamente estaba de pie justo frente a mí cuando se lo envié. Pero aun así. No puedo enviarle otro, ya que fui yo la primera en escribirle. Está claro que ahora le toca a Matt.

Lo único que puedo hacer es no revisar el móvil cincuenta millones de veces durante el desayuno. O al menos ser discreta cuando lo hago.

—Guisantito, ¿estás esperando una llamada o qué? —pregunta mi padre.

Uff, bueno. Mi padre ni siquiera se dio cuenta cuando decidí, una semana después del espectáculo de variedades de octavo curso, que era una diosa de la guitarra y, por lo tanto, necesitaba hacerme mechas azules. Y fue la misma semana que Ryan usó suéteres de cuello alto para ocultar una mancha roja que tenía en el cuello. Nuestra madre estaba bastante obsesionada con eso, y creo que debió haberle preguntado a Ryan un millón de veces si era un chupetón. ¿Qué opino yo? Para mí, Ryan estaba experimentando con el rizador de mamá y no quería admitirlo. Pero papá ni siquiera hizo preguntas al respecto.

Así que ahí lo tenéis: el pelo azul y las quemaduras en el cuello son más sutiles que mi anhelo por Matt Olsson.

No lo veo en el instituto en toda la mañana, lo cual me parece una mierda. Y no hay ensayo los viernes, así que a menos que suceda un milagro, no veré a Matt hasta el lunes. Es muy extraño estar enamorada de alguien que ves principalmente en los ensayos. Toda tu vida se pone patas arriba. Empiezas a vivir de lunes a jueves, y todo lo demás es solo relleno.

Por supuesto, lo estoy buscando por todas partes. No puedo dejar de mirar las puertas, como si Matt estuviera a punto de entrar sin querer a mi clase de Historia. Voy a la cafetería por el camino largo, y paso por las taquillas de los estudiantes de último año. Y estoy tan distraída en la mesa del almuerzo que apenas me doy cuenta de que Lindsay Ward y Emma McLeod se están acercando furtivamente.

—Hola, ¿os molesta si nos sentamos con vosotros?

—¡Para nada! —Brandie mueve su silla hacia un lado para dejar un espacio para Lindsay.

Emma se detiene con la silla de ruedas junto a Anderson y me dedica una sonrisa.

—Kate, tendrías que haberte visto la cara ayer durante la pose de embarazada. Dios mío.

Lindsay se inclina hacia adelante.

—¡Es verdad! Vaya, tú y Matt sois guapísimos. Pensé que estaba viendo una comedia romántica.

—Pues *Once Upon a Mattress* es prácticamente una comedia romántica, ¿no? —digo.

—En realidad, es un musical —aclara Raina.

—¿Ahora te llamas Lana Bennett? —pregunto.

Lindsay y Emma se quedan boquiabiertas, pero luego se echan a reír, y ahora no puedo decidir si soy una genio de la comedia o una imbécil.

Lindsay se gira hacia mí, todavía sonriendo.

—Lo que quiero decir es que la química era palpable. La estábamos sintiendo. Apóyame, Em.

—Sí, la sentíamos en el aire —agrega Emma.

Anderson frunce el ceño.

—Estoy bastante seguro de que de eso se trata la actuación.

—Estoy bastante segura de que Kate y Matt estarán casados para la última semana de ensayo —dice Emma—. Recordad mis palabras.

—Eso es una tontería.

Brandie y Raina intercambian miradas.

—Nunca se sabe. —Lindsay sonríe de oreja a oreja—. Se avecinan muchos ensayos intensivos en esas fechas.

—Vaya —dice Anderson mientras abre una bolsa de patatas fritas con una fuerza innecesaria—. Y yo pensaba que era posible que los actores… no sé… ¿actuaran? ¿Y fueran profesionales? Vosotras sois como esos blogs que analizan las fotos de los paparazis en busca de pruebas que demuestren qué actores se están acostando.

Raina resopla.

—Nadie hace eso.

—Eh, claro que sí. —Saca el móvil.

—Eh —digo, y mi voz suena hueca, pero alegre. Porque por lo visto, ni siquiera soy capaz de emitir una sola sílaba de forma correcta. Decido seguir hablando a pesar de todo, desesperada por cambiar de tema—. ¿Alguien sabe cuándo hay que montar la escenografía?

—No lo sé. Creo que en septiembre —contesta Raina—. ¿Por qué?

Andy sigue tocando su teléfono, con la mirada fija en la pantalla. De repente, tengo una sensación de vacío y dolor en mi interior. Todo es muy extraño. Tal vez haya disminuido la presión atmosférica.

Tal vez Anderson esté enfadado conmigo.

Aunque no puede estarlo. Ya hemos hablamos al respecto. Sobre cómo todo lo relacionado con Matt no importa. Y sobre cómo nos queremos demasiado como para ceder a las actitudes de mierda de la fuerza F. No somos clichés. Somos mejores que eso.

Pero tal vez exista alguna contingencia tácita que no estoy entendiendo. Debería recurrir a Internet para obtener respuestas. Es facilísimo. Simplemente buscaré en Google: «¿Está bien dejar que el chico que le gusta a tu mejor amigo te apoye el rostro sobre el estómago?».

Probablemente no.

Escena 29

Anderson se va de la cafetería diez minutos antes, y parece estar deprimido y enfadado. Debido a eso, me quedo mirando fijamente la puerta durante los siguientes minutos, tratando de decidir si debo ir a buscarlo o no.

Casi lo hago.

Pero justo cuando empiezo a ponerme de pie, un estruendo del otro lado de la cafetería me detiene en seco. Una bandeja se cae al suelo, una botella de plástico golpea los azulejos con un ruido sordo y un tenedor gira hasta detenerse en el espantoso silencio que viene después. Y luego se escucha el inevitable «uuuuuuuh». Completamente sincronizado, casi coral.

Es el tipo de momento que hace que se me retuerza el estómago. No soporto ver a la gente pasando vergüenza, ni siquiera a los desconocidos. Ni siquiera a los desconocidos ficticios. A decir verdad, no puedo ver ciertos programas de televisión. Me provoca una reacción visceral al experimentar la vergüenza de forma indirecta. Es como si mi cerebro no supiera diferenciar dónde termina la humillación de otra persona y dónde comienza la mía.

Y esa sensación. Ya sabes, ¿ese instante en el que la cámara frontal de tu móvil te pilla desprevenido y pareces un monstruo del pantano? O cuando el baño huele mal, y luego te miras en el espejo y piensas: «Mierda, soy horrible y asquerosa».

Es así. Pero aplicado a todo tu ser.

—Noah Kaplan. Qué sorpresa —dice Raina.

Me doy la vuelta para seguir su mirada, y ahí está. Justo en medio de la cafetería. Aún tiene los brazos levantados como si estuviera sosteniendo la bandeja. Si no estuviera sonriendo, pensaría que se ha quedado en shock. Algunos *f-boys* se han fugado con su botella de agua para patearla por la cafetería como si fuera una pelota de fútbol. Pero por lo demás, la bandeja de Noah sigue ahí, tirada a sus pies.

—¿Creéis que la va a dejar ahí? —pregunta Raina.

Abro la boca y luego la cierro. No sé muy bien qué decir. Por un lado, Noah parece absolutamente encantado consigo mismo, y parece que está disfrutando mucho de la atención. Y sí, por lo visto, no ha hecho ningún ademán de recoger la bandeja.

Pero por el otro, no sé si la situación del brazo de Noah es completamente ideal para recoger granos de maíz del suelo. No me malinterpretes, al menos podría intentarlo. Pero me molesta que esté lesionado y que nadie lo esté ayudando.

Me levanto de forma brusca y agarro un puñado de servilletas.

—Yo me encargo.

Mientras camino por el pasillo hacia Noah, parece como si toda la cafetería me estuviera mirando. Es horrible. Me siento insegura y cohibida, y nunca lo entenderé. Cuando estoy en una obra de teatro, ser observada me hace sentir invencible, inundada de luz.

Pero todas las otras veces, me siento…

qué horror jajaja
qué vergüenza, literalmente no puedo verlo
I die a little
I die a little
I die a little

—Mini Garfield. —Noah me mira con los ojos chispeantes—. Por fin tengo tu atención.

Lo siento, pero este tío es insoportable. Le encanta fingir que está enamorado de mí y coquetear conmigo de la nada, solo para fastidiarme. Por supuesto, el remate es que todos sabemos que un *f-boy* como Noah nunca estaría loco de amor. O si lo estuviera, sería por una *f-girl* guapísima y popular. De las que están destinadas al modelaje, a Hollywood o al menos a la franquicia de *The Bachelor*. Pero los *f-boys* no buscan precisamente a las chicas de teatro que usan camisas de franela. De ahí viene el chiste. El chiste absolutamente hilarante y desternillante de Noah es fingir que quiere impresionarme. Y eso ni siquiera responde la pregunta de quién estaría impresionado por una bandeja caída en el suelo.

—Kate. Es solo una broma.

No le respondo. Me arrodillo en el suelo para recoger los granos de maíz en una servilleta. Y por primera vez, por primera vez en su vida, Noah mantiene cerrada esa boquita insolente. Al final, alzo la mirada.

—Solo para que lo sepas. —Hago una bola con la servilleta con fuerza—. Lo estoy haciendo por los conserjes. No por ti.

Y antes de que pueda contestar, le agarro la mano, la abro y le pongo la servilleta con comida en la palma. Cierra los dedos a su alrededor, pero fuera de eso, no se mueve.

Lo miro.

—¿Vas a guardarla para más tarde o qué?

—Ehhhh, no. —Parpadea—. La tiraré a la basura. Ahora mismo.

—Bien hecho.

Empiezo a recoger las patatas fritas esparcidas de forma caótica, pero de pronto, alguien se pone en cuclillas a mi lado.

—Hola.

Levanto la vista del suelo.

—Oh. Hola.

Es una chica con la que nunca he hablado, pero sé que la he visto por los pasillos. Creo que es una animadora, pues tiene ese olor ligeramente floral al que son propensas las animadoras. Y tiene el pelo superlacio, como el de Raina, pero más oscuro. Me atrevería a decir que parece más negro que marrón.

De hecho, estoy bastante segura de haber visto ese cabello antes. Estoy bastante segura de que le llega justo por encima de los pantalones vaqueros cortos, donde una chica podría coser algunos parches para estar a la moda.

Madison. La «amiga» de Noah.

Ahueca la mano y la pasa por el suelo como si fuera una quitanieves.

—Qué dulce de tu parte —dice, y cuando apila unas cuantas patatas fritas, las recojo en otra servilleta—. A Kappy no le gusta pedir ayuda. Le da mucha vergüenza.

Casi le pregunto quién es Kappy, pero luego me doy cuenta.

Kappy. Vaya. Te diré una cosa: lo tendré en cuenta la próxima vez que me llame mini Garfield.

—Eres la hermana de Ryan, ¿verdad? ¿Katelyn?

—Me llamo Kate.

—Déjame decirte que me encanta tu hermano. Es graciosísimo.

—¿Ah, sí?

—Es un amor de persona. —Me lanza una sonrisa radiante—. El otro día me habló de vuestros perros y me contó que se llaman como la familia real. —Madison se ríe—. ¿No es adorable?

—Eh… algo así. —Digamos que lo suficientemente adorable como para ganarse una risita sorprendida de vez en cuando en el parque para perros, pero no como para justificar el hecho de que una chica con olor a flores considere a Ryan una persona graciosísima. Y eso es dejando de lado el detalle de que mi madre es a quien se le ocurrieron los nombres de los perros en primer lugar.

—Hola —dice Noah y reaparece a nuestro lado. Se pone en cuclillas entre nosotras, con los ojos moviéndose de un lado al otro casi con nerviosismo, lo que me hace preguntarme qué tipo de secretos cree que le estoy contando a Madison. A decir verdad, si ella quiere secretos, tengo varios para compartirle. Podría sabotearlo por completo. Sería muy fácil contarle a Madison sobre el experimento de velocidad que hicimos en la clase de Ciencias de octavo. De alguna manera, Jack Randall se las ingenió para hacer que una pequeña pelota rebotara y cayera dentro de los pantalones de Noah sin que él se diera cuenta, y luego salió rodando por el dobladillo en cuanto Noah se puso de pie. «Oye, Madison», me imagino diciendo. «¿Quieres que te cuente la vez que a tu novio se le cayeron las pelotas?».

Perfecto.

Aunque, claro, Madison y Kappy ni siquiera son pareja. Son amigos. Amigos que se succionan las caras en las fiestas, como al parecer hacen los amigos.

Escena 30

Hoy el clima es demasiado perfecto como para desperdiciarlo, así que terminamos tumbados bajo el sol en el patio trasero de Raina. Harold aparece con un gran recipiente lleno de uvas. Típico de Harold. Se parece al príncipe Harry, tranquilo y desaliñado, solo que con vaqueros azules y cejas más gruesas.

Poco tiempo después, Brandie y Anderson acorralan a Harold y lo bombardean con fotos de los ensayos.

—Lana es el juglar —dice Brandie mientras toca la pantalla de su móvil—. Su voz es muy…

—Irritante —interviene Anderson—. Tiene la voz más irritante que he…

—Mmm, no iba a decir eso —prosigue Brandie antes de mover el teléfono hacia atrás—. Iba a decir operística.

Harold frunce el ceño.

—¿Y eso no es algo positivo?

—¿Podemos no hablar de Lana Bennett? —Raina se sienta con las piernas cruzadas a mi lado, frente a Harold—. Hola.

—Hola —le responde Harold.

Lo juro, por la forma en la que se miran, parece como si estuvieran pronunciando sus votos matrimoniales.

Me meto una uva en la boca y me recuesto sobre los codos mientras observo a Harold riéndose de la conversación entre Brandie y Anderson. Estoy bastante segura de que le caemos bien, aunque siempre parece un poco nervioso cuando nos vemos en persona. Me hace preguntarme: ¿acaso somos intimidantes? Siempre he dado por sentado que la gente nos ve como una adorable banda de frikis. Pero ¿quién sabe? Tal vez para Harold seamos tan estrechos de miras como una manada de *fuckboys*.

Harold me mira a los ojos, y escucho una pequeña y rápida inhalación, como si se estuviera preparando para una nueva conversación. De veras, me dan ganas de abrazarlo. Me encanta la gente tímida.

—Bueno, Kate. —Junta las manos y las mete debajo del mentón—. He oído que estás embarazada.

Brandie suelta una carcajada breve y sorprendida.

—Eh, ¿sí? —Sonrío—. Teatralmente hablando.

—Un caballero la dejó preñada —dice Raina.

Me encojo de hombros.

—Son cosas que pasan.

—Al menos sabes que será un bebé precioso —dice Brandie e inclina su móvil hacia Harold—. El padre es el que está vestido de verde, al lado de Kate. Matt.

—Sir Matt. —Harold sonríe—. Hacéis muy buena pareja.

—¿En serio? —Exhibo una sonrisa amplia. Por Dios, quiero a Harold. Lo quiero mucho.

—En caso de que no fuera obvio —dice Raina—, nuestra Katy está perdidamente enamorada de Sir Matt.

—Al igual que Andy —añado con rapidez.

—Matt es uno de sus flechazos compartidos —explica Brandie.

—Creo que nunca antes he escuchado eso —dice Harold—. Flechazos compartidos.

Raina me da unas palmaditas en la espalda con cariño.

—Eso es porque estos dos tontos los inventaron.

—Ah, vale. —Harold inclina la cabeza—. Entonces, ¿es como una competencia? ¿Cómo funciona?

—No funciona —contesta Anderson sin emoción—. De ninguna manera.

Mi corazón se desploma. Vaya. Soy una imbécil. Realmente lo soy. Aquí estoy, disfrutando de cómo todos me hacen bromas sobre Matt, sin siquiera pensar en los sentimientos de Anderson. ¡Matt y Kate hacen muy buena pareja! ¡Qué preciosos serán sus bebés! Lo mismo ayer con Emma y Lindsay. Una química palpable. Casados para la última semana de ensayo. Es probable que Andy sienta que todos nos estamos turnando para escupirle en la cara. De todas formas, Dios sabe que así me siento cada vez que pillo a Matt y Andy susurrándose en los ensayos. El solo hecho de pensarlo hace que me escuezan los ojos.

Las cosas no deberían ser así. No con Andy y conmigo. Ya hay suficientes personas que se mueren de ganas de hacernos daño. Personas como Eric, Mira y Genny. Incluso Vivian. Lo último que necesitamos es hacernos daño entre nosotros.

Debería cambiar de tema. A decir verdad, deberíamos simplemente dejar de hablar de Matt.

Por supuesto, hablar es solo la mitad del problema. No quiero precipitarme ni nada por el estilo, pero ¿y si Matt y yo empezáramos a salir? Nunca, ni en un millón de años, podría ocultárselo a Anderson. Lo que me deja con dos opciones de mierda. Primera opción: declarar que Matt Olsson está fuera de los límites, algo así como en *La lista de no besar de Naomi y Ely*. Pero la Lista de No Besar no fue exactamente un camino de rosas para Naomi y Ely.

Lo que me deja con la segunda opción: romperle el corazón a Anderson.

Es una situación insufrible.

De pronto, como si me hubiera sentido pronunciar su nombre en mi cabeza, Andy levanta la vista del móvil, pues estaba enviando mensajes, y me mira directamente a los ojos. Luego se sube las gafas por el puente de la nariz como un idiota. Y sonríe. Le devuelvo la sonrisa.

Mi teléfono vibra en mi regazo, y cuando lo reviso, es oficial. Anderson Walker puede leerme la mente. ¿Quieres ir a comer unos buenos gofres después de esto? Solo nosotros. Creo que deberíamos hablar sobre Matt y dejar las cosas claras, de verdad.

Escena 31

Nos vamos justo cuando se pone el sol y nos dirigimos al lugar de gofres belgas en Canton Street. Andy pone algo de música y, por suerte, esta vez no recibimos mensajes de Dios. Es solo su lista de reproducción de Broadway y off-Broadway, que ya he escuchado unas cincuenta millones de veces: *Be More Chill*, *Casi normales*, *Los últimos cinco años*. Tengo el orden de las canciones tan bien asociado en la mente que empiezo a creer que es más apropiado que el orden real de las bandas sonoras.

Empieza a sonar *Un corazón lleno de amor* justo cuando entramos en el aparcamiento, lo que no nos deja más remedio que activar el protocolo oficial de Kate y Anderson para *Los miserables*. Andy aparca el coche y sube el volumen, y ni siquiera nos molestamos en quitarnos los cinturones de seguridad, porque no saldremos del coche hasta que hayamos cantado hasta el final. Ni siquiera es la mejor canción de la banda sonora, pero ambos estamos locos por cualquier cosa relacionada con Éponine. Porque literalmente somos como Éponine Thénardier. La auténtica santa patrona de las gabardinas y los amores no correspondidos. Cuando llegamos a su verso, prácticamente estamos aullando.

Nunca ha sido para mí.

Si alguien pasara junto al coche de Anderson en este momento, lo más probable es que salga corriendo a gritos. Dios sabe que Kate Garfield Cantando™ no es precisamente una visión adorable. Pero de alguna manera, cuando estoy con Andy, toda la mierda pasa a un segundo plano. Apenas existe.

—Vale, Katypie —dice Anderson cuando entramos y nos ponemos en la fila—. Tenemos que establecer algunas reglas básicas.

—¿A qué te refieres? ¿A que hagamos una Lista de No…?

—No, venga. No le gustamos a nadie. No necesitamos una Lista de No Besar.

—Bien visto.

—Creo que necesitamos algunas directrices. Porque siento que estamos en la misma sintonía con Matt, ¿verdad? A los dos nos gusta. Ambos pensamos que es un tío increíble. Pero no quiero que esto se interponga entre nosotros. —Se lleva un puño al corazón—. Tenemos que priorizar nuestra amistad.

—Definitivamente. —El corazón me da un vuelco—. Andy, lo siento mucho. Ni siquiera sé por qué…

La camarera nos pregunta si estamos listos para pedir, y mi cerebro se lanza directo a los gofres. Pedimos varios para compartir: con fresas y crema, con una salsa de color rosa y con cobertura de chocolate. Necesitan un nombre para la comanda, y Anderson no duda ni un segundo: «Kandy con una K». La combinación de nuestros nombres.

—La cuestión es la siguiente —dice Anderson, mientras nos dirigimos hacia el dispensador de agua—. Sé que no quieres hacerme daño, obviamente. Y yo no quiero hacerte daño tampoco.

—Sí, lo sé.

—Y ni siquiera sabemos si a Matt le gustan los chicos, las chicas o ambos. Tampoco sabemos quién le gusta o si realmente le gusta alguien. Pero da igual si conocemos sus preferencias, ya que eso no significa que le gustemos.

—Eh, entonces no tiene buen gusto —señalo.

—Obviamente. Pero se me ha ocurrido algo. —Anderson hace una pausa para llenar un vaso con agua para mí. Luego llena un segundo vaso para él—. Los dos sabemos que no tiene sentido tratar de convencernos de que no nos gusta. El corazón sabe lo que quiere.

—Nuestros corazones quieren a Matt.

—Exacto.

—Vale… ¿qué propones?

—Bueno, Kate Eliza, me alegro de que hayas preguntado. —Se acomoda en una silla, apoya su vaso y junta las manos como un director ejecutivo—. Después de considerarlo cuidadosamente, esta es mi propuesta. —Hace una pausa—. Creo que deberíamos alegrarnos por el otro, así que propongo que hagamos una promesa: no importa lo que pase, vamos a alegrarnos muchísimo por el otro. Incluso si estamos decepcionados.

—Incluso si estamos decepcionados —repito y me muerdo el labio—. Entonces… ¿ambos deberíamos intentar coquetear con él?

Andy deja escapar una carcajada.

—Katy, ¿alguna vez hemos hecho algo así?

—En séptimo grado. En el bat mitzvá de Eva Cohen. En la sala de túnicas del coro.

—Mmm. Eso fue cosa tuya.

—Oh, qué gracioso eres, Andy. —Apoyo el mentón en las manos y le lanzo una sonrisita—. Graciosísimo, sobre todo viniendo de alguien que fue directo a las tetas. ¡Zas! Segunda base.

—Ejem. Estaba descubriéndome a mí mismo.

—En una sinagoga. Estábamos en una sinagoga.

—Me dijiste que era una sinagoga reformista —dice Andy—. Escucha. Lo único que digo es que, dado que ninguno de los dos es particularmente... audaz cuando se trata de coquetear...

—¿Kandy con K? —nos llama la camarera con una sonrisa—. Cuidado, los platos están calientes. Ups. ¿Los tenéis? ¡Genial! ¡Buen provecho!

—Muchas gracias —decimos al unísono, con la misma entonación.

La camarera levanta las cejas y retrocede lentamente.

—¿Somos raros? —le pregunto a Anderson antes de dejar los platos en la mesa más cercana.

—Un poquito.

Chocamos los cinco.

—Básicamente —dice Anderson mientras se deja caer en una silla—, me parece que deberíamos seguir adelante y ver qué sucede, ¿no? Ya que ambos somos un poco tímidos —resoplo— con este tipo de cosas. Cierra el pico. Solo digo que somos tímidos con los chicos.

—Sí.

—Así que tal vez sea mejor dejar que la situación se desarrolle sola. Pero seamos sinceros el uno con el otro.

—¿Incluso si sabemos que la otra persona podría no querer escucharlo?

—Sí —responde Andy—. Especialmente en esos casos.

—Vale, entonces nos alegramos por el otro, somos sinceros con el otro. —Cuento con los dedos—. Y qué opinas de esto: nuestra amistad es lo más importante de todo.

—Dah, obvio.

—¡Hablo en serio! Podríamos ponerlo por escrito. Te enviaré un mensaje ahora mismo, y harás una captura de pantalla.

—Una captura de pantalla. Madre mía, Kate. ¿Estamos listos para ese nivel de legalidad?

—Te acabo de enviar el mensaje.

—¿Y quieres que le haga una captura de pantalla?

—Sip. Y luego me la reenvías. El procedimiento completo. Nos alegraremos por el otro, seremos sinceros con el otro y priorizaremos nuestra amistad. Pase lo que pase.

—Me gusta. —Andy sonríe—. Hagámoslo oficial con esta captura de pantalla.

Escena 32

Pero cuando llego al ensayo del lunes, ahí están: Andy y Matt, en la primera fila del auditorio, con las cabezas demasiado juntas. No con la cercanía suficiente como para besarse (al fin y al cabo, Andy cree que las personas que se besan en el instituto son zorras y básicas), pero sí como para compartir secretos. Secretos sensuales. Bromas internas. Confesiones de amor.

Vaya.

Estoy...

Muy feliz por Andy. Superfeliz. Claro que sí. No pensé que tendría que alegrarme por él tan pronto, pero es que...

Bueno, ahora Anderson está literalmente alborotándole el cabello a Matt hasta dejarle algunos pelos de punta. Genial. El ensayo será muy divertido. Estoy contentísima de poder presenciar la evolución de este romance. Serán noventa minutos geniales, un mes genial, una eternidad genial.

Es como si de pronto pudiera ver nuestras vidas enteras desarrollándose ante mis ojos. Me imagino a Anderson enviándome fotos del campus universitario de Matt el año que viene. O una foto irónica, pero no del todo irónica, de un calcetín en el pomo de la puerta del dormitorio de Matt. Sí.

Pero tal vez me vuelva insensible a su relación. Con el tiempo, tal vez este tipo de situaciones dejen de hacerme daño. Tocaré la guitarra y cantaré en su boda, pero algo románticamente poco convencional, como *With You* de *Pippin*. Y, obviamente, estaré lista para discutir con Anderson cuando empiece a encariñarse demasiado con los nombres extraños de bebés famosos. Voy a ser una excelente sujetavelas. La mejor sujetavelas de la historia. Tal vez ese siempre ha sido mi destino.

—¡Atención! —anuncia la señora Zhao mientras mira la hora en su teléfono—. Empecemos. Necesito a Dauntless, Winnifred, Aggravain, Sextimus y al hechicero en el centro del escenario. Vamos, deprisa. —Golpea el puño en la mano como lo haría una entrenadora, mientras que el señor D golpea las teclas del piano para que suene una canción frenética y apresurada que acompañe el gesto.

Llego al frente del auditorio justo cuando Anderson sube al escenario, pero no es que pueda sentarme en el lugar que ahora está vacío al lado de Matt. Parecería que estoy babeando por él, lo cual es demasiado, incluso para mí. Pero si me siento en una de las filas detrás de Matt, es posible que ni siquiera me vea. Y creo que hoy no tenemos programado practicar ninguna de las escenas entre Larken y Harry. Así que, en teoría, Matt y yo podríamos pasar todo el ensayo sin interactuar, y luego me iré a casa malhumorada y sintiéndome rara, momento en el que Anderson me escribirá para contarme todos los detalles novelescos de su nueva vida romántica juntos.

¡Y me pondré muy feliz por él! ¡Porque esas son las reglas!

En cualquier caso, me sentaré al frente. Eso no significa que estoy babeando por Matt. Me sentaré al final de la fila, a unos asientos de distancia de él. Por supuesto, si Matt quiere, es bienvenido a acercarse sin ningún problema. Coloco mi mochila en el suelo delante de mí para convertirla en mi reposapiés, y luego miro de reojo para ver si Matt se ha percatado de mi presencia.

Me saluda con la mano.

Le devuelvo el saludo. Y, por supuesto, se me desliza el móvil de la mano y aterriza en el suelo con un fuerte golpe.

Uff. Lo positivo es que el suelo es de linóleo, tengo una funda decente y al menos el ruido no fue tan fuerte como el de una bandeja de comida estrellándose contra el suelo. Aunque de alguna manera logro llamar la atención de Noah en el escenario, quien sonríe de inmediato, levanta una ceja y articula «uhhhhhhhhhh». Justo lo que necesito.

Pero luego Matt se me acerca y se sienta justo a mi lado.

—Oye —susurra—. ¿Sigue funcionando?

—Eso creo. No ha sido un golpe fatal —respondo.

—Solo una herida superficial.

Anderson nos está mirando desde el escenario, pero ¿a quién le importa? No es como si estuviera rompiendo las reglas. Matt es totalmente libre de acercarse a mí, ser simpático y hacer buenas referencias a Monty Python, y yo soy totalmente libre de reírme y sonreírle.

Y, por cierto, Anderson es libre de sentirse feliz por mí.

Escena 33

El señor Edelman, el rey de la enseñanza práctica, nos da más hojas de ejercicios en la clase de Historia, pero con una diferencia. Primero, tenemos que trabajar solos y en silencio. Segundo, cualquiera que termine todos los ejercicios para el final de la hora puede optar por no hacer el examen sorpresa del viernes.

—¿Cómo es sorpresa si ya sabemos que será el viernes? —murmura Anderson.

—¿A quién le importa? —Tengo mi libro de texto abierto y mi portaminas preparado y listo. Me encanta tener la opción de no hacer estos exámenes.

—Eh. —Siento un toquecito en la espalda—. Psst, mini Garfield.

Miro por encima del hombro.

—¿Qué quieres, Kappy?

Eso lo pilla desprevenido.

Abre la boca para responder, hace una pausa, la vuelve a cerrar, me señala con el dedo y dice:

—No.

—¿No qué?

—Kappy. No me gusta.

Abro los ojos como platos.

—Parece que no tienes ningún problema cuando Madison te llama así.

—No es verdad. —Noah planta los codos en el escritorio, se inclina hacia adelante y apoya el mentón en la mano que no tiene escayolada—. Bueno, mini Kate…

—¿Sí, Kappy?

—Ja —dice—. Ja.

Me encojo de hombros con las palmas hacia arriba y vuelvo a mi hoja de ejercicios.

Me toca de nuevo.

—Vale, Kate.

—Shh. Se supone que debemos susurrar —digo.

—No, no es así —comenta Anderson—. Se supone que no debemos hablar.

—Susurrar no es hablar —susurra Raina.

—Pues —dice Noah mientras se inclina hacia mí.

—Silencio, por favor —advierte el señor Edelman.

—Pues —susurra Noah—, Kate, te hago una pregunta. —No espera a que responda—. ¿Vas a ir a la fiesta del vecindario el sábado?

—¿Por qué me lo preguntas?

—¡Deberías venir!

—Ve con Ryan. —Empiezo a darme la vuelta, pero Noah me toca de nuevo. Entrecierro los ojos—. ¿Qué?

—Escúchame.

—¿Qué?

—Ryan tiene béisbol —dice Noah.

—No, claro que no.

Noah me lanza una mueca.

—¿No era que no seguías los deportes?

—Kappy, vivo con Ryan.

—¡*Touché*! Por cierto, no quiero que te acostumbres a llamarme Kappy.

—Por favor, silencio —dice el señor Edelman mientras se frota las sienes—. Os lo suplico.

—El señor Edelman tiene migraña —susurra Brandie.

—¿Vas a venir, entonces?

—¿A la fiesta del vecindario?

Noah asiente y me mira a los ojos, claramente con la intención de provocar un orgasmo visual. Ja ja ja. No.

—Noah, ¿cuál es tu objetivo?

Parece casi herido.

—¿A qué te refieres?

—¿Cuál es tu objetivo? ¿Por qué quieres que vaya a la fiesta del vecindario? ¿Qué quieres? ¿Más lecciones de canto?

—No, ¡qué va! Ya soy un excelente cantante.

Anderson y Raina resoplan.

—Kate. —Noah suspira—. No tengo un objetivo. Solo quería agradecerte, ¿vale? ¿Por recoger la bandeja de comida? Me siento mal porque tuviste que ocuparte de mi desastre.

—¿Te sientes mal?

Se encoge de hombros.

—Tal vez deberías agradecerle a Madison.

—Ya lo hice.

—Oh, me imagino.

Anderson suelta una carcajada.

—Así que quieres que pase el rato contigo en la fiesta del vecindario —señalo—, como un agradecimiento hacia mí.

—Exacto. —Sonríe.

Vaya, qué autoestima que tienen los *f-boys*.

—Bueno, ¿te veo allí? —pregunta.

—Obvio. —Pongo los ojos en blanco.

Raina me mira a mí y luego a Noah, con las cejas levantadas a medio camino de la estratosfera.

—Es solo una fiesta del vecindario —le recuerdo—. Justo afuera de la casa de papá. Y como me toca quedarme en su casa, he decidido ir a la fiesta.

—No he dicho nada. —Raina alza las palmas.

—Deberíais venir —digo mientras me encojo de hombros.

Brandie dice que intentará ir un rato, pero Raina comenta que tiene una cita.

Noah le choca los cinco.

—¡Qué guay!

Raina pone los ojos en blanco, pero está sonriendo.

—No puedo ir —revela Anderson y se detiene durante una mínima fracción de segundo—. Tengo planes.

Hay algo raro en esa pausa.

Está mirando su hoja de ejercicios, pero se le marca el hoyuelo brevemente, como cuando se siente incómodo. Se me forma un pequeño nudo en el pecho. Me inunda una sensación de temor, o tal vez de pánico.

—¿Con quién?

De alguna manera, incluso antes de que Anderson abra la boca, sé justo lo que está a punto de decir.

—Con Matt —responde con suavidad.

Al oír eso, me paralizo casi por completo.

Escena 34

El vecindario de mi padre tiene un pequeño problema de *fuckboys*.

Podría ser peor. Como el caso de Brandie, que vive a poca distancia de por lo menos ocho miembros del equipo de *lacrosse*. Pero tampoco es una situación ideal. Tenemos a Mira Reynolds y a sus hermanas preadolescentes cerca de la piscina del vecindario, y hay todo un grupo de niños deportistas de octavo curso reunidos en una calle sin salida.

Pero en realidad me encanta la fiesta de Remington Commons, sobre todo porque apenas es una fiesta. Es solo un evento callejero sin sentido que la asociación de vecinos comenzó a organizar hace un par de años, cada septiembre y mayo. La mitad del tiempo, los *f-boys* están demasiado resacosos como para participar.

De todos modos, no puedo quedarme sentada en mi habitación pensando en Andy, Matt y sus planes. Así que me pongo una de las viejas camisetas de campaña de Stacey Abrams de mi madre, lo cual le saca una pequeña sonrisa a mi hermano. En este momento, está sentado en la mesa de la cocina, comiendo pizza fría con una mano y acariciando a Camilla con la otra.

Ryan apoya la porción de pizza en la mesa.

—¿Quieres hacer una declaración con esa camiseta?

—Al menos, es una buena declaración.

—No te equivocas.

Agarro un poco de pan de pasas y me lo como de pie, apoyada sobre la encimera. Luego llamo a los perros, les pongo las correas y salgo al calor de principios de septiembre.

El ambiente es bastante tranquilo a las diez de la mañana. Por lo general, solo hay padres con polos pasando el rato en sillas de plástico al borde de sus jardines mientras beben Bloody Marys. Identifico a mi papá en un pequeño grupo de sillas en la casa de los Kaplan, sonrojado y feliz junto a los padres de Noah, además del padre que se acaba de mudar a la casa de al lado. El padre primerizo, que está sosteniendo a un bebé recién nacido, es el más joven en el círculo por al menos una década.

—¡Guisantito! —Mi padre hace un gesto con la mano para que me acerque.

Ese apodo. Supongo que debería estar muerta de la vergüenza, pero es difícil sentirme así cuando estoy frente a una madre, tres padres y un recién nacido. Además, es bastante obvio que este es el grupo de tontos del vecindario. Puede que sea extraño decir algo así sobre un grupo de padres, pero es la verdad. Hasta ahora, lo único que sé sobre el padre primerizo es que él y su esposa visten al bebé exclusivamente con monos estampados con juegos de palabras de ciencia. Anna y Joe Kaplan son el tipo de personas que publican muchas fotos en Facebook sin siquiera eliminar las borrosas. Y mi padre está allí con los pantalones bien arriba y los botones de la camisa desalineados. Básicamente, imagina la mesa *geek* de cualquier cafetería de secundaria, pero todos con veinticinco años más.

Pero lo gracioso es que, de alguna manera extraña y subversiva, creo que eso los hace más geniales. Es decir, si tienes cuarenta y cinco años, debes actuar como tal. No seas uno de esos padres que se aferran a sus días de gloria, tratando de recrearlos con las jerarquías de los equipos de tenis y los horarios deportivos de sus hijos.

Dejo que los perros me guíen al escuadrón de padres tontos y paso los siguientes diez minutos respondiendo preguntas sobre el instituto. E interfiriendo con Camilla, quien al parecer está decidida a husmear profundamente en las entrepiernas de todas las personas presentes.

—A Noah le encantan los ensayos de la obra —afirma Anna—. Estaba muy ansioso al principio, pero ya se ha acostumbrado. —Ansioso. Noah Kaplan. ¿De dónde sacan los padres esas ideas de sus hijos?

—Eh, guisantito, ¿qué tal si traemos la máquina de karaoke? Le estaba comentando a Bill que eres una gran cantante.

—Le dio lecciones de canto a Noah —aclara Anna.

—Podríamos instalar una estación de karaoke aquí, con algunas filas de sillas. ¿Qué opinas?

—De ninguna manera.

Vaya. Hablando de dónde sacan los padres ciertas ideas de sus hijos. Mi padre parece haberme confundido con alguien que actúa en público de forma espontánea. Las personas que no hacen teatro nunca tienen en cuenta el factor de preparación emocional. E incluso si lo tuvieran en cuenta, podrían arriesgarse a provocar un desastre. Podrían provocar el escándalo de Ella 2.0. Tal vez alguien como Anderson podría lograrlo sin morir de la vergüenza, porque es mucho más talentoso que yo y no le tiembla la voz cuando está nervioso. Y, en general, es un poco más guay. Tal vez por eso ahora tiene muchos puntos a su favor. Los suficientes como para poner en marcha planes misteriosos con Matt.

Planes de sábado. Me pregunto quién tuvo la idea.

Camilla hace un movimiento repentino hacia Bill y el bebé, así que tiro de su correa con rapidez antes de que su lengua intervenga. Luego le quito a Charles una bolsa abierta de patatas de la boca. Y termino usando a los perros como una excusa para irme, que es básicamente la razón por la que los traje en primer lugar. Los llevaré a dar un paseo rápido por el vecindario y me iré a casa. Después de todo, me merezco un tiempo lamentándome en mi habitación.

De todas formas, no estoy lamentándome. En serio. Tal vez lo parezca desde el exterior, pero en realidad es solo una emoción eufórica. En realidad, estoy sumamente y extremadamente feliz. Por Anderson. Tan feliz que voy a arrodillarme aquí muy rápido y tomarme un *selfie* rápido con los perros. Quienes, por cierto, son modelos terribles: Camilla tiene un labio enganchado como Elvis, y Charles es solo un borrón de movimiento. Pero le envío la foto Anderson, de todos modos. ¡¡Echamos de menos tu cara!!

Ninguna respuesta.

Cuando llego a la piscina y regreso con los perros, el coche de Brandie está en la entrada de mi casa, y ella está de pie en nuestro césped junto a Noah y mi hermano.

—Hola, Kate —me saluda Noah con un abrazo.

Bueno. No sabía que éramos de los amigos que se abrazan, aunque debo admitir que Noah no abraza mal. Al menos, no es uno de esos abrazos ligeros y falsos como los que suele dar Lana Bennett. También huele bien. Me encanta cuando los chicos se duchan. Debo felicitarlo, porque he oído que ducharse con una escayola es complicado.

Brandie se pone en cuclillas para acariciar a Charles, quien se echa patas arriba en señal de rendición.

—Charles, respétate un poco —dice Noah. Luego me mira y añade—: Estaba pensando que podríamos ir al parque de juegos.

Echo un vistazo a su brazo.

—¿Has dibujado unas tetas en la escayola?

—No —dice—. Las ha dibujado Jack Randall.

No me sorprende.

—Así que vas a caminar por ahí así —prosigo, y luego me doy cuenta de un detalle importante—. ¡Espera, la obra! ¿Cómo vas a…?

—Primero que nada, existen los trajes de manga larga —responde Noah con un tono muy divertido de voz—. Segundo, no nos olvidemos de que mi personaje se llama rey Sextimus, que es claramente el nombre de un rey que aprecia las tetas.

—Dios, eres asqueroso.

—Y tercero, el martes me cambiarán la escayola. Por una sin tetas. —Sonríe—. Así que no voy a arruinar tu obra, mini Garfield.

—No es mi obra, Kappy. Es mi musical.

—Eh, también es tu musical —le recuerda Brandie a Noah.

Escena 35

Cuando llegamos al parque de juegos, diría que nos encontramos con toda una fiesta, en el sentido de que todos los padres parecen haber traído neveras de cerveza. Livy Kaplan se las ingenia para alcanzarnos, lo cual es bastante impresionante para una niña de siete años con tacones de Disney. Y a pesar de que esté usando tacones, es lo bastante rápida como para seguirle el ritmo a Ryan y a Brandie, quienes están al frente de nuestro grupo. Están demasiado adelantados como para que pueda entender lo que Livy está diciendo, pero ha estado hablando sin parar desde que se unió a nosotros.

—¿Ha tomado aire en algún momento? —le pregunto a Noah. Estamos rezagados, a un par de metros detrás de Brandie y nuestros hermanos.

—Claro que no. Sería un crimen desperdiciar todo ese valioso tiempo de conversación… OH. —La voz de Noah se apaga—. Mira a ese pervertido. —Hace un leve gesto con el mentón hacia un patio en el centro de Remington y Pine. Es probable que haya veinte niños allí, además de sus padres, agrupados alrededor de un dúo de mascotas tigres con sudaderas.

—¿Ese no es...? —empiezo a decir, pero las palabras de alguna manera se desvanecen.

Porque la mano de Noah está apoyada en la mía. Su mano derecha, la que no está escayolada. Y solo el dorso, no la palma. Pero aun así, se trata de la mano de Noah Kaplan. Tocando la mía.

Lo cual es raro. El siguiente nivel de raro. Vaya.

Excepto que la aleja tan rápido como la acercó. Un retiro total.

—No. Lleva. Pantalones —manifiesta Noah.

—¿Quién, Daniel Tigre? ¿No es un niño? ¿Y una caricatura?

—Su padre no es un niño.

—Así que el padre de Daniel Tigre es el pervertido.

—Kate, es un adulto. Un padre. Sin pantalones.

—Es un dibujo animado —digo, más tranquila de lo que me siento. Aún percibo un nudo y un aleteo en el estómago—. Lamento decírtelo, pero a veces los dibujos animados no usan ropa.

—Pues, adivina adivinador, ¿por qué lleva puesta una sudadera?

—¿Acabas de decir «adivina adivinador»?

—No cambies de tema. —Noah me mira de soslayo, sonriendo. ¡Y luego vuelve a tocarme la mano! Vaya, ese contacto de una fracción de segundo con el dorso de la mano... ¿qué significa? ¿Acaso se trata de una nueva forma de ligar de los *f-boys*? ¿Una alternativa al orgasmo visual?

—En mi opinión —continúa Noah—, hemos establecido un mundo donde los animales usan ropa, hablan y caminan. Están antropomorfizados.

—¿Cuánto has pensado en esto?

—Años —dice Noah—. Años de pensamiento.

Llegamos al parque y Livy se sube a un columpio, boca abajo.

—Chicos, esto va a ser épico. ¡Noah! Venga, quiero filmar un vídeo para YouTube.

—Un momento —dice Noah.

—¡No os olvidéis de dejar un me gusta!

Me giro hacia Noah con incredulidad.

—¿Livy tiene un canal de YouTube?

—Livy cree que tiene un canal de YouTube. —Saca el móvil—. Esto será futuro material de chantaje.

—El hermano mayor perfecto —digo mientras lo veo alejarse hacia los columpios.

Mi propio hermano está de pie a unos metros de distancia, con los brazos cruzados, aunque no parece enfadado. Solo cohibido, creo. Está hablando con Brandie, que ya se ha subido a la estructura de juego y está sentada en el borde de la plataforma, con las piernas colgando. Brandie cuenta algo con los dedos, y Ryan asiente. Es curioso. No estoy segura de haberlos visto interactuar antes, aparte de las veces que Ryan murmura «hola» desde el sofá cuando llegan mis amigos a casa.

Hablando de eso, han pasado unos cuantos minutos desde que le envié el *selfie* perruno a Anderson. Así que le echo un vistazo a mi teléfono para ver si ha respondido.

No lo ha hecho.

Siento como si me hubieran dado un puñetazo en el estómago. Sé que es una estupidez ponerse tan nerviosa por un mensaje que envié hace veinte minutos, pero en el tiempo de Kate y Anderson, eso son siglos. Y es un mensaje con un *selfie*, lo que empeora aún más la falta de respuesta. Es como cuando se supone que tu compañero de escena debe interrumpirte y superponerse a tu diálogo, pero no lo hace. Ese mismo instante silencioso de pánico e incomodidad.

Pero es una tontería. Es probable que Andy no haya revisado su teléfono. Y hay muchas razones por las que podría no haberlo hecho, razones que no tienen nada que ver con Matt.

Podría estar cargando el móvil, por ejemplo. Podría estar orinando. O conduciendo.

Y hoy es un día tan extraño en general que me sigo sintiendo a la deriva, como si estuviera dos pasos detrás de mi cuerpo. Parpadeo y, de algún modo, estoy sentada en una mesa de picnic frente a Noah, quien tiene los dos brazos estirados sobre la mesa, con el dibujo de las tetas parpadeando a la luz del sol. Y eso solo es abrumador. El hecho de estar aquí con Noah Kaplan. Parece como si estuviera en un túnel del tiempo.

La amistad entre Noah y yo no duró tanto, a causa de la mudanza de Noah, el divorcio de mis padres y la transformación de Noah en un *f-boy*. Pero en un momento fuimos un dúo, principalmente debido a los ensayos del coro de la escuela dominical, que nos saltábamos de vez en cuando para merodear por la sinagoga. Noah era muy bueno convenciendo a los padres voluntarios de la cocina de que nos dieran más pedazos de ese pan jalá blando ya cortado del instituto hebreo. Incluso ahora, cuando pienso en la escuela dominical, eso es lo primero que recuerdo. Noah y yo en el armario de suministros cerca de los baños de mujeres, montando bolas de pan con las rebanadas de jalá y comiéndolas como si fueran palomitas de maíz.

Dejé de ir a la escuela dominical después de mi bat mitzvá. Supongo que podría haber continuado para hacer la confirmación, pero nunca sentí que mis padres quisieran llevarme. Y luego Noah empezó a salir con Genny Hedlund, lo que añadió una capa adicional de incomodidad a la mezcla. Más aún cuando se separaron seis semanas después. Al parecer, no fue como la ruptura entre Anderson y yo, que terminó con llantos, abrazos y votos de amistad eterna debajo de los ocho pósteres de *Teen Wolf* de Andy. Más tarde, me di cuenta de que en todos aparecía destacado el rostro de Dylan O'Brien.

Pero en abril, Noah estaba saliendo con Savannah Griffin y, después de eso, con Gayatri Dawar. Y luego con Mackenzie

Yates, con Eva Cohen, con Ashlyn O'Shea y con Amy Austin. Siempre parecía tener una novia. O una casi-novia. O, por lo visto, dos novias al mismo tiempo. Ni siquiera quiero saber qué pasó con él en el baile de bienvenida de noveno curso.

De todos modos, este asunto hizo que fuera difícil ser amiga de Noah. No era que me importara con quién salía. Además, nunca ha sido esa clase de persona que desaparece de la faz de la Tierra cuando está en una relación. Pero empecé a sentir que éramos de dos especies diferentes. Por un lado, estaba Noah, coqueteando y besando a otras chicas, y saltando de juegos deportivos a fiestas. Y por el otro, estaba yo, una adolescente astuta con los movimientos astutos de una adolescente, alisándome el cabello para parecerme a Ella de *Hechizada*. O memorizando la página de Wikipedia de Lansing, Michigan. O tocando canciones de amor sola en mi habitación y llorando. Me sentía tan infantil en comparación con Noah. Es como si él hubiera pasado a comer delicias de la pastelería francesa, y yo todavía estuviera masticando bolas de pan.

Escena 36

Se está poniendo más cálido, tal vez demasiado cálido, pero no estoy lista para volver a entrar. Noah se está quejando del musical, lo cual es curioso de ver. Es suficiente con escuchar la frase «ensayo intensivo» en la boca de un *f-boy*.

—Está bien que sea intensivo. Pero, maldita sea, no puedo creer que el señor D haya hecho que Brandie y Laura cantaran la parte de «*hey nonny nonny*» treinta y ocho veces seguidas, y las he contado…

—¿Te refieres a Lana?

Noah parece imperturbable.

—Bueno, sí y no. Por un lado, sé que se llama Lana. Por el otro, tengo que llamarla Laura porque ella me sigue llamando Nolan.

—Me parece justo —digo, bostezando. La luz del sol siempre me da sueño. Y durante un minuto, ninguno de los dos habla, pero es un silencio pacífico. Livy sigue en el columpio, aunque logró que Noah le prestara su teléfono para jugar, y Ryan y Brandie están en el mismo lugar donde los dejamos. Creo que podría acostumbrarme a este momento. ¿Y qué si Anderson y Matt tienen planes que no me incluyen?

No tengo que estresarme por eso. Puedo elegir no pensar en ello.

Después de unos minutos, Ryan y Brandie regresan a la mesa de picnic, y Brandie se desliza a mi lado. En ese instante, me inunda una especie de nostalgia anticipada. Es uno de esos momentos en el que juro que siento que se está formando un recuerdo antes de que termine de vivirlo. Brandie también debe sentirlo porque me rodea la cintura con el brazo. Así que hago lo mismo con ella, y ahora parece como si estuviéramos posando para una foto. Es una sensación muy bonita y alegre, típica de Brandie. Ella es como un Xanax que habla y camina. De hecho, es muy fácil imaginar a Brandie como a una abuela.

Noah bosteza y se vuelve hacia Ryan.

—Mañana te vas, ¿verdad? ¿A la Universidad Estatal de Georgia?

—A Kennesaw —corrige Ryan—. A las nueve de la mañana.

—Ostras —dice Noah.

Es una mierda estar en la situación de Ryan. Mis padres no están de acuerdo en muchas cosas, pero ambos coinciden en que es importante estudiar en la universidad. Lo que significa que Ryan ha estado recorriendo campus y asistiendo a sesiones informativas prácticamente todos los fines de semana. Creo que está bastante agotado. Es extraño... Nunca he visto a Ryan tan entusiasmado por la universidad como la mayoría de los estudiantes de último año. Para ser sincera, a mí tampoco me encanta la idea de que se vaya. Incluso si termina estudiando en una universidad local, todo será diferente. Es como cuando mis padres se separaron. Uno no pensaría que el hecho de que mi madre se mudara a cinco kilómetros fuera el mayor cambio de todos. Y no lo fue.

En realidad, fueron un millón de pequeños cambios.

No obstante, Raina dice que ella y su hermana se hicieron más cercanas cuando Corey se fue a la universidad, porque empezaron a escribirse más seguido. Aunque Ryan envía mensajes de mierda, así que tal vez no se aplique en este caso. Andy cree que debería ocupar su habitación cuando se vaya y convertirla en un vestidor.

Excepto que no estoy pensando en Andy. Ni en Matt. Ni en sus planes.

Por supuesto, en el momento en el que decido eso, mi teléfono por fin suena en el bolsillo trasero. Cuatro veces.

Pero cuando lo saco para revisar los mensajes, ninguno es de Anderson.

Todos son de Matt.

¿Quieres venir a ensayar algunas escenas mañana?

Estoy libre todo el día si quieres, así que ¡avísame!

—Parece que acabas de ganar la lotería —dice Noah—, pero también como si estuvieras a punto de vomitar.

—Así es justo como me siento.

Noah enarca las cejas.

—Debe de ser un mensaje importante.

Escena 37

Es casi mediodía, y papá y Ryan aún no han regresado de Kennesaw, lo cual es una mierda, porque eran mis primeras dos opciones para llevarme a casa de Matt hoy. No quiero pedirle a Matt que me recoja en casa de papá. Creo que la invitación se alejaría demasiado del ámbito informal. Y no es como si pudiera pedirle a Anderson que me lleve, a menos que quiera que esté presente en el ensayo. Y no quiero. Suena horrible, pero no quiero.

Al final, se lo pido a mamá. Nos recoge a los perros y a mí justo después del desayuno, y todo va muy bien, hasta que casualmente le digo que me deje en la casa de Matt.

—¿Qué? —Deja escapar un grito ahogado—. ¿Es una cita, Katypie?

—No, vamos a practicar algunos diálogos…

—¡Pensé que te gustaba ese chico Alexander!

—¿Quién?

—Ese del que tú y Andy estabais hablando en la cena de *sabbat*. ¿Alexander de Lansing, Michigan?

—Ay, Dios. ¿Cómo recuerdas eso?

—¡Tú y Matthew! Haríais una bonita pareja. Es un encanto. ¡Y es judío! Cariño, sujeta a Charles… No puede subirse al cambio de marchas.

Pongo a Charles de vuelta en mi regazo.

—No es que importe, pero no creo que Matt sea judío.

—¡Sí lo es! Ellen es judía, así que Matthew también.

—¿Acaso va a la sinagoga?

—¿Y nosotros? —Mi madre tamborilea los dedos en el volante, claramente encantada—. ¿Ellen sabe que vas hoy?

—¿Cómo voy a saberlo?

—Ahora sabes que voy a llamarla. —La voz de mi madre se vuelve seria de repente—. Quince centímetros. Conoces la regla.

Ah, sí. La regla más inútil de la historia. Si estoy sola con cualquier chico que no sea Anderson, la puerta debe permanecer abierta quince centímetros. Y lo mismo se aplica a la habitación de Ryan cuando está con chicas, o al menos se aplicaría si Ryan alguna vez invitara a chicas. No tengo ni idea de por qué mi madre tiene la impresión de que soy capaz de dar el siguiente paso. A decir verdad, no hay necesidad de interferir en mi vida sexual. Yo misma puedo cortarme el rollo.

—Mamá, no es una cita. Vamos a practicar nuestras líneas.

—Sí, así se empieza. En un momento, estás ensayando, y al siguiente, el guion está en el suelo…

—Por favor, no.

Mi madre me mira de reojo, genuinamente confundida.

—¿No qué?

—¿Podemos no visualizar gráficamente este encuentro sexual que no va a suceder?

—Así es, no va a suceder. Porque esa puerta va a estar quince centímetros abierta.

Escena 38

Mamá me deja en casa de Matt, que se encuentra en uno de los vecindarios más nuevos cerca del instituto. En toda la calle hay una serie de casas adosadas idénticas, todas relucientes y bien mantenidas, con pequeñas parcelas de jardín en el frente. Es un ambiente diferente al de las mansiones ostentosas con piscinas y pistas de tenis del vecindario de mi padre, y es muy diferente al de las casas antiguas y extravagantes que están rodeadas de árboles en la calle donde vive mi madre. Pero es un entorno encantador y seguro, y el simple hecho de que sea la calle de Matt hace que me derrita por dentro.

Cuando mi madre aparca el coche, el corazón me late desbocado como una pelota de *pinball*. El coche de Ellen está aparcado frente a su casa, justo al lado del de Matt, y ya puedo imaginarme a mi madre arruinando el momento. Dirá «oh, solo he venido a saludar», y ese saludo se convertirá en una charla de tres horas con varias copas de vino, y mamá más vino más mi flechazo es una ecuación estresante.

Pero mi madre no me acompaña porque no quiere dejar a los perros en el coche. Así que me gustaría nominar a Charles y Camilla Garfield como Perros del año, héroes caninos, salvadores y mascotas irremplazables. Mi madre, sin embargo, se queda esperando en el coche, como siempre hace cada vez que deja a alguien en algún lugar. «Nunca os vayáis hasta que la otra persona haya entrado». Debe de habernos dicho esto a Ryan y a mí cientos de veces. «Una vez, vuestro padre me dejó en casa después de una cita y se fue rápido antes de que me diera cuenta de que había olvidado la llave. Estuve varada allí durante horas».

Mamá casi nunca habla de papá, pero cuando lo hace, siempre es así. Pone cara de haber chupado un limón, lo llama «vuestro padre» y luego cuenta algo estúpido o descuidado que hizo. Pero nunca parece estar realmente enfadada al respecto. Es curioso, ya que muchos divorcios ocurren por algún engaño, alguna pelea o algo así. Pero mis padres solo se distanciaron. De la forma en que lo describe mi madre, simplemente ya no eran cercanos. Dejaron de contarse cosas.

Da un poco de miedo si lo piensas. Lo fácil que se disuelven las relaciones. Y, sobre todo, lo fácil que es dejar de confiar en la otra persona. Como Andy, por ejemplo. Nunca me respondió al *selfie* con mis perros, pero cuando le pregunté cómo iban sus planes con Matt, me dijo que vieron varias películas de superhéroes y fueron a la Casa de los Gofres, y que lo pasaron muy bien. Y nada más. Si esto fuera un flechazo compartido normal, Andy se volvería loco en nuestro chat y me contaría todos los detalles de cada una de sus interacciones, además de gritar sobre las partes buenas en mayúsculas. Así que su moderación, cuando se trata de Matt, es inquietante.

Pero tal vez esté pensando demasiado en todo este asunto de Andy y Matt, sobre todo porque estoy literalmente de pie en la entrada de la casa de Matt. Para una quedada que él organizó. Y sí, es probable que la palabra «quedada» sea demasiado amplia, dado que solo vamos a ensayar. En ese sentido, parece más una reunión de negocios. Es solo que me cuesta pensar como una mujer de negocios. Además, me acabo de percatar de otra cosa: enloquecer en la puerta de un chico no es muy guay, sobre todo cuando tu madre todavía está aparcada aquí, observándote. Tengo que respirar. Tengo que tocar el timbre.

De pronto, oigo pasos. Así que mi corazón decide poner un anticipo para su nuevo hogar a partir ahora: mi garganta. Matt abre la puerta, sonriendo con dulzura.

—¡Has llegado!

Mi madre toca el claxon, saluda y por fin, por fin, se marcha.

Resulta que Ellen no está en casa, a pesar de que su coche está aquí. Matt dice que voló a Nueva Jersey este fin de semana para ayudar a Sylvia, la tía abuela de Matt, a mudarse a una residencia de jubilados. En cuanto dice eso, mi cerebro y mi boca se desconectan por completo. Por un lado, estoy diciendo cosas reconfortantes y sinceras sobre la tía Sylvia, pero debajo de todo eso, mi mente entra en una espiral que va en dos direcciones completamente opuestas. Porque... mierda... estoy sola... Dios... en una casa con Matt Olsson. Pero por el otro lado...

Anderson también lo estuvo.

Lo que sea que eso signifique.

Me da un recorrido rápido por la casa, y mi cerebro farfulla «mierda, mierda» una y otra vez, como el disco rayado menos articulado del mundo. El vestíbulo, el comedor, la escalera, el pasillo, su dormitorio. El dormitorio de Matt. Incluso la idea de estar en su habitación hace que sea difícil mantenerme erguida. Tengo la repentina necesidad de enviarle un mensaje atolondrado a Anderson, y el hecho de que no puedo me pone melancólica. Hace un mes, un momento como este no se habría sentido real a menos que lo compartiera con Anderson. Pero claro, hace un mes, un momento como este no habría sido real. Porque Matt no era real. No para nosotros. Era solo un concepto que nos inventamos.

Todo era mucho más simple hace un mes.

La habitación de Matt en sí es bastante pequeña y poco amueblada, con solo algunos libros de fantasía y unos cuantos Funko Pops en la cómoda. También hay un gran espejo rectangular, rodeado de fotos sin enmarcar, como la de un grupo de pijos acalorados sentados en un muelle en trajes de baño. Y una vieja foto de un tipo rubio que sin duda es el padre de Matt (vaya, es clavado a él), junto a Ellen y Matt cuando era un niño pequeño y rubio. Es tan adorable que podría derretirme. Trato de no mirar muy de cerca a una más reciente de Matt y una chica rubia muy guapa, claramente vestida para un baile formal. Lleva un ramillete, que hace juego con la flor que él lleva en su ojal, y es tan hermosa como cualquier *f-girl* de Roswell Hill. De pronto, me doy cuenta de que sé muy poco sobre Matt. Ni siquiera sé si está soltero.

—Mi habitación es aburridísima —dice, casi disculpándose, y se acerca a mí en la ventana. La habitación de Matt da a un patio trasero modesto, ya que solo hay una plataforma de madera y una pequeña zona de césped cercada, con algunos arbustos y un árbol alto.

—No es aburrida. Me transmite paz.

—Estamos alquilando mes a mes mientras mi madre busca una casa, y se supone que debemos mantener todo ordenado en caso de que los propietarios necesiten mostrarla.

Me cuesta procesar esa información. Supongo que, en el gran esquema de las cosas, es un pequeño inconveniente. Pero no me puedo imaginar viviendo así. Incluso en su propia casa, Matt y Ellen apenas pueden estirar las piernas y relajarse. Lo que de alguna forma frustra el propósito principal de un hogar.

Volvemos al piso de abajo y Matt me pregunta si tengo sed. Le digo que no, porque no estoy sedienta, al menos no de la forma que piensa. Así que terminamos en el sofá de la sala, con nuestros guiones apoyados boca abajo entre nosotros. Recorro la sala de estar con la mirada, prácticamente todas partes menos la cara de Matt. El lugar está tan limpio y ordenado como el resto de la casa, con los techos sumamente altos como los de las revistas. Pero de pronto, identifico una serie de fotos de campamento hechas con una cámara vieja, como las que tiene mi madre. Abro la boca para mencionarlas, pero Matt me mira directo a los ojos con una sonrisa conmovedoramente dulce. Así que, por supuesto, olvido cómo hablar.

—¿Quieres ver hasta dónde llegamos sin los guiones?

Oh. Sí, me gustaría ver hasta dónde llegamos. Tal vez podamos dejar los guiones sobre la mesa de café de tu madre, recostarnos y…

VAYA. Bueno. Tal vez me esté precipitando un poco.

Pero es una locura que no pueda dejar de convertir cada momento en el comienzo de una historia de amor. Que Matt me mire con dulzura cada vez que Harry declara su amor por Larken. Sir Harry en la obra es una especie de *f-boy* medieval, pero Matt lo transforma en un chico del que realmente podrías enamorarte. Lo cual es útil. Desde un punto de vista estrictamente profesional. Y en beneficio de Lady Larken, claro.

Ensayamos hasta el final del primer acto, escena uno, donde Larken le revela a Harry que está embarazada, y Matt no se olvida de ninguna línea. También hace pequeños movimientos y gestos, aunque oficialmente no diagramaremos la escena hasta el próximo jueves. Pero los hace como si se hubiera dejado llevar por el momento. Saca pecho como un caballero, o me agarra de las manos para acercarme más a él.

Y parece que no puedo controlar mi corazón. Siento como si estuviera a punto de explotar. Como si la alegría fuera demasiado grande para este momento e imposible de contener.

Nos seguimos riendo en medio de los diálogos, así que tenemos que empezar de nuevo una y otra vez. Hay una línea en la que trato de hablar de forma discreta sobre el bebé secreto, y se supone que debo decirle a Harry «ya sabes», todo a sabiendas. Y por alguna razón, esa línea en particular es insoportablemente divertida. La pronuncio de una manera cada vez menos sutil, solo para hacer reír a Matt. Frotando mi estómago en círculos y guiñando un ojo. Ya sabes. Simulando que estoy meciendo a un bebé. Señalando de un lado a otro entre el bebé invisible y Matt, como si estuviera dándole el resultado de una prueba de paternidad. Ya sabes.

Matt es monísimo cuando se ríe. Arruga la nariz, echa la cabeza hacia atrás y cierra los ojos por completo. Como si estuviera teniendo un pequeño momento de risa privado, solo consigo mismo. Y percibo un sentimiento en el aire, una energía palpable. Lo juro, siento como si pudiéramos empezar a besarnos en cualquier momento. Él podría acercarse, o yo podría acercarme a él. Solo hace falta un pequeño cambio en nuestra posición. Pero, de nuevo, la parte del beso parece extrañamente tangencial. Como si la conversación en sí fuera el beso. Tal vez algunas conversaciones lo sean.

Lo único en lo que no puedo dejar de pensar es en Anderson. ¿Qué diría si nos viera a Matt y a mí ahora mismo? Ni siquiera le conté que vendría aquí. No estoy del todo segura de por qué. Supongo que pensé que intentaría unirse a nosotros. O se pondría raro y guardaría silencio por el simple hecho de que habíamos quedado para ensayar. Lo cual, por cierto, sería terriblemente injusto, viniendo de alguien que se supone que debería estar feliz por mí. En especial, viniendo de alguien que ayer tuvo sus propios planes con Matt.

Pero debo admitir que los planes de Andy y Matt parecen muy lejanos en este momento. Superhéroes y gofres. Sí, suena divertido, pero no creo que haya sido tan intenso. Imposible.

Aunque supongo que existe la posibilidad de que Anderson me haya dado una versión neutralizada y diluida del día. Como probablemente haré yo cuando trate de explicarle lo que sucedió hoy a Anderson.

Si es que decido hacerlo.

Escena 39

Por supuesto, termino contándole todo a Andy cuando me recoge el martes para ir al instituto. Durante un minuto, se queda aparcado en el camino de entrada de mi casa, con los ojos fijos en el parabrisas, vagamente confundido.

—¿Habéis ensayado? —pregunta finalmente.

—Sí, así es. —Me abrocho el cinturón de seguridad.

Sí, es verdad. Hemos ensayado. Y no es como si hubiera sucedido algo físico, más allá de tomarnos de la mano, y eso fue solo trabajo de personajes. Excepto por un momento en particular. No es que fuera un momento. Pero Matt y yo al final logramos completar toda la escena sin reírnos, así que nos sentíamos muy autocomplacientes y presumidos. Y de alguna manera nuestras miradas se cruzaron, solo durante diez segundos, tal vez veinte, hasta que abrió la boca para hablar. Pero las palabras nunca llegaron.

En su lugar, desvió la mirada, así que yo también hice lo mismo, y hubo un minuto cargado de electricidad en el que nos quedamos sentados en silencio. A centímetros de distancia, sin estar frente a frente. Pero seguí lanzando miradas furtivas a Matt por el rabillo del ojo. Y noté que tenía una expresión en el rostro que me recordaba algo.

No le voy a contar esa parte a Anderson.

—¿Estás enfadado?

—¿Qué? Claro que no. —Mira hacia el espejo retrovisor. Luego, con cuidado, retrocede y sale a la calle—. ¿Por qué lo estaría?

—No lo sé. Pareces enfadado.

—Bueno, no lo estoy.

Durante un minuto, ambos permanecemos en silencio.

—¿Matt te mencionó que me iba a invitar a su casa? —pregunto al final.

Andy hace una pausa y enciende el intermitente.

—Nop —responde.

—Tal vez lo decidió a último momento.

—Tal vez.

En cierto modo, es un poco extraño. Matt debe de haberme invitado justo después de que Andy se fuera el sábado. También es extraño que, durante todo el tiempo que estuvimos juntos, no mencionó a Anderson ni una sola vez. Ni los superhéroes, ni los gofres, ni nada. Parece como si Matt quisiera conocernos por separado. O al menos en su mente nos considera personas independientes el uno del otro.

No sé cómo me siento al respecto. Estoy acostumbrada a que Andy y yo seamos una unidad indestructible. No es que el asunto de Matt nos esté destruyendo. Está claro que *destruir* no es la palabra adecuada. Porque nunca dejaríamos que eso sucediera. Tenemos reglas básicas. De todos modos, Andy ni siquiera está enfadado.

Al menos, eso es lo que me dijo.

Pero juro que no es el Anderson de siempre, con sus ojos brillantes. Ni siquiera el Anderson ligeramente menos enérgico de las mañanas nubladas.

De hecho, no habla en todo el camino al instituto.

Escena 40

Pero cuando nos toca asistir a la clase de Historia, Anderson ha vuelto a la normalidad. Incluso mejor de lo normal. Se convierte en la versión más tonta y mandona de sí mismo, la que suele aparecer solo en los ensayos.

El señor Edelman también parece estar de buen humor, porque hoy vamos a hacer un juego para repasar hechos sobre los puritanos. Nos permitió elegir nuestros propios equipos, por lo que nuestro grupo se unió de inmediato. Incluso juntamos las mesas como muestra de la unidad del equipo y se nos ocurrió el nombre más espantoso del mundo: Bahía de Massachurros. Por supuesto, los demás equipos no tardaron en imitarnos. El equipo de Los pícaros de Plymouth. El equipo Thomas Hooker. El equipo Juego del Diablo. El equipo Cotton Mather y sus pantalones de algodón, formado por Noah y tres *f-girls*. Y el equipo de Colin Nakamura, los Colinistas. Estoy segura de que es una consecuencia de estudiar en el curso avanzado de Historia de los Estados Unidos. En serio, tenemos un grupo de chicos de dieciséis años de Roswell que al parecer creen que todos somos Lin-Manuel Miranda.

Cada equipo tiene su propia pizarra, y el señor Edelman se posiciona detrás de su podio con algunas hojas de preguntas. Nada especial, solo un juego de preguntas y respuestas. Podemos usar los libros de texto, pero no se permiten los teléfonos. Una vez formulada la pregunta, tenemos veinte segundos para escribir una respuesta y levantar la pizarra. Es completamente inútil, ya que no hay premios, ni siquiera créditos adicionales, pero parece que nuestro orgullo está en juego. De veras, parece que el legado de Thomas Hooker depende de si cuatro *f-boys* son capaces de responder preguntas sobre el calvinismo. Pero es imposible saberlo, dado que el aula estalla en gritos, todos se señalan con los dedos y golpean los escritorios con tanta fuerza que estoy bastante segura de que el señor Edelman nunca se recuperará del susto. Es la celebración del puritanismo más ruidosa y agresiva que he visto en toda la vida.

El equipo Bahía de Massachurros no es la excepción. En ese sentido, no estamos por encima de los demás. Mientras Brandie y yo hojeamos los libros de texto de forma frenética, y Raina y Anderson siguen luchando por apoderarse de la pizarra.

—Vale, 1636 —sigue murmurando Brandie—. Tiene que ser Harvard, ¿verdad?

—¡O Yale! Brandie, revisa el índice.

—Aquí está. Los puritanos fundaron la Universidad de Harvard en 1636. —Deslizo el libro hacia Anderson—. *Bum*.

Algo cae al suelo justo a mi lado, y me sorprendo tanto que casi salto de mi asiento. Resulta ser Noah, tumbado de lado, observándonos desde debajo de su escritorio volcado.

—Madre mía, tu brazo. —Me arrodillo con rapidez a su lado—. ¿Estás bien? Déjame ver.

—Estoy bien. —Se incorpora solo, apenas aturdido, mientras dos de las chicas de su equipo levantan el escritorio. Noah me extiende el brazo escayolado y me deja examinarlo.

—Bueno —digo, girándolo solo un poco, y doblándole los dedos hacia arriba y hacia abajo, como me imagino que haría un médico—. La escayola está intacta.

Es la misma escayola con el dibujo de las tetas, por lo que la cita de Noah con el médico debe de estar programada para la tarde. Tal vez durante el ensayo. No es que me importe, pero no debería perderse los ensayos con todo el elenco. Apuesto a que la señora Zhao se pondrá furiosa.

De pronto, me percato de que todavía estoy sosteniendo el brazo de Noah. Y las yemas de sus dedos también. Alejo la mano y la aprieto contra mi pecho.

—Ya puedes levantarte —le digo.

—Me gusta estar aquí abajo.

—Estás pasando una mala racha, Noah —comenta Raina—. Primero la bandeja, ahora esto. Joder, parece que lo haces a propósito para llamar la atención.

—Te acabas de caer del escritorio —dice Anderson—. Es increíble.

—De hecho, me caí con el escritorio.

Anderson entrecierra los ojos.

—¿Estabas tratando de escucharnos a escondidas?

—¿Quéééééé? —La voz de Noah aumenta una octava—. Claro que no. —Vaya. Nunca he visto a nadie más culpable que Noah Kaplan en este momento. Es muy exagerado y cómico.

—Noah, podemos usar los libros de texto —dice Brandie con suavidad—. No hay necesidad de hacer trampa.

—No estaba haciendo trampa. Solo trabajando en equipo.

—Noah. —Niego con la cabeza.

Anderson se sube a su silla y se aclara la garganta.

—Atención —anuncia.

Todos nos quedamos en silencio, expectantes.

—Ejem. Los integrantes del equipo Cotton Mather y sus pantalones de algodón son unos tramposos asquerosos y deberían ser descalificados. Eso es todo. —Andy baja y le dedica una última mirada altiva a Noah, quien le sonríe de oreja a oreja desde el suelo.

Algo burbujea en mi interior, un alivio cálido e inexplicable. Porque Andy y yo volvemos a ser nosotros. Volvemos a estar en el mismo equipo. Es como encender un interruptor de luz, terminar un rompecabezas o presionar la tapa de un tubo de bálsamo labial. Como si todo encajara por fin en su sitio.

Escena 41

El clima del jueves es de locos. No parece el apocalipsis, pero tampoco estoy cien por ciento segura de que no lo sea. Se trata solo de un trueno que retumba sin parar y de luces parpadeantes. Estaría muerta de miedo si estuviera sola en casa. Pero en el instituto, me siento un tanto emocionada, como si algo estuviera a punto de suceder, como si el universo pudiera ofrecerme casi cualquier cosa.

Para ser justos, ese sentimiento podría tener algo que ver con el hecho de que esta tarde será el primer ensayo intensivo oficial de Larken y Harry. Noventa minutos. Con Matt. Solo con Matt y conmigo. Vale, también con la señora Zhao, Devon, el señor D y probablemente parte del equipo técnico. Pero aun así. Y ni siquiera he mencionado que vamos a ensayar *Yesterday I Loved You*, que involucra un beso.

Es extraño. A veces me olvido de que sucederá eso, pero luego lo recuerdo de la nada, ya sea en el pasillo o en clase, y siento una sacudida en el corazón. O mariposas en el estómago, pero de una forma superintensa. Mariposas con esteroides. Para ser sincera, apenas puedo evitar flotar de una clase a la otra. Siento que el día de hoy está imbuido de magia.

Por ejemplo: Andy y yo nos escabullimos de la clase para un encuentro cuidadosamente coordinado en el Baño Olvidado en el Tiempo, y ¿con quién nos encontramos? Con el mismísimo Matt Olsson. En su taquilla. En medio de una hora de clase. Nunca veo a Matt en los pasillos, ni siquiera caminando entre clases. Pero aquí está, y aquí estamos nosotros. Solo nosotros tres, en un pasillo vacío. Nos abraza a los dos, y parece genuinamente encantado. Lleva una camiseta con cuello en V de un suave azul marino, más entallada que de costumbre, y algo en ese color hace que sus ojos parezcan del color de unos vaqueros. Después de separarnos, Anderson y yo pasamos veinte minutos en nuestros compartimentos, prácticamente hiperventilando.

Es una sobredosis de felicidad. Es tanta la alegría que siento que apenas logro asimilarla. Por todo: la emoción de estar en el instituto en medio de una tormenta eléctrica, el hecho de que cada vez falten menos horas para el ensayo, ver a Matt en el pasillo, lo mono que estaba. Y en secreto, pienso que tal vez, tal vez, la belleza extra de hoy, de entre todos los días, es de alguna manera deliberada. Deliberada de la misma forma que mi propio atuendo es deliberado: vestido corto con vuelo, negro con flores, y una chaqueta vaquera. Porque si no dedicas esos diez minutos extra de esfuerzo para el ensayo intensivo de una obra romántica con el chico que te gusta, ¿qué sentido tiene? Lo más probable es que lo esté pensando demasiado, pues quién sabe si los chicos tienen ese grado de autoconciencia. Pero tal vez. ¿Tal vez?

Aunque el pensamiento me hace darme cuenta de algo más.

De todo lo sucedido, la mejor parte fue enloquecer con Anderson en el baño. Apenas podíamos recuperar el aliento, ya que había mucho que discutir. Esos ojos azules, su cabello ligeramente alborotado y esa camiseta. Esa. Camiseta.

No lo sé. Me gustó que Matt volviera a ser nuestro durante esos veinte minutos en el baño. De los dos.

Escena 42

Al final de la jornada escolar, la tormenta empeora aún más. Matt entra empapado al ensayo, con las mejillas sonrojadas y el pelo pegado a la frente, como si acabara de salir de la ducha. Lo miro fijamente, casi sin palabras.

—Me había olvidado el guion en el coche —explica.

Andy, Raina y Brandie ya han tenido sus primeros ensayos intensivos, así que sé qué esperar. Treinta minutos de ensayo vocal con el señor D, treinta minutos de planificación y ajustes con la señora Zhao y luego treinta minutos ensayando toda la escena, con las canciones incluidas. Según Anderson, puede volverse un poco repetitivo. Pero no estoy segura de que sea algo malo.

No me importaría ser un poco repetitiva con el beso de Harry y Larken. No es que me haya obsesionado con el beso, el beso, el beso, el beso, el beso, el beso, el beso, el beso.

El.

Beso.

Vaya. Estoy calmada en este momento. Bien, normal y sin perder la cabeza.

—Harry y Larken, acercaos —nos llama el señor D, y luego empieza a tocar el tema principal de *El precio justo*. El señor D es muy dramático, y me encanta—. Vale, es hora del calentamiento vocal. Empecemos con un «ah».

Nos colocamos al borde del piano, uno al lado del otro, y cantamos las cincuenta millones de escalas que se le ocurren al señor D. Todo. En un tono mayor, en un tono menor, hasta alcanzar el punto más agudo de nuestras voces, y hasta el rango más grave de nuevo.

—Ahora un «ooh».

Hay algo maravilloso, casi conspiratorio, en hacer ejercicios vocales tontos con Matt. Sin mencionar el hecho de que los ejercicios vocales tontos hacen que Matt sea aún más mono. Está de pie con la espalda bien derecha, como un niño de coro, mientras aprieta las manos contra su diafragma. Y el cabello mojado se le riza con mucha dulzura alrededor de las orejas, y lo tiene ligeramente parado en la parte posterior. Mi corazón no puede soportarlo.

—Excelente. Ahora un… «¡bah!». —Pero cuando el señor D lo sugiere, se escucha un trueno ensordecedor—. Mmm. ¿Nada de bah? —Mira hacia el techo como si estuviera haciéndole la consulta a Dios.

Las luces parpadean.

—Nada de bah —confirma Matt.

El señor D asiente.

—Puedo captar la indirecta. Mejor pasemos a las canciones antes de que se corte la luz, ¿verdad?

Comenzamos con *In a Little While*, y Matt se inclina para decirme que es su favorita de todas nuestras canciones.

También es mi favorita. De hecho, creo que es mi canción favorita del musical. Es difícil explicar por qué es tan fácil identificarse con ella, pero lo es. En serio. Por un lado, sí, trata sobre un caballero medieval que en secreto deja embarazada a una dama de honor. Pero creo que en realidad trata sobre la esperanza, la certeza y ese sentimiento que tienes cuando imaginas el mejor futuro para ti. Un futuro precioso y secreto, uno que llevas en tus fantasías.

Me siento como Rapunzel cantando *Cuando mi vida va a comenzar*.

Matt está muy cerca de mí en este momento, junto al piano, y sigo esperando a que se me quiebre la voz o a que desaparezca por completo. Pero sigo adelante, y sueno mucho mejor de lo esperado. No es que sea perfecta ni nada por el estilo, pero le atino a la letra. Y Matt es tan atractivo como sir Harry, aunque no puede lograr el salto de octava al final de la segunda estrofa. Pero, de alguna manera, este pequeño fallo vocal lo hace aún más encantador.

El señor D es pésimo administrando el tiempo, así que solo llegamos a ensayar *Yesterday I Loved You* una vez antes de que la señora Zhao se haga cargo de nosotros. De momento, ya hemos planificado partes de la escena con *In a Little While*, pues la señora Zhao es muy buena incluyendo pequeños momentos en los márgenes de los ensayos con todo el elenco. Pero hoy es la primera vez que tenemos la oportunidad de ensayar la escena desde el principio, y Zhao nos sigue interrumpiendo para hacer ajustes.

—Matt, da un paso adelante. Bien. Kate, inclínate hacia él y pon las manos sobre las suyas. Así es.

Arriba las poses de graduación cursis. Matt sigue disculpándose en silencio por la humedad de su camiseta, un gesto tan dulce que me hace reír. Al menos, me haría reír si me funcionaran los pulmones. Pero no, al parecer todo mi cerebro y mi cuerpo están apagados, excepto ese pequeño lugar en mi caja torácica donde están apoyadas las manos de Matt.

Estos ensayos son realmente intensivos. De verdad.

—Vale, genial —dice la señora Zhao—. Devon está tomando nota de todo esto, así que podéis sentaros con él más tarde para añadir las notas a vuestros guiones. Pero sigamos adelante y terminemos rápido con *Yesterday I Loved You*. ¿Quién está listo para el beso?

Eh, al parecer el señor D lo está. Porque está tocando la canción *Kiss Me*, esa parte sobre un crepúsculo lechoso que, según Anderson, hace referencia al semen. Oh, vaya. Por supuesto que me encanta asociar ese pensamiento con el señor D. Debo de estar muy sonrojada, e incluso Matt parece nervioso. Me lanza una mirada tentativa, en plan: «¿Estás lista?».

Eh, nací lista. Estoy lista desde la concepción. Pero me refiero al beso, no al crepúsculo lechoso del señor D. Al beso.

El Beso.

Respiro hondo. Asiento.

Y... se oye un trueno. Me pilla tan desprevenida que me sobresalto.

—Ese ha sido fuerte —dice el señor D.

Pero Zhao actúa como si ni siquiera lo hubiera escuchado.

—Empecemos. Bien, segundo acto, principio de la escena seis. Es la mitad de la noche. Harry, estás caminando de un lado al otro. Y Larken, saldrás —hace una pausa para escribir algo— por la izquierda del escenario. Bien. Kate, estás abandonando el castillo para huir a Normandía, pero Harry te escucha, se da la vuelta y dice... Adelante, Matt, di tu diálogo ahora.

Matt infla el pecho.

—¿Quién anda ahí? ¿Amigo o enemigo?

—Amiga —digo.

—Bien, excelente. Y necesito que ambos os quedéis quietos. Sí, justo ahí. En el centro del escenario. Quedaos ahí un momento, mirándoos, y luego Larken, tú darás un paso hacia él. Te sientes atraída por él. En ese momento, dirás tu línea de diálogo, Harry dirá la suya y luego pasaremos a la canción.

Echo un vistazo a Matt, y luego a Devon, quien tiene la cabeza gacha, escribiendo, y ni siquiera quiero saber qué aspecto tengo ahora. Siento como si alguien me hubiera vaciado las entrañas y hubiera reemplazado mis huesos con malvaviscos. ¿Cómo se supone que voy a sobrevivir a esta canción? Sobre todo cuando esta canción es lo único que se interpone entre el Beso y yo. El tercer beso de mi vida. Y dado que los dos primeros fueron con Anderson, está claro que este es mi primer beso con potencial. Estoy a punto de vivir mi final feliz. Simplemente lo sé.

Tal vez este sea el beso que Matt y yo les contaremos a nuestros hijos dentro de treinta años. Los alinearemos en el sofá, como en *Cómo conocí a vuestra madre*, y describiremos cada momento con lujo de detalles.

El proceso de montar la escena parece un sueño. Como si estuviera caminando dormida. Miraos frente a frente. Ahora juntad las manos. Ahora dad un paso más hacia el otro y levantad las manos a la altura del pecho. Luego mirad al público, pero no os soltéis de la mano. Y Matt, vuelve a posicionarte detrás de ella. Kate, te das la vuelta y…

—Bien —dice la señora Zhao con firmeza, y vuelvo al presente—. Vale, ha llegado la hora del beso. ¿Estamos todos de acuerdo?

—Claro que sí —asegura Matt, sonriendo. Me mira directo a los ojos cuando lo dice.

—¡Excelente! Así que empecemos desde donde estáis. Kate, te dejas llevar por su abrazo y colocas los brazos alrededor de sus hombros. Perfecto. Y Matt, quiero que le acaricies el rostro con las manos. Sé dulce y romántico.

—Vale. —Matt me coloca las manos sobre las mejillas—. ¿Todo bien? —me susurra.

—Sí —Asiento.

—Mmm. En realidad, Matt, ¿por qué no pones las manos un poco más hacia atrás para no cubrirle la cara? Bien. ¡Sí! Perfecto. Kate, levanta un poco la cabeza…

A decir verdad, no me puedo creer que esto esté sucediendo. Mierda. MIERDA. Y sé que sucederá en un escenario, y sé que está siendo coreografiado por una profesora, pero ¿la sensación en mi estómago, en ese punto debajo de mi ombligo? Es real.

Los labios de Matt están tan cerca, a centímetros de distancia, que siento su aliento.

La señora Zhao finalmente levanta la vista de su cuaderno.

—Y… se besan.

—Y nos besamos —dice Matt en voz baja. De pronto, sus labios están sobre los míos.

Vale. No es un beso real… más bien, un besito ligeramente prolongado. Pero es tan dulce que podría derretirme. En serio, podría derretirme en el acto.

Matt Olsson acaba de besarme. De verdad. Y ahora estoy aquí, con un hormigueo recorriéndome desde la cabeza hasta los pies, mientras él da un paso hacia mí…

BUM.

Un trueno. Estoy lo suficientemente cerca como para sentir la exhalación sobresaltada de Matt. Luego, una fracción de segundo después, las luces se apagan por completo.

—Oh, eso no es bueno —dice el señor D.

Durante un minuto, todos nos quedamos paralizados en el lugar, como si de alguna manera pudiéramos hacer que vuelva la luz si nos quedamos quietos el tiempo suficiente. Pero no. La oscuridad es total. No hay ventanas en el auditorio. Ya he estado detrás del escenario en diferentes niveles de oscuridad, pero nunca de esta manera. Busco la mano de Matt y, cuando la encuentro, la aprieto. Él me devuelve el apretón, y no me suelta.

—Bueno —comenta Zhao—. Esto tiene mala pinta. Será mejor que terminemos el ensayo ahora, ¿qué os parece? Bajad del escenario con cuidado, por favor. ¿Tenéis linternas en vuestros móviles? —Asiento, aunque sé que no puede verme.

Pero guau.

Es muy fácil imaginar cómo volveremos a contar este momento. Nuestro primer beso. Se cortó la luz. Nos tomamos de la mano. Usamos nuestros móviles. Incluso mientras estaba sucediendo, es como si ya hubiera sucedido. Ese mismo sentimiento de nostalgia anticipada. Como si fuera una historia que contaremos en un futuro no muy lejano.

Escena 43

Como sigue lloviendo, Matt me lleva a casa en su coche, y no parece importarle los minutos extra que debe conducir para llegar a casa de mi padre. En un momento de valentía nunca antes visto, le pregunto si quiere entrar. Pero me dice que su madre lo ha estado llamando toda la tarde, y me muestra su teléfono con las llamadas perdidas para demostrarlo.

—Vaya. ¿Está todo bien?

—Sí, creo que se olvidó de que tenía un ensayo.

—Padres —digo, aunque no es un error parental con el que me identifique. Es decir, mi padre es capaz de olvidarse de mi horario de ensayo (en realidad, ni siquiera lo habría sabido), pero no me llamaría de forma frenética toda la tarde. Mientras que a mi madre le encantan las llamadas frenéticas, pero nunca se olvidaría de mi horario de ensayos. De hecho, hace fotos de los horarios que la señora Zhao envía a nuestras casas y las almacena en su móvil para consultarlas. Hace lo mismo con Ryan durante la temporada de béisbol. Típica supermamá.

La tormenta casi ha terminado cuando me acomodo en casa de papá, aunque tal vez esa no sea la palabra adecuada, ya que soy una maraña humana de cables. Me cambio y me pongo unos pantalones de chándal antes de dejarme caer en la cama para observar el dosel durante diez minutos completos. Me siento normal y radicalmente extraña al mismo tiempo, como si hubiera dos versiones de mi cerebro. Por un lado, está el Cerebro Normal, que recuerda que tengo deberes de Álgebra y quiere comer yogur y ver *Enredados*. Pero luego, cada pocos segundos, el Cerebro He-Besado-A-Matt toma el mando, y vaya que no es un cerebro tranquilo. Quiere desfallecer y explotar y reproducir cada segundo del ensayo de hoy, *ad nauseum*, idealmente por teléfono con Anderson, porque al parecer el Cerebro He-Besado-A-Matt es un completo imbécil.

No puedo hacerlo. No puedo contarle a Anderson lo que ha ocurrido hoy. Con o sin reglas básicas, es simplemente cruel. Ni siquiera quiero contárselo a Raina y Brandie. Dios. Va a ser complicadísimo si Matt y yo empezamos a salir. ¿Cómo afectaría eso a nuestro grupo? ¿Qué se debería priorizar? ¿Celebrar mi primer novio de verdad? ¿O consolar a Anderson por su primer desamor de verdad? Estoy segura de que Andy bromeará sobre las reglas básicas y actuará como si estuviera completamente bien.

Pero no lo estará. Nadie entiende a Anderson como yo. Es mucho más frágil de lo que la gente cree. No digo que sea menos valiente o menos guay. Es solo que tiene un corazón sensible, y es demasiado bueno para ocultarlo.

Así que no puedo contárselo a Andy, y no puedo contárselo a las chicas, pero tampoco puedo soportar estar sola. Es una locura, pero durante una fracción de segundo, me imagino corriendo bajo la lluvia hacia la casa de Noah.

Lo cual es un pésimo plan.

Pero el pensamiento me pone en movimiento y, un minuto después, estoy en el otro extremo del pasillo, llamando a la puerta de mi hermano. Sin respuesta, por supuesto. Entro de todos modos.

Ryan está en su cama, viendo una película con auriculares, con la cabeza de Camilla apoyada en su regazo. A Ryan nunca le importó tener a los perros en la cama, incluso en días como hoy, cuando tienen el pelo apelmazado y húmedo y desprenden mucho olor a perro. Es su única excepción como maniático del orden.

—¿Qué estás mirando? —indago.

—Eh, *Black Mirror*.

Suelto un grito ahogado.

—¿Te gusta *Black Mirror*? —Me siento en la cama de Ryan, junto al trasero de Camilla—. Vale, ¿en qué temporada estás?

—En esta. —Inclina la pantalla hacia mí.

—¡San Junípero! —chillo.

—Eh, vale…

—Ryan, en serio. Sabes que ese es el episodio favorito del grupo, ¿verdad? No me puedo creer que lo estés viendo. Es buenísimo.

—Tomo nota.

—No diré *spoilers*. Me quedaré callada. —Echo un vistazo a la pantalla, con las manos enterradas en el pelaje de Camilla—. Oh, me encanta esta parte.

Desvía la mirada hacia mí.

—Este episodio es muy romántico —añado.

Es perfecto para el día hoy. No tengo dudas: hoy ha sido el día más romántico de mi vida. Diez de septiembre. Tatuado en mi cerebro y grabado en mi corazón para siempre.

Una parte de mí quiere contarle toda la historia a Ryan, aunque no tengo ni idea de cómo reaccionaría. Supongo que estaría confundido, en plan: «¿Por qué me lo cuentas?». Quiero a Ryan, pero no somos el tipo de hermanos que entablan conversaciones profundas, ya que ni siquiera nos preguntamos qué tal ha ido nuestro día.

Solíamos serlo. Conocía todos los detalles estúpidos de la vida de Ryan, como el hecho de que sabe cada palabra de *Hey,*

Soul Sister. O que detesta tanto a los insectos que solía mantener a Weedle y Metapod boca abajo en su carpeta de cartas de Pokémon. Conocía toda esa información. Y Ryan también conocía todos los detalles de mi vida.

Me pregunto si eso es algo que se puede recuperar.

Ryan está enviando mensajes ahora, pero no aparecen en su portátil como los míos. Y Camilla está bloqueando mi vista de la pantalla de su móvil. Pero tal vez si me inclino un poco más cerca…

—Vaya —dice Ryan—. Qué entrometida eres.

—Claro que no. Estoy interesada de una forma respetuosa y apropiada. —Me siento más derecha—. ¿Le estás escribiendo a una chica?

Voltea el móvil.

—Entonces, eso es un sí.

—¿Hemos terminado?

—¿Me estás echando?

—Debería hacerlo. —Resopla.

Camilla estira el cuello para lamer el mentón de Ryan, lo cual, si me preguntas, es simplemente grosero. Nadie le pidió que tomara partido.

Pero un momento después, sin comentarios ni preámbulos, Ryan se quita los auriculares y los desconecta. Lo que hace que el sonido salga de los altavoces de su portátil.

Y cuando lo miro de reojo, pone los ojos en blanco… pero está sonriendo.

Escena 44

El viernes, mi madre me llama una hora antes de que suene la alarma. Lo cual es tan inusual que me despierto al instante, con el corazón en la garganta.

—¿Todo bien? ¿Mamá?

—Todo en orden, cariño. ¡Buenos días! —Suena alegre.

¿Qué mierda te pasa, mamá?

—¿Por qué me has llamado a las seis de la mañana?

—Pues. —Hace una pausa, y escucho el ruido del molinillo de café en el fondo—. Me gustaría que tuviéramos una reunión familiar.

—Eh, ¿qué?

No estamos acostumbrados a hacer reuniones familiares. Ni siquiera conozco el protocolo para las reuniones familiares. ¿Tienen que programarse? Al parecer, sí. Al parecer, tienen que programarse a las seis de la mañana de un viernes, de la nada.

—Tal vez tú y tu hermano podríais venir a nuestro hogar en algún momento de la mañana. Cuando podáis.

Hogar. Mamá siempre hace eso: se refiere a su casa como un hogar, y nunca sé cómo sentirme al respecto.

—Entonces… ¿quieres que despierte a Ryan?

—No, ya está levantado. Acabo de llamarlo. Solo quería asegurarme de que todos estamos en sintonía. No tienes un examen de Álgebra, ¿verdad? Me preocupa que lleguéis un poco tarde al instituto.

—Mamá. —Parpadeo y miro el dosel—. ¿Qué pasa?

—¡Nada malo, cariño! Solo necesito hablar con vosotros sobre algo. Vale, dejaré que te vistas. Te quiero. ¡Te veo en un rato!

Quince minutos después, estoy en el asiento del copiloto del coche de Ryan.

—Esto es raro —le informo, estirando el cinturón de seguridad sobre mi pecho. Mi atuendo estelar de hoy: los pantalones de chándal de anoche y la camiseta vieja que uso principalmente para pintar escenografía—. ¿No te parece raro?

—Oh, sí. —Ryan bosteza y mira el retrovisor.

—Estoy muy nerviosa. Lo juro, pensaba que iba a decir que estaba en el hospital o algo así. O que algo le había pasado a Charles o Camilla.

—Los perros están en casa de papá.

—Lo sé, pero eran como las seis de la mañana. No estaba pensando con claridad. ¿De qué crees que quiere hablar?

Ryan se encoge de hombros.

—Tiene que ser algo importante, ¿verdad? Ya que tenemos que reunirnos ahora mismo. Además… dijo que quizás lleguemos tarde a primera hora. Te ha dicho eso a ti también, ¿verdad?

—Sí.

—¿Crees que…? —me interrumpo, con las mejillas ardiendo. Por suerte, Ryan no insiste. Es un pensamiento estúpido, de todos modos. Ni siquiera tiene sentido. Si mamá quisiera tener una nueva fase de La Charla, literalmente no hay ninguna razón para este nivel de urgencia. Además, mamá siempre se ha comportado de manera casual con respecto a las conversaciones en torno al sexo. Prefiere los ataques sorpresas, en plan: «Oye, ¿qué tal las clases, cariño? Por cierto, ¿quieres aprender sobre métodos anticonceptivos?». Así que llamarnos a las seis de la mañana en un día de clase no es realmente su *modus operandi*. Pero tal vez se ha enterado del beso en el ensayo y le hizo pensar en mi vida sexual y enloqueció por completo. Supongo que podría pasar. ¿Tal vez? Excepto que preferiría que la conversación no sucediera frente a Ryan.

Aparcamos en el camino de entrada, pero entramos por el garaje. Al instante, vemos a mamá en la mesa de la cocina, esperándonos. Se la ve normal, en su mayoría. Tal vez un poco agitada. Voy directa al grano.

—¿Qué pasa?

—Bueno. —Mamá hace un gesto hacia las sillas de la cocina—. ¿Por qué no os sentáis?

—¡Mamá! ¿Qué? —El corazón me está latiendo a toda velocidad de nuevo. Que nos sentemos. ¿No es eso lo que dices cuando estás a punto de dar malas noticias? Sé que soy afortunada, porque no he recibido muchas noticias de ese estilo a lo largo de mi vida. Tal vez tres veces: cuando murió mi abuelo, el día que mamá y papá anunciaron el divorcio y el día después de las elecciones de 2016.

Sí. Esto no es bueno.

Pero mamá parece darse cuenta de lo que estoy pensando, porque me toca el brazo.

—Katypie, todos están bien. Solo quería poneros al corriente de algo que sucedió ayer, y luego comentaros algo. —Nos dedica una leve sonrisa—. Vale, sé que ambos conocéis a mi amiga Ellen.

—La madre de Matt.

—Ah, cierto. ¡Tuviste el ensayo ayer! He oído que hubo un apagón.

—¿Ellen te lo contó?

Se me retuerce el estómago, solo un poco. Eh. ¿Qué más le contó Ellen? ¿Y cuánta información le comparte Matt a Ellen?

—La cuestión es que ayer la tormenta derribó un árbol enorme en el patio trasero de Ellen y Matt. Por desgracia, cayó directo en la habitación de Matthew. Él está bien —añade con rapidez—. Estaba en el ensayo cuando sucedió.

Me recorre un escalofrío de repente, ya que recuerdo todas las llamadas perdidas de la madre de Matt.

—¿Ellen está bien? —pregunto, después de un momento.

—Oh, sí. Ambos están muy bien. Por suerte, hay una plataforma que frenó un poco la caída del árbol. —Hace una demostración, aplanando la mano de forma horizontal para representar la plataforma e inclinando el otro brazo hacia abajo para representar el árbol—. Así. En fin, podría haber sido mucho peor, y tienen seguro para inquilinos. Todo está bien. Pero hay un agujero bastante grande en la habitación de Matt.

—Qué susto.

—Lo sé. Menos mal que estaba en el ensayo.

—Sí. —Exhalo—. Sí.

—En fin. —Mi madre junta las manos sobre la mesa—. Anoche se quedaron en un hotel, pero obviamente no es una solución a largo plazo. Así que espero que no os moleste, pero he hablado con Ellen para que se queden aquí con nosotros. Sería solo un par de semanas, mientras solucionan todo...

—¿Aquí? —La voz me sale prácticamente ahogada—. ¿Te refieres a nuestra casa?

Perdón, pero ¿qué? ¿*Qué*?

—Sí, aquí. —responde mamá con un tono levemente divertido—. He faltado al trabajo para sacar toda la basura de la habitación de invitados. Tenemos un par de opciones. Creo que podemos colocar un colchón inflable en el suelo de la habitación de invitados sin problema. Pero Ryan, si estuvieras dispuesto, tal vez Matthew…

—No hay problema —dice Ryan sin rodeos.

Mamá asiente.

—Entonces, no te molesta que Matthew duerma en la otra cama.

—Podría quedarse en mi habitación —sugiero.

—De ninguna manera. —Mamá se ríe.

—¡En el colchón inflable! —Siento que una oleada de calor me sube por las mejillas—. No me refiero. A. Eso. Es solo una propuesta.

—Buen intento, pero no sucederá. Por cierto, la regla de los quince centímetros todavía sigue vigente al seiscientos por ciento.

—Eso es heteronormativo y sexista.

—En fin —dice mamá—. Ry, cariño, ¿estás seguro?

—Sí, está bien. Matt es guay.

Oh. Ohhhh. Un momento. Ni siquiera se me había ocurrido que Ryan y Matt podrían ser amigos. Pero ¿por qué no lo serían? Ambos son estudiantes de último año, asisten a clases avanzadas, y las personas en las fotos de Matt en Alabama definitivamente parecen personas con las que Ryan pasaría el rato. No es como si nunca hubiera estado en una fiesta de *f-boys*.

Nunca me había imaginado el mundo de Matt fuera de la burbuja que Andy y yo compartimos. Pero vaya. Por lo que sé, podría ser un *f-boy*.

Excepto que no. De ninguna manera. No puede serlo. Los *f-boys* no son dulces ni encantadores, y definitivamente no hacen teatro. Noah Kaplan es una excepción, o algo así, pero siempre ha sido una anomalía entre los *f-boys*. Pero Matt no es un *f-boy* en absoluto. ¿Un *f-boy* se sujetaría el diafragma mientras canta escalas y hace ejercicios vocales? ¿Un *f-boy* nos daría la hora a Andy y a mí? No lo creo.

—Sois increíbles —dice mamá—. Los mejores. En serio. Le diré a Ellen que se vayan del hotel. —Ya tiene el teléfono presionado contra la oreja, sonando—. ¿Os parece bien?

Ryan asiente.

Pero yo simplemente entro en combustión.

Escena 45

—Cierra. La. Boca —dice Anderson cuando me ve en la clase de Historia.

—Literalmente no he dicho ni una palabra…

—¡Matt me lo acaba de contar! Ay, Katy. ¿Un árbol? ¿Cómo coño se cae un árbol?

—¿De qué coño estáis hablando? —pregunta Raina mientras se sienta en su escritorio habitual detrás de Anderson.

—Bueno —empieza Andy, poniendo una mano en la cadera—. Según mis fuentes, un árbol… un árbol de verdad… cayó sobre la casa de Matt Olsson mientras ensayaba ayer, así que ahora, al parecer, se mudará a la habitación de Kate…

—¿Qué? Eso no es…

—Mierda —comenta Raina—. Reclama lo que es tuyo, Kate.

—Vale, antes que nada, dormirá en la habitación de Ryan…

—¡Aun así! —Anderson se desliza en su asiento, pero se vuelve hacia mí—. Kate Eliza, eres la chica más afortunada del mundo. Primero fueron las escenas entre Larken y Harry, y ahora esto.

Suena el timbre antes de que pueda responder, trayendo consigo la oleada de movimiento habitual: personas tomando asiento, dejando caer sus mochilas, abrazándose, hablando, ignorando al señor Edelman. Noah entra con una camiseta con (no estoy bromeando) la palabra «Papi» y una foto del padre de Daniel Tigre.

Alzo la mirada hacia él.

—¿En serio?

—Quiero crear conciencia.

—Increíble.

Anderson me da un toquecito en el pie con su mocasín.

—Oye —dice, mirándome con seriedad—. Tengo que hacer pis.

Nuestra señal. Asiento de una forma casi imperceptible, con los ojos fijos al frente.

Diez minutos más tarde, estamos prácticamente deslizándonos por el pasillo, cada uno con su propio pase de pasillo arrugado del señor Edelman. Es increíble, ni siquiera hemos tenido que coordinar nuestras salidas. Pero, claro, Edelman es uno de esos profesores que siempre parece visiblemente aliviado de tener menos estudiantes en el aula. Llegamos al BOT y nos ubicamos en nuestros compartimentos habituales de inmediato.

—Bueno, qué locura, ¿verdad? Matt se va a mudar al Hotel Garfield.

—Eh, sí, pero hay algo más importante —dice Andy—. ¿Qué pasa contigo y con Noah?

Durante un momento, me quedo sin palabras.

—¿Conmigo y con Noah? ¿Noah Kaplan?

—¿Vas a actuar como si no hubiera una gran tensión entre vosotros? Por favor.

—Eh. —Me hago un *selfie* rápido y se lo envío a Anderson para que vea lo desconcertada que estoy—. Andy, ¿estás drogado?

—Solo digo que has hecho ese gesto con la boca.

Anderson jura que hago un movimiento con la boca, como si las comisuras se me contrajeran. Cree que es mi manera de decir cuando alguien me gusta. A mí me parece una teoría de mierda.

—Andy, es un *fuckboy*. ¿A qué te refieres?

—Es un *fuckboy* incomprendido. Apenas un *fuckboy*. No es precisamente Jack Randall.

—Jack Randall literalmente dibujó unas tetas en la escayola de Noah.

—Puaj —contesta Anderson—. Pues no empieces a salir con él hasta que se quite la escayola.

—Oh, las tetas se han ido. Le han cambiado la escayola.

—Vale, en ese caso...

—Además, ¿de qué coño hablas? ¡No estoy saliendo con Noah Kaplan!

—Ajá. Si tú lo dices.

Apenas puedo formar palabras, ya que estoy muy conmocionada. Levanto las piernas hasta apoyarlas en el borde del retrete y niego con la cabeza lentamente. Anderson ha perdido la cabeza. Tiene que estar bromeando, ¿verdad? ¿Noah? Lo siento, pero eso es claramente una ilusión. Por parte de Anderson, no mía. NO mía. Porque si estoy ocupada con Noah Kaplan, Andy se quedará con Matt para él solo. Qué conveniente.

—¿Te comportas así de raro porque Matt se mudará a mi casa?

—Pfff. No. —Lo escucho moverse en su compartimento, y el roce de la ropa me hace pensar que se está haciendo un *selfie*. En efecto, unos segundos después, recibo una foto de Anderson poniendo los ojos en blanco—. Sabes que esto significa que compartirás el baño con Matt, ¿verdad?

—¿Y?

—¿Y? Kate, disculpa, pero ¿te has olvidado de *A por todas*? ¿Con Kirsten Dunst y Jesse Bradford? ¿La escena del cepillo de dientes?

—Ay, Dios. —Siento mariposas en el estómago—. Ay, Dios.

—Esta es tu vida ahora, Kate. Higiene dental con mucha carga sexual. Todas las noches.

—Pero solo las noches que me toque quedarme en casa de mi madre…

—Tienes que revisar el botiquín. No es raro si es tu propio baño. ¿Crees que llevará condones?

—¿Para qué?

—Para tener sexo —declara Andy.

—¿En la habitación de Ryan?

—Solo digo que ahora no hay secretos. Estamos a punto de resolver el misterio de Matthew Thomas Olsson. —Anderson hace una pausa—. ¿Y si entras y lo encuentras duchándose?

—¿Y si él entra y me encuentra duchándome? —Se me retuerce el estómago—. ¡O haciendo caca!

—No puedes cagar mientras él está allí —dice Anderson con total naturalidad—. A partir de ahora, debes hacer caca solo en casa de tu padre.

—Pero ¿y si…?

—O en mi casa. Katypie, hablo en serio. Si tienes que hacer caca, sal por esa puerta con tu culito tieso y ve a mi casa. Cuenta conmigo.

—Eres un amigo increíble. El siguiente nivel de increíble. Lo sabes, ¿verdad?

—Me lo puedes compensar invitándome esta noche —propone Andy.

Sonrío.

—Considérate invitado.

Escena 46

Matt y Ellen tienen solo cuatro maletas entre los dos, que es menos que el volumen de desorden y cajas que mi madre acaba de sacar de la habitación de invitados.

—Maggie, no tengo palabras para agradecerte —dice Ellen—. Y a vosotros también, chicos. A decir verdad…

—Shhh. Somos familia.

—¿Ya os vais? —nos pregunta Ellen a los tres—. Estoy muy contenta de que Matthew por fin esté haciendo amigos aquí. Pensé que se iba a pasar todo el verano jugando a ese juego sobre islas llenas de animales. En serio, todos los días llegaba del campamento y…

—Mamá. No todos los días.

—Solo la segunda mitad del verano. —Ellen guiña un ojo—. Después de que Jessi se fuera.

—Oh, ¿quién es Jessi? —pregunta mamá.

—La exnovia de Matthew. Una chica adorable y muy guapa, pero claramente no está a la altura de Kate.

—¡Vale! Creo que nos vamos a cenar —dice Matt en voz alta.

—¡Pasadlo bien! Y conducid con cuidado —dice mamá—. Os quiero, chicos. *Mua.*

Matt camina avergonzado hasta su coche. Cuando llegamos allí, le cedo el asiento del copiloto a Anderson sin dudarlo. No es que Anderson sea superalto, pero tengo fácilmente quince centímetros menos de estatura que él.

Sonrío mientras miro por la ventanilla abierta del asiento de atrás y reproduzco toda la conversación en mi cabeza. Me siento extrañamente emocionada, pues me ha fascinado toda la información de la que me he enterado. Como el hecho de que Matt está claramente soltero. Al parecer, esta chica llamada Jessi está fuera de escena, y dudo que Matt la haya reemplazado si se pasa la vida jugando al *Animal Crossing* sin parar como un friki. Como un friki adorable e impresionantemente guapo.

Apuesto lo que sea a que Jessi es la chica de la foto del baile formal. Aunque si Ellen piensa que soy más bonita que esa chica, necesita que alguien le revise los ojos. Si se tratara de una película para adolescentes, Jessi sería la supermodelo y el interés amoroso, y yo estaría entre los extras, sentada en la clase de Matemáticas.

—Se cree muy graciosa. —Matt pone los ojos en blanco—. No jugué al *Animal Crossing* en todo el verano.

—Ajá. —Andy le dedica una sonrisita.

—Estás celoso porque tengo muchas bayas. —Matt comienza a retroceder por el camino de entrada—. No me puedo creer que ahora os conozca. Erais muy guais en el campamento. Recuerdo que siempre tomabais helado después del desayuno.

—Nuestro postre posdesayuno. —Asiento.

—Siempre elegías el sabor menta Oreo —le dice a Andy—. Recuerdo eso.

—A los gais nos tienen que gustar las galletas Oreo ahora —explica Anderson.

—Sí, pero ¿con menta? —Apoyo la mano en el respaldo del asiento de Anderson—. Es como comer chocolate con pasta de dientes.

—Kate, ya hemos hablado de esto. Me gusta la pasta de dientes.

Es verdad. Le rogaba a su madre que le dejara comerla a cucharadas. Incluso ahora, se cepilla los dientes veinte mil millones de veces al día. De hecho, eso es lo primero que recuerdo de besar a Anderson: su frescura mentolada.

Matt me sonríe en el espejo retrovisor.

—Y tú siempre girabas el cono boca abajo en un tazón.

Le devuelvo la sonrisa.

—No me puedo creer que te hayas fijado en eso.

Es demasiado temprano para el atardecer, pero juro que se siente como si estuviéramos presenciando uno. Vamos a llevar a Matt a Alessio's Pizza, un lugar al que solemos ir con nuestro grupo. Anderson pone su lista de reproducción de R&B/hiphop en modo aleatorio y, treinta segundos después, comienza a hablar sin parar sobre las estupendas inflexiones vocales de Lizzo en *Truth Hurts*. Dejo que mi mente divague, mientras recuerdo el ensayo de ayer, a la exnovia llamada Jessi y el hecho de que Anderson no se metió en el mundo del hiphop hasta el año pasado. Dijo que siempre sintió la extraña presión de amar esa clase de música, lo que hizo que la evitara, pero al final le dio una oportunidad y se enamoró por completo. Nunca olvidaré el día en el que me hizo escuchar *Scum Fuck Flower Boy* de principio a fin. No paraba de lanzarme miradas de soslayo, con una sonrisa de oreja a oreja, y luego me dio un monólogo de diez minutos sobre por qué Tyler, The Creator es el compositor más subestimado de la historia.

La canción cambia a *Old Town Road*, y ahora Matt y Andy están cantando tan fuerte que prácticamente están aullando.

Me gustaría tener la posibilidad de almacenar un momento completo. No solo grabando las imágenes y las voces. Quiero rememorar cada parte. Quiero guardar los detalles para más tarde: la brisa alborotándome el pelo a través de las ventanillas abiertas del coche, la suave calidez de mi camisa de franela. La sensación de tener dieciséis años en una noche de viernes de septiembre. El tirón del cinturón de seguridad sobre mi corazón acelerado.

Como llegamos temprano, conseguimos una mesa de inmediato y procedemos a pedir pizza y patatas fritas. Apoyo el mentón en la mano y observo toda la comida.

—Una vez leí que en inglés existe una palabra para referirse a la patata más larga…

—¡*Loomster*! —Matt golpea las palmas sobre la mesa.

—¡Sí, esa!

—No me suena —dice Andy.

—Lo sé, pero sí existe. Andy, es un dato muy importante de la vida general.

—Creo que la he encontrado. —Matt levanta una patata de longitud extraordinaria—. La más larga de todas.

—Pero ¿qué sentido tiene? —pregunta Andy—. ¿Le puedes pedir un deseo? ¿Qué haces con ella?

—Simplemente apreciamos su longitud —contesta Matt—. Y nos la comemos.

A Andy se le marca un hoyuelo diminuto en la mejilla izquierda, y estoy cien por ciento segura de que está pensando en un chiste sobre pollas. Pero nunca lo diría en voz alta frente a Matt. Es extraño lo mucho que uno tiene que contenerse cuando está enamorado en secreto de alguien. Pero el objetivo del amor es acercarse lo suficiente para no tener que reprimir todos los chistes sobre pollas. O pedos, u otras asquerosidades. Estoy bastante segura de que, en algún momento, el amor deja espacio para las asquerosidades.

Finalmente está oscureciendo cuando terminamos y pagamos, lo que significa que los adolescentes normales están dando por terminada la noche. Seguro que Mira Reynolds está practicando su cara de pato para *selfies*, y Jack Randall está trabajando duro para asegurarse de tener su gorra puesta de una forma estúpida. Pero mañana tenemos que levantarnos temprano para el montaje de la escenografía. Además, ninguno de nosotros tiene ganas de ser llamado Fiona por unos *f-boys* borrachos. Así que los tres nos vamos directos a casa con la idea de ver *Enredados*, que Matt nunca ha visto.

—¿Has estado viviendo debajo de una piedra? —pregunta Andy, mientras nos abrochamos los cinturones de seguridad—. *Enredados* es una de las tres mejores películas de todos los tiempos.

—¿Cuáles son las otros dos?

—*Anastasia* y *Clueless* —decimos Andy y yo al unísono.

—Con una mención de honor para *Orgullo y prejuicio* —añado—. La versión de la BBC.

—Técnicamente es una miniserie, así que no podíamos contarla —explica Anderson—. Y obviamente habríamos incluido *Hechizada*, pero Kate tiene malos recuerdos...

—¡Vale! —interrumpo con rapidez.

Matt me sonríe por el espejo retrovisor.

—En realidad, ya he visto *Clueless*. Es...

—¿Un clásico? —dice Andy.

Matt hace una pausa.

—Solo voy a decir que sí.

—Respuesta correcta.

Veinte minutos después, estoy sentada entre mis dos chicos favoritos en un nido gigante de almohadas. Anderson traza las líneas de mi palma como suele hacer durante las películas, y mi cerebro no sabe qué interpretar de ese gesto. De verdad, ese pequeño contacto físico es electrizante. Está sucediendo tan cerca de Matt que parece como si Matt y yo nos estuviéramos tocando, aunque en realidad no sea así. Soy muy consciente de su presencia: cada vez que la película lo hace reír, cada vez que mueve el brazo o cada vez que se concentra. Cuando llega la parte con los faroles, Matt se queda quieto, sonriendo en su puño. Lo cual me hace sonreír a mí también. Porque Matt es como Rapunzel por la forma en la que se inclina hacia adelante, completamente absorto.

Esos faroles de papel. Y el bote. Y la canción.

Es mi escena favorita de la película, la escena que más me sé de memoria. Es insoportablemente romántica, y ni siquiera me refiero a la parte donde se toman de las manos y casi se besan, ni al gran volumen de orgasmos visuales. Es antes de eso. Es la parte en la que Rapunzel ve por primera vez un farol. Ese primer vistazo es suficiente para dejarse llevar por el momento. Casi vuelca el bote, luchando por encontrar un mejor punto de observación. Y durante toda la primera estrofa de la canción, la pantalla ni siquiera muestra a Flynn Rider, porque ella se olvida por completo de él. Es solo Rapunzel y los faroles. Está allí, aferrada a la proa del bote y, en un momento, exhala. Como si el mundo fuera tan hermoso y no pudiera soportarlo.

Y luego, de pronto, recuerda a Flynn, que la ha estado observando en silencio todo ese tiempo. Conteniéndose, sin entrometerse. Está allí para cuando ella esté lista. A Anderson le resulta graciosísimo que mi fantasía romántica número uno implique olvidarse de la existencia del chico, pero, en mi opinión, solo demuestra lo segura que se siente Rapunzel con Flynn. Su cerebro ni siquiera tiene que recordar que él está allí, porque lo sabe en lo profundo de su interior. Se trata de esa contradicción maravillosamente obvia. Cómo el hecho de estar interesada en alguien puede hacerte más libre. Esa es la amplia seguridad del hogar.

Escena 47

El sábado parece un sueño incluso antes de que empiece. Tenemos la cena de cumpleaños de Ryan esta noche, pero antes de eso está el montaje de la escenografía, así que me pongo una camiseta y unos pantalones de chándal y lucho por hacerme una cola de caballo perfectamente desarreglada. Cuando bajo a la cocina, veo que Matt ya está allí, comiendo cereales y vistiendo —ay, Dios— una camiseta del campamento Wolf Lake. La primera camiseta con la que lo vi.

—Buenos días —saluda.

Me quedo ahí, paralizada en el lugar, mientras mi mente repasa los grandes éxitos de nuestro hipotético futuro juntos. Nuestro primer apartamento. Bebiendo café lado a lado en el sofá, leyendo las noticias en nuestros móviles. Matt con aspecto desaliñado y somnoliento en nuestra cama con su portátil, escribiendo un ensayo. Tendrá un doctorado en algo romántico y no lucrativo como la literatura griega antigua, pero está bien, porque para ese entonces seré una actriz exitosa. No me refiero a una estrella en ciernes o a una celebridad… solo a una actriz seria que trabaja. Y todas las noches, tocaré la guitarra junto a la chimenea. Básicamente, nuestra vida se parecerá a *Our House*, la canción de Crosby, Stills, Nash and

Young que a todos los miembros de mi familia les encanta, incluso a Ryan.

—Anderson está despierto. —Matt levanta el teléfono—. Ya está viniendo. ¿Se supone que debemos llevar algo?

—Creo que no. Solo ropa vieja que pueda ensuciarse con la pintura. Me gusta tu camiseta.

—Ay, gracias. —Sonríe.

Matt conduce, lo que significa que podemos dejar el coche en el aparcamiento para estudiantes de último año, que es principalmente un símbolo de estatus. Por lo general, no creo en eso, pero la cara amargada de Lana Bennett hace que todo valga la pena. De todas formas, me parece muy bonito llegar hoy al instituto con Matt y Anderson, sabiendo que también me iré con ellos.

Es temprano, apenas pasadas las ocho de la mañana, pero mucha gente del equipo técnico ya está aquí. Hay periódicos y láminas gigantes de gomaespuma a medio pintar esparcidas por todo el suelo del vestíbulo del auditorio.

—¿Deberíamos…? —Me doy la vuelta y miro a Matt y a Andy antes de agacharme frente a un par de estudiantes de segundo que se llaman Suman y Bess. Ahora que estoy más cerca, puedo ver que la gomaespuma está cubierta con cinta adhesiva protectora para simular una pared de ladrillo.

—Por ahora, píntalos de gris —dice Bess y me entrega un pincel—. Haremos el sombreado más tarde.

Andy y Matt se sientan justo a mi lado, y los tres adoptamos un ritmo cómodo de trabajo. Pintar la decoración es muy relajante. Me encanta el zumbido del aire acondicionado y el vaivén uniforme de mis pinceladas. Alguien está tocando música en el auditorio cercano y, de vez en cuando, se filtra débilmente por las puertas del auditorio. Andy está sentado con las piernas cruzadas, inclinándose hacia adelante con cuidado para que su camiseta blanca y brillante siga libre de pintura. En el caso de Matt, el flequillo le cae sobre los ojos, por lo que no para de echárselo hacia atrás. Ahora tiene el cabello adorablemente veteado con toques del mismo gris de las piedras del castillo.

—Eh. Te falta una parte. —Andy empuja a Matt hacia un lado—. Se supone que esa es mi casa. No la arruines.

Matt desliza el pincel hacia un lado y deja una mancha gris en el dorso de la mano de Andy.

—Ups. —Tiene la mirada fija en el atrezo, pero está sonriendo—. Me falta una parte. —Le hace otra mancha en la muñeca—. Y otra.

Anderson se queda boquiabierto.

—Ni se te ocurra, Matthew Olsson.

No sé muy bien qué pensar al respecto. Por un lado, parece que estoy viendo la escena de una comedia romántica, donde los personajes empiezan a arrojarse pintura de forma apasionada y termina con Andy y Matt besándose frente a la exhibición de dramaturgia. Pero por el otro, no me imagino teniendo un novio que no se lleve bien con Anderson. Sería como tener un novio al que no le guste mi cara.

De pronto, las puertas del auditorio se abren de golpe y revelan a Noah. Me sorprende que esté aquí. En primer lugar, ni siquiera son las nueve de la mañana. Además, es opcional venir al instituto los sábados, y Noah parece el tipo de persona que hace el mínimo esfuerzo posible. Se queda en el umbral durante un momento, mirando cómo pintamos, y lo juro, estoy a punto de asesinar a Anderson Walker. No sé cómo Andy logró meterme esta idea en la cabeza, pero Noah definitivamente está… pasable. Ni siquiera lo entiendo. Lleva pantalones cortos deportivos y una camiseta del equipo de béisbol de Roswell Hill, y su cabello oscuro sobresale de manera caótica en todas direcciones, pero lo veo tan adormilado y sus labios parecen tan suaves que lo siento casi como un ataque personal. Se acerca arrastrando los pies y se deja caer a mi lado sin dudarlo.

—Zhao no me deja usar el taladro —se queja.

—¿Porque llevas una escayola? ¿O porque eres tú?

—Mmm. Ambos.

Anderson tose con fuerza y frunce los labios en forma de beso, razón por la que lo fulmino con una mirada levemente homicida. Ni siquiera sé cuál es la peor ofensa: el hecho de que realmente piensa que Noah podría distraerme de Matt o el hecho de que lo deje entrever en su rostro.

—Deberías pintar —digo con rapidez antes de pasarle un pincel a Noah—. Es relajante. ¿Ves? Estoy relajada. —Pongo un poco de gris sobre el fondo de gomaespuma, moviendo el pincel en círculos de forma frenética.

Noah se incorpora.

—Así que este es mi castillo, ¿no?

—Mi castillo —asegura Andy.

—Sobre mi cadáver —dice Noah en un tono feliz—. Soy tu padre.

—Soy tu padre —repite Matt con la voz de Darth Vader.

Andy mira a Matt y se ríe.

—Eres muy mono.

El corazón se me sube a la garganta. Bueno. Esa insinuación fue más descarada de lo que esperaba. Y una parte de mí dice: «Venga, Andy, tienes que mejorar tu juego. Reclama lo que es tuyo».

Pero la otra parte de mí quiere apuñalarlo con un pincel.

De todos modos, Matt se está sonrojando, pero no puedo diferenciar si es el sonrojo de alguien que se siente embelesado o el sonrojo de un chico heterosexual que se siente incómodamente halagado. De cualquier manera, le sienta bien. Y es obvio que Anderson también piensa lo mismo, porque se ha quedado en silencio, sonriendo hacia sus manos.

Siento una punzada de… algo. Tal vez sea inquietud. Es difícil ponerlo en palabras. Pero tengo el impulso repentino de poner el mundo en avance rápido.

—Necesitamos música —digo, y Noah abre los labios como si estuviera a punto de empezar a cantar. Le tapo la boca con una mano—. No.

En su lugar, Matt empieza a cantar la primera estrofa de *In a Little While*. Pero la está cantando como Matt, sin las vocales redondas y caballerescas de sir Harry. Su voz es suave, ligera y realmente encantadora. Retiro la mano de la boca de Noah y señalo a Matt.

—Sí. —Luego le doy una palmadita a Noah en el hombro, y Anderson se echa a reír.

Matt solo canta la primera estrofa, pero hace que toda la sala se quede quieta. Quizás se deba a la honestidad o a la dulzura casual de su voz. Cuando termina, se produce una pausa prácticamente eléctrica. Pero, en ese momento, Noah me da un codazo y rompe el hechizo.

—Kate. Te toca.

—¿Qué?

—¡Es tu turno!

Niego con la cabeza.

—Pues cantaré yo —propone.

—NO. —Levanto la vista y me doy cuenta de que Matt, Anderson, Suman, Bess y Noah me están mirando con una variedad de expresiones risueñas en sus rostros. Luego, Anderson inclina la cabeza y pone cara de cachorrito, mientras que yo pongo los ojos en blanco—. Bastaaaa.

Andy comienza a tararear mi parte de la canción.

—Vale, vale.

Empiezo a cantar. Y me siento extrañamente cohibida, a pesar de que nadie fuera de nuestro pequeño círculo está escuchándome. Y no es que mi voz de canto sea una novedad para ninguno de los chicos. Matt prácticamente estuvo en un concierto privado en el ensayo del jueves.

Pero una cosa es cantar para un musical, en ensayos o en audiciones, o incluso en el escenario frente a una audiencia.

Cantar sin indicaciones es completamente lo opuesto. Es como si mi corazón tratara de escaparse por mi manga, y yo tratara de mantenerlo escondido debajo del puño. En una obra, todo está planeado y controlado, incluso las partes dramáticas. Pero en la vida real, nada es así. La vida real es un caos. No importa lo que hagas, ya que siempre terminarás en el lugar equivocado, dirás las palabras equivocadas y te ahogarás en todas las emociones equivocadas.

Y, por supuesto, a veces terminarás en el Instagram de Mira Reynolds.

Aparto ese pensamiento y sigo cantando. Para mi sorpresa, mi voz se escucha clarísima.

—Hermoso —dice Anderson cuando termino, y le lanzo una sonrisa. Pero luego, sin dudarlo, Matt continúa con la siguiente estrofa de sir Harry y, después de eso, empezamos a cantar las armonías sin ningún acompañamiento. Andy se inclina hacia Suman para presumirme—. El tono es perfecto. ¿No es asombrosa?

No soy asombrosa ni tengo un tono perfecto, pero hay algo mágico en la forma en la que mi voz se mezcla con la de Matt. Algunas personas más se acercan, como si hubiera una cuerda invisible tirando de ellas hacia nosotros. Veo que Noah me está mirando con una cara que se parece tanto a Flynn Rider que me sonrojo por completo y me doy la vuelta.

Cuando termina la canción, Matt me guiña un ojo, y yo prácticamente me derrito por todo el suelo del auditorio.

—Eh. —Noah me abraza de lado—. Has cantado fenomenal.

—Gracias, Noah. —Reprimo una sonrisa.

Puedo sentir a Anderson arrojándome flechas de Cupido con la mente, lo cual me fastidia mucho. Lo entiendo. El flechazo compartido ya no es divertido. Pero eso no significa que deba obligarme a enamorarme de Noah.

En fin, esos pensamientos desaparecen cuando miro a Matt. Le sonrío, en plan: «eh, nada mal», lo que hace que se le formen arruguitas en las esquinas de los ojos. Y de golpe, el mundo parece estar a diez pasos de distancia, como si hubiéramos creado un campo de fuerza con el cruce de nuestras miradas.

Anderson se pone raro después de este suceso, pero no es que esté enfadado o malhumorado. Simplemente se queda callado toda la tarde. Salimos alrededor de las cuatro, y Andy le pide a Matt que lo lleve a su casa. Así que paso la mitad del viaje en silencio, sintiéndome un tanto extraña e inquieta, pero sin intenciones de indagar frente a Matt. Al final, le escribo un mensaje. ¿Vienes al cumpleaños de Ryan?

Un momento después, me responde: Ehh... necesito un descanso. Irá bien.

¿¿En serio?? ¿No vas a venir? 😟

Anderson siempre está presente en el cumpleaños de Ryan, al menos para la cena de cumpleaños. De lo contrario, nos vemos obligados a reunirnos en familia: Ryan, mamá, papá y yo, la combinación de personas más incómoda posible. Pero cuando Andy está ahí, al menos tenemos un amortiguador. Y cumple muy bien su papel. Sabe cómo evitar todos los momentos incómodos y tensos para mantener la conversación divertida y despreocupada.

Tienes a Matt. Y luego, un segundo después, añade: Ahora vive en tu casa, ¿recuerdas?

¡No sé qué planes tienen él y Ellen esta noche!

—Eh, ¿vais a ir a la cena de cumpleaños de Ryan esta noche? —pregunta Andy en voz alta.

Matt mira por el espejo retrovisor.

—Ah, sí. Creo que mi madre lo mencionó. Es en Taco Mac, ¿verdad?

—Deberías ir —declara Andy con naturalidad—. Taco Mac está buenísimo.

Listo, de nada, me escribe un momento después, y es un mensaje tan frío y cortante que se me hace un nudo en el estómago. No es la primera vez que veo a Anderson irritado y distante, pero siempre con otras personas. Andy nunca ha levantado un muro entre nosotros.

Detesto estar sentada justo detrás de él. Si tan solo pudiera verle el rostro, incluso de perfil, tal vez podría descifrar lo que está pensando.

Pero no puedo. Así que me quedo mirando la pantalla de mi móvil.

Nada.

Nada. Vale, ¡PUNTOS SUSPENSIVOS! Espera, espera...

Nada, de nuevo.

Uff.

Escena 48

Mi padre se encontrará con nosotros en Taco Mac, pero mi madre insiste en llevarnos al resto en el Altima de Ryan. Es el clásico viaje de «niños en la parte de atrás», con Ellen en el asiento del copiloto. Ryan pasa todo el rato enviando mensajes. Lo más probable es que esté coordinando la logística de la fiesta a la que irá esta noche. Como era de esperar, justo cuando entramos en el aparcamiento, Ryan pregunta:

—Escuchad, ¿a nadie le molesta si salgo con algunos amigos esta noche?

Es la típica pregunta. Siempre empieza con un «escuchad», dicho con una indiferencia cuidadosamente medida. Luego tenemos el verbo «salir», que obviamente es un código para emborracharse, y «algunos amigos», también conocidos como *f-boys*. Ryan es inteligente para elegir el momento oportuno porque, aunque es obvio que mamá va a decirle que sí, está lo suficientemente distraída como para no recordar que tiene que hacer preguntas incómodas. Mamá es un tanto despistada cuando estamos a punto de cenar con papá. Se le cae todo de las manos, se olvida de las cosas y, a veces, gira a la izquierda cuando el GPS le dice que gire a la derecha. Una vez la escuché decir por teléfono: «Cada vez que veo a Neil, es como si me convirtiera en la peor versión de mí misma a los veintiún años».

Taco Mac es uno de esos bares deportivos con televisores en todas las paredes y un menú con muchos tipos de alitas de pollo. No es de extrañar que sea el restaurante favorito de mi hermano. Siempre está lleno los sábados, así que mamá y Ellen entran para apuntarnos en la lista de espera. Todavía faltan veinte minutos para que llegue papá, lo que significa que nos depara un Hueco de Tiempo Incómodo, como acostumbraba llamarlo Ryan. Un período de tiempo demasiado largo para quedarse esperando, pero demasiado corto como para irse a cualquier otra parte. Así que Ryan, Matt y yo decidimos cruzar el aparcamiento del centro comercial hacia Walgreens. Naturalmente, no puedo evitar trolear a Ryan y preguntarle si va a comprar condones.

Los ojos de Ryan se agrandan.

—¿Qué?

Se ruboriza, al igual que yo, porque soy pésima haciendo bromas. Matt también se sonroja, y POR ESO NECESITAMOS A ANDERSON.

—Porque tienes dieciocho años —agrego con rapidez—. Es lo que se suele hacer a esa edad.

—No es necesario tener dieciocho años para comprar condones —señala Ryan.

—¿En serio?

A estas alturas, me estoy sonrojando tanto que mi piel merece su propia clasificación: leve, medio, picante, habanero, muerte. No me atrevo a mirar a Matt. Es posible que esté haciendo una mueca de lástima, porque prácticamente he admitido que nunca he intentado comprar condones. Sí. Aquí estoy. Una virgen ingenua con toda la sofisticación de Rapunzel. *I die a little. I die a little. I die a little.*

—Pero puedes comprar cigarrillos ahora —indica Matt.

—Solo a los veintiún años. —Ryan niega con la cabeza.

—No importa —interrumpo—, porque Ryan no fuma, ¿verdad? —Ryan vuelve a negar con la cabeza, pero lo miro fijamente de todas maneras—. Y ni te atrevas a empezar en la universidad. Lo digo en serio. Iré todos los días a tu dormitorio para oler la ropa, y te aseguro que se lo contaré a mamá.

—Te creo. —Ryan asiente.

—Bien —digo con firmeza.

—¿Ya sabes dónde vas a estudiar? —pregunta Matt.

Ryan hace una pausa.

—Todavía no estoy seguro. ¿Y tú?

—Seguro que en alguna universidad estatal —responde Matt—. O tal vez regrese a Alabama.

—Pues, yo opino que Ryan debería estudiar en Kennesaw —comento—, porque primero, es la más cercana, y segundo, no tienen una, sino dos ligas Pokémon.

—¿Cómo lo sabes?

—Lo he leído en un sitio secreto llamado Google. Deberías echarle un vistazo alguna vez.

—Lo tendré en cuenta. —Ryan sonríe, pero parece que tiene la mirada perdida en algún punto en la distancia. Luego, me mira de repente—. Eh, ¿os gustaría salir conmigo esta noche?

Clavo la mirada en él, atónita.

—¿A tu fiesta?

—No es mi fiesta. Iremos a pasar el rato en la casa de Michelle. Puedes invitar a tu grupo de amigos si quieres.

—¿Michelle McConnell? —Levanto las cejas.

Michelle es una *f-girl* del equipo de fútbol, del mismo curso que Ryan. Nunca he interactuado con ella, pero es conocida por ese incidente con Ritalin. Resulta que aplastó una pastilla y fingió inhalarla en la clase de Francés. Al final se salió con la suya, a pesar de que la pillaron en el acto. Andy dice que sus padres hicieron una donación muy grande a la asociación de padres y profesores. Por lo tanto, Michelle McConnell es la razón por la que el departamento de Matemáticas tiene nuevas pizarras inteligentes. De todos modos, el hecho de que Ryan vaya a la fiesta de Michelle es raro, pero no tanto, porque ambos son atletas. Pero que Ryan me invite a acompañarlo es algo nunca antes visto. Por lo general, mi hermano es bueno manteniendo a sus amigos guais y a sus familiares tontos bien separados. O sea, el único *f-boy* que viene a visitarnos es Noah, que apenas cuenta porque es nuestro vecino. Pero ¿ahora yo me encuentro entre los invitados?

Está claro que no voy a ir. Ni en un millón de años. ¿Y la casa de Michelle McConnell? Es prácticamente el Cuartel General de la Fuerza F.

Pero esto es lo más extraño de todo: me gusta que Ryan me lo haya preguntado.

Escena 49

Cuando regresamos a Taco Mac, mamá, papá y Ellen están esperando en la recepción. Papá nos abraza, le regala a Ryan una tarjeta que sin duda contiene dinero y luego le da la mano a Matt.

—No te pareces a Anderson, así que supongo que eres Matthew.

—Anderson no vendrá —le informo—. Se echó atrás a último momento.

—¡Oh, qué lástima! Quería contarle una gran historia sobre un atraco.

Una vez en noveno curso Anderson asintió de forma obediente mientras papá parloteaba sobre delincuentes a los que atrapaban porque no sabían lo que hacían, así que ahora piensa que a Anderson le gustan las historias sobre criminales incompetentes. Y no es así.

—Lo pondré al corriente.

Terminamos en una mesa, no en un reservado, lo cual es algo positivo en este caso. Pero estoy justo entre mis padres, quienes tienen a Ryan en la mira.

—Estás muy ocupado con las prácticas de béisbol, ¿verdad?

—Neil, están fuera de temporada.

Papá se ríe.

—Entonces, Ry, me gustaría saber a dónde sales a correr todas las tardes.

—Al gimnasio.

—Es parte de su entrenamiento —interviene mamá—. Ryan y sus compañeros de equipo están siguiendo un programa de dieciséis semanas. Por lo que he visto, es muy desafiante.

—Matt, ¿tú también entrenas? —pregunta mi padre.

—¿Los ensayos de la obra cuentan?

—Ah, eres un actor. Así que tú y Kate pasáis mucho tiempo juntos.

Matt asiente.

—Ahora dime, ¿cómo compaginas el teatro con el béisbol? Debe de ser demandante.

Mamá y Ellen intercambian unas miradas cansadas muy poco sutiles.

—Papá, Matt no juega al béisbol. Lo acaba de decir.

—Bueno, dijo que no estaba entrenando…

—Si haces béisbol, tienes que entrenar —digo, como si supiera algo sobre deportes. Pero Ryan solo sonríe de forma irónica y asiente. Le devuelvo la sonrisa y aparto la mirada con rapidez. Es curioso. Siempre olvido lo unidos que estamos mi hermano y yo en las cenas familiares. Como si nuestros padres fueran un calvario que tenemos que superar juntos.

Por suerte, papá reserva el momento más incómodo para después de la cena, mientras nos dirigimos al aparcamiento. Espera hasta que todos estén unos metros adelante antes de bajar la voz y decirme:

—¿Matt y tú estáis saliendo?

Me quedo paralizada en el lugar.

—Papá.

—Solo preguntaba. —Levanta las palmas—. Ya que lo trajiste a la cena familiar…

—Vale, primero, no fue una cita. Segundo, definitivamente no fue una cita. Tercero, su madre estaba literalmente ahí con nosotros. —Niego con la cabeza—. Se están quedando en casa. Te lo dije.

—¿En serio? Ah, es verdad, el árbol.

—Exacto.

—¿No estáis saliendo de forma oficial, entonces? Parece un buen chico…

—No estamos saliendo de forma oficial ni extraoficial ni…

—¡Kate! ¿Vienes? —grita Matt. Está de pie junto al coche de mamá, haciéndome señas para que me acerque.

Ni siquiera me doy cuenta de que estoy sonriendo hasta que papá levanta las cejas.

—No estamos saliendo —insisto con firmeza.

Pero, a juzgar por cómo me siento al deslizarme en el asiento de atrás junto a Matt, es probable que mi corazón nunca haya recibido el memorándum.

Escena 50

Mamá y Ellen se van al cine alrededor de las ocho, y luego un todoterreno lleno de *f-boys* pasa a recoger a Ryan a las nueve. No es que esté controlando los movimientos de la casa ni nada por el estilo. Solo estoy tocando la guitarra en mi cama, de cara a la ventana, y da la casualidad de que las persianas están abiertas.

Y da la casualidad de que ahora estoy sola en casa con Matt.

Excepto que Matt también se va quince minutos después, y ni siquiera trata de convencerme para que lo acompañe. Tal vez no debería haber criticado a Ryan con tanto ahínco por esa fiesta. Matt se va en su propio coche, lo que significa que planea mantenerse sobrio. Podríamos haber sido el mejor par de abstemios. Me lo puedo imaginar: Matt y yo, sentados en un sofá, bebiendo zumo de naranja natural y haciendo apuestas sobre cuál de los *f-boys* vomitará primero. Una dupla irónica completamente ajena a la situación.

A menos que Matt no sea realmente ajeno.

¿Quién sabe? Tal vez él y Michelle McConnell sean amigos. Tal vez sean «amigos» de la forma en la que Noah y Madison son «amigos». Estoy segura de que Noah volverá a

ligar con alguien en esta fiesta. Y tal vez Matt y Noah cho-
quen los puños y se abracen cuando se vean. Tal vez Noah
se ponga una camisa impecable muy pija como hizo Matt la
última vez, y ninguno de ellos mencionará el hecho de que
pasaron todo el día pintando la escenografía para el musical
del instituto.

Me molesta. Me molesta tanto que saco mi teléfono para
quejarme con Anderson. Incluso redacto un mensaje: Dios,
adivina a dónde se está yendo nuestro chico en este preciso instante. Excepto que...

Algo me impide pulsar el botón de enviar.

Tal vez sea el hecho de que Anderson se ha estado comportando raro después de que Matt se mudara aquí de forma tem-
poral. Es difícil saber qué piensa al respecto. Literalmente, un
día hace comentarios sobre la connotación sexual de cepillarnos los dientes en el mismo baño, y al día siguiente, me envía
mensajes pasivo-agresivos. Ahora vive en tu casa, ¿recuerdas?

Meto el móvil debajo de la almohada. Sé que estoy siendo
cobarde y evasiva. Pero cada vez que pienso en Anderson, me
siento extrañamente culpable, y ahora necesito un descanso
de eso. Solo quiero tocar la guitarra y cantar, y tengo la casa
para mí sola, así que ¿por qué no? Comienzo con *On My Own*
de *Los miserables*, porque es la canción perfecta para cuando
añoras a la persona que quieres. Pero me termina recordando
demasiado a Anderson (qué sorpresa), así que cambio a una
versión acústica y lenta de *Super Trouper* de Abba. Y luego *Our
House*, que le dedico en privado a Ryan en honor a su cumpleaños, aunque por lo general no suele impresionarse por
nada que tenga que ver conmigo y las guitarras. De hecho, es
una de las primeras canciones que aprendí por mi cuenta,
cuando estaba en octavo curso.

Pero hoy suena extraña y sin emoción. Al final, me doy
por vencida a la mitad, con mi mano izquierda todavía posi-
cionada sobre los trastes para tocar el acorde de fa.

No puedo dejar de pensar en Anderson.

Es como uno de esos flashbacks en las películas, por la forma en la que mi mente retrocede al pasado para rememorar cada pequeño detalle del montaje de la escenografía. Lo melancólico que parecía Andy cuando Matt y yo cantábamos, a pesar de que él fue quien prácticamente me rogó que cantara en un principio. Cómo me presumía con las chicas del equipo técnico. Y cómo Matt y yo cruzamos las miradas en un momento. Anderson se encerró en sí mismo después de eso. Nunca lo había visto tan afligido y desconsolado.

Y yo soy la culpable de haberle roto el corazón.

Estoy siguiendo las reglas básicas. Al pie de la letra. Y si resulta que le gusto a Matt, estoy segura de que Andy también las seguirá. Se pondrá feliz por mí, o al menos actuará como si lo estuviera. ¿Y luego qué? ¿Qué sucederá cuando el dolor sea demasiado? ¿Dejará de escribirme? O seguirá haciéndolo, pero serán mensajes fríos y distantes. Dejará de venir a pasar la noche en mi casa, y dejará de invitarme a la suya. Perderemos nuestro lenguaje. Nuestras bromas internas desaparecerán.

¿Y yo? Las reglas básicas establecen que tengo que ser sincera. Pero sé que no lo seré. No es que quiera mentir. Pero nunca le contaría a Anderson cómo se siente besar a Matt. No podría. No cuando sé lo mucho que le dolería. Pero la cuestión es que, cuando empecemos a escondernos cosas, será nuestro fin. El fin de la amistad entre Andy y Kate.

No puede suceder. No puedo permitirlo. Pero ¿qué mierda hago para evitarlo?

Podría alejarme. Reducir la química que existe entre Matt y yo. Ocultar mis sentimientos, o al menos tratar de contenerlos. Pero supongamos que Matt me invita a salir mañana. ¿Podré decirle que no? No creo que tenga la fuerza de voluntad para hacerlo. No creo que nadie la tenga.

Si pudiera detener este flechazo, lo haría. Pisaría el freno con toda la fuerza de mi cerebro. Pero sé que no funcionará, pues no creo que mi cerebro esté en el asiento del conductor.

Escena 51

El miércoles es el segundo ensayo intensivo de Harry y Larken, y creo que la señora Zhao podría estar troleándome.

—Vale —dice, después de que practicamos varias veces las dos canciones—. Vamos a hacer algunos ajustes en el beso. Todavía se ve un poco teatral. Y no dudéis en avisarme si os incomoda demasiado. Si queréis, podemos modificar la escena para que no haya un beso de verdad.

—No creo que sea… —comienza a decir Matt, pero luego se interrumpe—. Es decir, lo que Kate considere mejor.

—Me parece bien —me apresuro a decir. El corazón me late con tanta fuerza que estoy segura de que todo el auditorio lo escucha.

—¿Te parece bien mantener el beso, o te parece bien reorganizar la escena? —pregunta la señora Zhao.

—Mantenerlo. A menos que Matt…

—Sí, opino igual —asegura Matt y me pasa el brazo por encima de los hombros.

Así que paso los siguientes veinte minutos besando a Matt. Que es fácilmente mi nuevo pasatiempo favorito. Siempre y cuando no piense en Anderson.

No soy un monstruo, ¿verdad? Soy una actriz. Estoy haciendo lo que se lee en el guion. Como una profesional. Como una profesional llena de felicidad y euforia.

De todos modos, no es un beso continuo. Son varios besos secos, rápidos y estilizados, con la señora Zhao haciendo pausas periódicas para que movamos las manos o inclinemos la cabeza de manera diferente.

—Trata de no encorvar los hombros, Kate. La idea es que se vea natural, como si os hubierais estado reuniendo en secreto desde hace un tiempo. ¡Sí, así! Mucho mejor. Matt, baja las manos un poco en su cintura. Bien, mantened esa pose un segundo... debo tomar algunas notas.

—Oye —susurra Matt—, ¿cómo vas a volver a casa?

—¡Oh! Pensé...

—Porque Andy prometió ayudarme a encontrar unos zapatos Oxford. Pero podemos llevarte a casa primero, o irnos de aquí, o...

—Espera, ¿Andy está en el instituto?

Parece que Matt está reprimiendo una carcajada.

Entrecierro los ojos y sonrío.

—¿Me he perdido algo?

—Ohh, me encantan esas miradas —dice la señora Zhao—. Muy naturales.

—Pues —empieza Matt—, no mires ahora, pero creo que hay alguien en la cabina de iluminación.

Giro la cabeza para observar la parte trasera del auditorio y, en efecto, ahí está Andy, saludando a través de la mampara de cristal. Tiene una sonrisa amplia en el rostro y levanta ambos pulgares hacia arriba.

—¡Ups! —dice Zhao—. No os desconcentréis. Vale, Kate, tienes que mirarlo de frente. Vuelve a inclinar la cabeza.

Me vuelvo hacia Matt, atónita.

—¿Desde cuándo está aquí?

—Ha estado aquí literalmente todo este tiempo. —Sonríe.

Todo el aire abandona mis pulmones.

—¿Qué?

—Y… estupendo —dice la señora Zhao, aplaudiendo varias veces—. Sois excelentes, chicos. Un diez por la química. Seguid así.

Pero sus palabras apenas me llegan a los oídos. Casi ni siento que estoy chocando los cinco con Matt. Desvío la mirada directo a Andy, que ahora se abre camino a través de los pasillos del auditorio para acercarse al escenario. No parece molesto. Las luces de la sala son bastante tenues, así que tal vez me esté perdiendo algunos matices faciales. Pero la verdad es que parece normal. Incluso después de todas las inclinaciones de cabeza, las miradas y las manos de Matt en mi cintura. Todos los besos.

No tiene sentido. A Andy ni siquiera le correspondía venir al ensayo de hoy. ¿Por qué está aquí? ¿Y por qué no me lo dijo?

Matt y yo bajamos del escenario y nos encontramos con Anderson frente al foso de la orquesta. Me abraza en cuanto me ve.

—¿Has visto nuestro ensayo? —suelto.

—Bueno, estaba tratando de hacer mis deberes de Química, pero vosotros sois más interesantes.

—Pues —los ojos de Matt brillan con picardía—, si buscas química, estoy bastante seguro de que Kate y yo hicimos un excelente trabajo mostrándola.

—Claro. Vuestra química merece un diez, según los profesores —dice Andy, poniendo los ojos en blanco de forma burlona.

Vale, eso me molesta. Parece que Matt y yo ni siquiera podemos tener un momento mágico sin que Andy aparezca para trivializarlo.

Pero incluso mientras lo pienso, sé que es sumamente injusto. Si hubiera tenido que ver a Andy y Matt besarse durante veinte minutos, haría cualquier cosa para reescribir esa escena en mi cabeza.

Me presento: de ahora en adelante soy lady Kate, la reina de la hipocresía. La peor amiga de todo el territorio.

Escena 52

La señora Zhao nos permite irnos temprano. Es raro salir del instituto antes de las seis. Matt sigue insistiendo en que no le molesta llevarme a casa, pero me niego. La realidad es que no soporto la idea de viajar con Matt y Andy en este momento, no cuando me siento tan tensa, culpable y extraña. Así que le escribo a mi hermano, pensando que siempre me queda la opción de tomar el último autobús si no contesta. Pero, para mi asombro, me responde al instante: No hay problema, vamos enseguida.

Aparece cinco minutos después con Noah, quien sale del coche de inmediato para ofrecerme el asiento del copiloto.

—Mini Garfield, el carruaje te espera.

—No hace falta que cambies de asien…

Pero luego Ryan baja la ventanilla de atrás, y aparece la cabeza gigante y peluda de Camilla.

—Eh, sí, el asiento de atrás es tuyo —digo, prácticamente tirándome en picado al asiento del copiloto. En cuestión de minutos, Noah tiene a Charles posado en su hombro y a Camilla tumbada en su regazo, ambos lamiendo con determinación cada lado de su cara.

—Vale, vale. Tranquilos. Sí, gracias. —Aparta la cara de Camilla.

—¿Estás bien? —Sonrío.

—Sí. Fenomenal. Mejor imposible.

Me vuelvo hacia Ryan.

—Gracias por venir a buscarme.

—De nada... nos quedaba de paso. Estábamos yendo a casa de papá.

—Eh, Camilla. Puaj. Esa es mi boca.

Miro por el espejo retrovisor.

—¿Te estás divirtiendo, Noah?

—No te pongas celosa, mini G.

—¿Celosa de ti o de los perros?

—Bueno, esta conversación se ha puesto rara —dice Ryan.

—No es culpa mía. No soy yo quien ha llegado a primera base con Camilla.

—Y a segunda. —Noah suspira.

—Vaya. —Me giro en el asiento—. Si tú y Camilla necesitáis privacidad, avísanos. No queremos intervenir en los *touchdowns*.

—Vale, primero que nada, eso es asqueroso —dice Noah—. Segundo, espero que sepas que los *touchdowns* no vienen después de la segunda base.

Muevo la mano con desdén.

—Obvio. Tienes que atravesar la tercera y la cuarta base primero...

—KATE. NO. Así no...

—Pero si llegas a la quinta base, es un touchdown que vale tres puntos, ¿verdad? Así que, a esas alturas, el base del equipo prácticamente te rogará que te unas a la MLB...

—¿Kate? —dice Noah—. Eres un desastre.

—Dice el chico que se está besando con una labradora.

—Y con un perro salchicha —interviene Ryan, y chocamos los puños rápido.

—¿De qué lado estás? —farfulla Noah.

—Oh, claramente está en mi equipo —digo—. Juega de *quarterback* y en la posición de jardinero...

—¿Sabes qué, sabelotodo? Tu reinado de la ignorancia ha terminado. —Noah se inclina hacia adelante, pasando por encima de Camilla para apoyar la mano en mi asiento—. Vendrás conmigo al partido. Este viernes... —Abro la boca para protestar, pero me interrumpe, sonriendo—. No, no hay escapatoria. Ten paciencia, mini G. Vas a aprender mucho sobre fútbol.

—Sí, claro. No pienso ir. —Me encojo de hombros—. Ni en tus sueños.

Escena 53

—Oye, ¿por qué vamos a ir al partido de *fuckbol*? —pregunta Raina el viernes, mirándome desde mi cama.

Estamos en casa de papá. Solo las chicas, ya que Andy está en una clase de canto. Pero se las ingenia para enviarnos mensajes a escondidas. ¡¡Quiero fotos de los atuendos, por favor!!

Es curioso cómo aumenta su deseo de pasar tiempo con nosotras cuando Matt está fuera de la ciudad. Según Andy, Matt visitará a su padre en Alabama. No voy a mentir, el hecho de que sepa tan bien los planes de Matt me ofende un poco. Tal vez más que un poco.

—¿Y cómo logró Noah Kaplan convencerte? —me interroga Raina.

—No lo hizo —digo con altivez—. Lo decidí por mi cuenta, independientemente de lo que me dijo Noah. Ni siquiera sé si irá.

—Claro que irá. Los *fuckboys* siempre van a los partidos de *fuckbol*. —Raina se recuesta sobre su espalda, con mi osito de peluche Ember sobre su estómago.

—Bueno. —Brandie sale de mi armario con mis botas color café en una mano, y una buena cantidad de mis faldas más cortas en la otra—. Kate, creo que deberías llevar una falda, unas botas, unas mallas y una chaqueta. ¿Qué opinas?

—¿Sin camiseta? —señala Raina—. ¿Irá desnuda en la parte de arriba?

—Y una camiseta —aclara Brandie. Comienza a colocar la ropa en el borde de mi cama—. Muy bien, ¿y esta combinación con tu chaqueta vaquera?

Raina se incorpora a medias, examina el conjunto y luego se deja caer hacia atrás otra vez, con los pulgares levantados.

—Me gusta.

—Póntelo para que pueda hacerte fotos —me pide Brandie—. Necesitamos la aprobación de Andy.

—No es verdad. ¿Desde cuándo necesitamos su aprobación? —Le arrebato el osito de peluche a Raina—. No. Dile que no es el «mejor amigo gay» de una estúpida película para adolescente.

—Vale, pero él es gay… y es nuestro mejor amigo —comenta Brandie.

—Es nuestro mejor amigo que resulta ser gay, pero no es nuestro mejor amigo gay. Aquí no necesitamos la aprobación de nadie para escoger nuestros atuendos. —Aprieto la cabeza de Ember de forma enfática.

—Oye, ¿sabes qué más no necesitamos? —argumenta Raina—. Ir a un partido.

—¡Lo sé! Lo sé. Pero ¿no creéis que podría ser interesante? Desde un punto de vista antropológico.

—¿Esto es un trabajo de investigación? —Brandie se ríe.

—Fútbol en el bachillerato Roswell Hill —dice Raina—. Una exploración innovadora de los *fuckboys* en su hábitat natural.

—Deberíamos tomar notas de campo —añado—. Ay, Dios. Debería ponerle una cámara a Ryan mañana. Creo que Chris Wrigley hará una fiesta, y habrá dos barriles de cerveza. Imaginad todo el material que vamos a conseguir.

—Me encanta lo actualizada que estás —revela Raina—. Eres la reina de la vida nocturna de los *f-boys*.

Brandie se deja caer a mi lado.

—Hablando de mañana. ¿Estás libre por la mañana? Tal vez podríamos ensayar *Normandy* antes de la semana que viene.

Raina reprime una sonrisa.

—Sois tan tiernas, organizando un ensayo antes del ensayo.

—Creo que puedo —digo—. Eh, ¿vais a vestiros o qué?

Brandie y Raina han traído sus propias bolsas de lona llenas de ropa, pues así es como solemos manejar las consultas grupales de moda. No somos el tipo de amigas que comparten las prendas. Para empezar, tenemos cuerpos totalmente distintos. Las camisetas sin mangas drapeadas de Raina me quedarían como corsés, y a Brandie como sujetadores. Y tenemos estéticas totalmente diferentes. Raina es muy minimalista y casual, y a Brandie le encanta usar vestidos de verano bohemios. En cuanto a mí, llevo una falda corta de color azul, mallas negras, botas color café y un suéter gris cortado justo en la cintura de mi falda. Si fuera una *f-girl*, o incluso Raina, estaría conforme con esa longitud. Pero como soy yo, me puse una camiseta blanca debajo. A Raina la parece aceptable, y dice que estoy sexy y que debería soltarme el pelo.

Pero creo que prefiero llevar el pelo recogido hacia atrás.

Suena el timbre. Y unos segundos después, mi padre grita:

—¡Guisantito!

Curiosamente, la primera persona que se me viene a la mente es Noah, a pesar de que está acostumbrado a entrar en nuestra casa sin permiso y subir a la habitación de Ryan desde hace años. Si no fuera por la formalidad del timbre, asumiría que Andy salió temprano de su clase de canto.

Sea quien sea, será mejor que intervenga antes de que papá haga algo más vergonzoso que de costumbre. Bajo corriendo las escaleras, mientras mis botas golpean el suelo de madera. Al entrar en el vestíbulo, me siento extrañamente agitada. Tal vez solo me falta tomar aire.

Tal vez una parte de mí lo sabía.

Se supone que Matt Olsson está en Alabama, pero no está en Alabama.

Está en mi puerta.

Escena 54

Está nervioso. Lo noto por cómo se mueve de un lado al otro. Y también por cómo sonríe, deja de sonreír y luego vuelve a sonreír.

—¿Tienes un minuto? —me pregunta.

—¡Oh! Eh, Brandie y Raina… —empiezo a decir, pero cuando mira por encima de mi hombro, me doy cuenta de que me estaban siguiendo.

—Hola. —Raina le da unos toquecitos a Brandie en el codo—. Estábamos a punto de volver a la habitación de Kate, ¿verdad, B?

—Exacto —confirma Brandie.

—Eh, bueno, Brandie y Raina están aquí. —Sonrío con timidez y luego me vuelvo hacia Matt—. Pero ¿qué pasa?

Matt da un paso hacia mí, pero parece cambiar de opinión a la mitad, ya que se apoya en el marco de la puerta.

—Debería irme —dice al final.

—Espera. ¿Qué?

—No quiero molestarte en tu noche de chicas.

—¡No me molestas! Nos estamos preparando para el partido de *fuck*… fútbol. El partido de fútbol. Lo siento. —Me

259

sonrojo—. Estás más que invitado. Por alguna razón, pensé que ibas a estar en Alabama.

—No estás equivocada. —Hace una pausa—. Iba a viajar hacia allí ahora, pero pensé… Tengo que contarte algo.

El corazón me late desbocado. ¿Matt tiene que contarme algo? ¿Algo tan importante como para posponer su viaje a Alabama? Quizás sea…

Quizás sea una declaración de amor, ¿no?

Vaya, vaya. Pensé que solo pasaba en las películas y no en la vida real. En la vida real, primero coqueteas, recurres al contacto físico y buscas maneras de estar junto a la otra persona, hasta que estás ebrio o lo suficientemente mareado como para ligar, pero consciente de que los términos de la relación los arreglarás más tarde. Pero casi podría jurar que Matt está a punto de cambiar ese guion por completo. Tiene la mirada de Fitzwilliam Darcy en el rostro. O incluso el aspecto de Eugene Fitzherbert. Definitivamente un aspecto Fitz.

Me tiemblan las manos. Creo que me tiembla todo el cuerpo.

—Bueno, pues…

Algo se estrella en mi habitación, seguido por la voz de Raina a través de mi puerta.

—¡Ay, ignoradnos! Brandie, tú…

El resto de la oración queda ahogada por unas risitas, pero Matt ya está alcanzando el pomo.

—No quiero que lleguéis tarde al partido —dice con rapidez.

—¿Qué? No. Espera…

—Hablaremos en otro momento. Debería irme, de todos modos. —Me abraza con fuerza—. Nos vemos el martes, ¿vale?

Asiento, atónita. No puedo recobrar el aliento. No sé qué me sorprende más: que se haya ido de repente, o que haya venido. Me cuesta entenderlo. Matt Olsson estuvo aquí, y quería contarme algo. *Tenía* que contarme algo.

Pero luego se arrepintió.

Escena 55

Andy nos busca para ir al partido después de su clase de canto, e irradia la típica energía nerviosa que sueles sentir entre bastidores la noche de estreno. Estoy sentada en el asiento del copiloto, y sigue mirándome de reojo como si tratara de descifrar la expresión de mi rostro. No sé muy bien qué pensar de todo esto. Anderson sabe que Matt vino a verme, ya que Brandie y Raina no dudaron en contárselo. Pero el encuentro con Matt fue tan rápido y confuso que es difícil precisar cómo me siento al respecto, y mucho menos cómo se siente Anderson al respecto.

Llegamos alrededor de las siete, media hora antes del inicio del partido, y el aparcamiento ya está lleno. Aunque el sol aún no ha comenzado a ponerse, el aire está fresco, casi frío. Es un clima agradable, porque nos da una excusa para acurrucarnos. Siempre es mejor maximizar el contacto corporal con tus amigos para evitar el terror de entrar a un estadio de fútbol.

No es que los partidos de fútbol sean zonas estrictamente dominadas por *f-boys*. También hay muchos niños pequeños, ancianos, profesores y casi todo el mundo. Cuando era más pequeña, asistía a los partidos locales de Roswell Hill todo el tiempo. Incluso organizábamos ventas de pasteles aquí para el coro de honor, y una vez se llevó a cabo una recaudación de fondos de la comunidad con un castillo inflable y unos actores profesionales vestidos como Elsa y Anna. Raina todavía tiene un *selfie* con Elsa como fondo de pantalla, sin importar lo que piense Harold.

Aun así, no se puede negar la carga de *f-boys* que hay en el aire.

—Supongo que jugaremos contra Lassiter —dice Brandie al leer los letreros escritos en negrita en la sección de visitantes.

—Detesto a Lassiter —espeta Andy con tanto énfasis que Raina se echa a reír a carcajadas.

—¿Desde cuándo te gusta opinar sobre los deportes?

—No se trata del deporte. Cuando estábamos en primero, nos ganaron de forma injusta en la competencia de obras de un solo acto. ¿Recuerdas? —Andy sacude un puño en el aire—. Nunca se lo perdonaré.

—Así que quieres vengarte. Quieres que nuestros *fuckboys* derroten a sus *fuckboys*.

—Nuestros *fuckboys* van a destruir a los suyos.

Nos dirigimos a las gradas y nos sentamos cerca de la banda de música, ya que está comprobado que es un espacio seguro para los chicos de teatro. Hay una presentación del equipo de banderas previa al partido, del que Brandie formó parte durante un año hasta que las prácticas empezaron a coincidir demasiado con los ensayos de la obra. Sin embargo, todavía es amiga de muchas de las chicas del equipo. Siento que el club de teatro, la banda de música y el equipo de banderas somos aliados secretos, y que algún día nos uniremos para derrocar a la fuerza F.

—Oye —dice Anderson antes de acercarse para que nuestros cuerpos queden pegados. Me rodea los hombros con el brazo—. Estás muy guapa hoy.

—Tú también. —Sonrío.

A pesar de que estamos en un puto partido de *fuckbol*, me siento como en casa. Es algo que solo me pasa en presencia de Anderson. Y es una de esas cosas de las que no hablo en voz alta, porque la gente pensará que estoy colada por él o algo así. Pero no hay nada romántico en mis sentimientos. Creo que se asemeja más a lo que algunas personas sienten por sus padres. No es que haya nada malo con mis padres. Simplemente es difícil sentirse como en casa cuando estoy con ellos porque todo está dividido en dos. Pero Andy es una especie de isla pequeña entre ellos.

Lo que hace que el asunto de Matt sea mucho más complicado.

Sigo esperando que Andy mencione el tema, o que al menos pregunte sobre la visita de Matt en la casa de papá. Me resulta un poco extraño que no lo haya hecho. Si esto hubiera sucedido hace un mes, estaríamos discutiendo de forma obsesiva todos los detalles de un encuentro como ese. Haría un análisis detallado sobre los matices de las expresiones faciales de Matt, para que podamos decodificarlas hasta quedarnos sin aliento. Pero todo eso parece muy lejano. No me imagino mencionando a Matt en este momento, ni presumiendo todo el encuentro en la cara de Anderson. Pero cualquiera pensaría que Andy al menos mostraría un poco más de curiosidad al respecto. Sobre todo, considerando su comportamiento extraño esta noche. Sé que le da curiosidad el asunto, pero parece que actúa como si nunca hubiera sucedido.

—¡Has venido, mini G! —Levanto la vista y veo a Noah. Parece tan complacido que no puedo evitar sonreír un poco.

—Supongo que mi reinado de la ignorancia ha terminado.

—Oh, bueno, no nos adelantemos. —Se deja caer en las gradas y me abraza de lado. Luego se inclina hacia adelante, sonriendo al grupo—. ¿Qué tal, amigos míos?

—¿Amigos tuyos? —dice Anderson, pero Noah ya se ha girado hacia el pasillo central para saludar a mi hermano.

—Hola —saluda Ryan antes de acomodarse junto a Noah.

—Vale, presta atención al campo, Katy. Te explicaré las reglas.

—Nah, no hace falta. —Inclino la cabeza—. ¿Estás seguro de que no quieres ir a sentarte con esos tíos? —Hago un gesto hacia un grupo de chicos del otro lado del pasillo. Ni siquiera son muchos, tal vez una docena más o menos, pero el despatarre masculino es tan amplio que prácticamente ocupan la sección completa.

Noah niega con vehemencia, sin siquiera mirarlos.

—No, los detesto. Detesto a esos tíos.

—Pfff. Ni siquiera sabes de quiénes estoy hablando.

—No necesito saberlo.

—Me cae bien. —Raina resopla y se inclina hacia adelante. Señala a Noah y continúa—: Eres el único *f-boy* que tolero.

—¡Gracias! —dice Noah.

—¿Acabas de decir «*f-boy*»? —Ryan entrecierra los ojos.

—Significa *fuckboy* —explica Raina.

Brandie se queda paralizada, con los ojos abiertos como platos, mientras Andy y yo nos tapamos la boca con las manos. Los *f-boys* no pueden saber que son *f-boys*. Es la regla fundamental de ser un *f-boy*. Pero Raina la acaba de romper. Por culpa de su comentario, ahora los *f-boys* son conscientes de sí mismos, y no tengo ni idea de cómo debo sentirme al respecto.

Es el origen de los *fuckboys*.

—¿Soy un *fuckboy*? —pregunta Noah.

—Eh. —Anderson mueve la mano de un lado a otro como los profesores de Francés cuando dicen *comme ci, comme ça*.

Raina se inclina y señala la pantalla del móvil de Noah.

—¿Estás a punto de subir a Instagram una foto borrosa del campo con el hashtag #viernesdepartido?

—Eh…

—Y me imagino que en la descripción vas a escribir: «menuda nochecita».

Noah pone el teléfono boca abajo.

—Eres un *fuckboy* —afirma Raina—. A las pruebas me remito.

Escena 56

Ryan se levanta temprano el sábado. Lo veo en la cocina, distraído con su teléfono y un tazón de cereales azucarados Frosties. Pero cuando me siento frente a él, levanta la vista.

—Bueno. —Apoya el móvil sobre la mesa y se estira—. Según tengo entendido, tus amigos piensan que soy un *fuckboy*.

Me quedo boquiabierta.

—¡No! Claro que no.

Me lanza una mirada escéptica y divertida al mismo tiempo.

—¿De verdad crees que dejaría que alguien te llamara *f-boy*?

Se recuesta en la silla.

—¿Entonces, no piensan que soy un *fuckboy*? ¿O no permites que me llamen así?

—Ambos. Porque no eres un *fuckboy*. —Reprimo una sonrisa—. No del todo.

Come una cucharada de cereales.

—¿Y cómo sabes si eres un *fuckboy*? ¿Cuáles son las características distintivas?

—No, basta. —Me sonrojo—. Te lo estás tomando demasiado en serio. Así llamamos a los chicos deportistas. No es algo personal. Es solo una palabra estúpida que usamos.

—Entonces, todos los *fuckboys* son deportistas.

—Sí.

—Y todos mis amigos son *fuckboys*.

—Bueno, a veces los llamamos *f-boys* si queremos hablar con clase.

—Vaya, así que eso es hablar con clase. —Ryan hace una pausa antes de añadir—: Pero no estoy seguro de entenderlo.

—Vale…

—¿Por qué no soy un *fuckboy*?

—¿Quieres ser uno? —Entrecierro los ojos.

—Es solo una pregunta.

—En realidad, deberíamos preguntarnos por qué eres amigo de los *fuckboys* —digo con un tono despreocupado.

Excepto que no sueno despreocupada. El comentario nos impacta como un yunque.

Ryan solo me mira.

Siento que las mejillas se me calientan.

—Joder, lo siento. No debería haber dicho eso. No debería juzgar a tus amigos.

—No, lo entiendo…

Suena el timbre, y prácticamente salto de la silla.

—¡Oh! Es Brandie.

—¿Solo Brandy? ¿Dónde está el resto del grupo *geek*?

—¿Grupo *geek*?

Levanta las palmas sin soltar la cuchara.

—¿Qué tal «grupo G»? ¿Tiene más clase?

Por lo general, Ryan desaparece por arte de magia cada vez que vienen mis amigos. Pero cuando Brandie y yo cruzamos la cocina, sigue justo donde lo dejé.

—Vale, Tony Tigre —digo—, nos vamos arriba a ensayar.

Ryan me apunta con la cuchara.

—Te refieres al Tigre Tony.

Le hago una mueca, pero Brandie sonríe con tanta dulzura como siempre.

—¿Quieres ser nuestro juglar?

—¿Vuestro qué? —Parece horrorizado.

—No es nada racista —aclara Brandie con rapidez—. Es un músico medieval que toca la mandolina.

—Hashtag: improvisando —añado.

Ryan me fulmina con la mirada.

Le doy unas palmaditas en la cabeza y me vuelvo hacia Brandie.

—¿Estás lista?

—Vale, esperad, ¿qué queréis que haga? —Ryan comienza a ponerse de pie.

Me quedo mirándolo, atónita. No habla en serio... ¿verdad?

Pero Brandie solo asiente, como si fuera algo normal. Ryan. Mi hermano. Reemplazando a la mismísima Lana Bennett.

—Pues, si quieres leernos las indicaciones del guion, sería genial. No tienes que cantar ni nada.

—Claro, ningún problema. —Ryan se encoge de hombros.

No. Es demasiado extraño para ser real. O Ryan nos está troleando, o estoy soñando. A menos que...

La realidad me golpea con la fuerza de un volcán. Mierda. Mierda. MIERDA.

Tengo que escribirle Andy. Ahora mismo. En este preciso instante.

Ni siquiera espero hasta que subamos. Me arrastro detrás de Brandie y Ryan, mientras escribo a toda velocidad.

ANDY, NO VAS A CREERLO.

Estoy 😺 😺 😺

Creo que Ryan está colado

POR BRANDIE

No es un simulacro

Brandie y Ryan entran en mi habitación, y yo me detengo en la puerta, mirando mi teléfono. No he recibido ninguna respuesta. No pasa nada. No es como si estuviera a punto de explotar de la impaciencia sobre los pisos de madera de mi madre. Tómate todo el tiempo que necesites, Anderson Walker.

Brandie ocupa su lugar habitual en mi cama, pero Ryan se acobarda y elige sentarse en la silla de escritorio. Así que guardo el móvil en mi bolsillo y me acomodo junto a Brandie, pero apenas duro un minuto antes de sacarlo de nuevo para revisarlo. Nada.

Me posiciono de forma tal que Brandie no pueda leer mi pantalla.

Anderson, ¿¿¿dónde estás???

Nos está ayudando a ensayar, Andy. Y está pasando tiempo con nosotras por voluntad propia. ¡¡¡RYAN!!!

Esto TIENE MUCHO SENTIDO. Ha estado conmigo mucho más tiempo de lo habitual y AHORA LO ENTIENDO.

Está ENAMORADO.

¿¿Recibes mis mensajes??

Sin respuesta. Sin puntos suspensivos. Nada de nada. Mi amigo brilla por su ausencia.

Escena 57

Anderson no responde durante horas y, cuando lo hace, solo recibo un jajaja sin entusiasmo. Ni siquiera un JAJAJA con signos de exclamación. Lo siento, pero esa debe de ser la peor reacción en la historia de la humanidad. Cada vez que miro el teléfono, siento como si me estuvieran dando un puñetazo en la cara.

Él no es así. Es la antítesis de Anderson.

A menos, claro, que esté enfadado conmigo. Pero ¿por qué? Sigo leyendo y leyendo toda la cadena de mensajes, tratando de descifrar el código. ¿Acaso he dicho algo malo? ¿O algo ofensivo? ¿No le gusta la pareja? Tal vez Andy tenga a Ryan catalogado como un *fuckboy*. Tal vez lo detesta como yo detesto a Eric Graves.

Así que trato de llevar la conversación de vuelta a la neutralidad con un enlace a una clasificación irresistible de príncipes de Disney según su atractivo. Pero Anderson nunca me responde y, para ser sincera, me siento un poco mal. Me paso todo el domingo en ascuas, prácticamente pegada al móvil.

Le vuelvo a enviar un mensaje después de cenar y, te lo juro, me da un poco de vergüenza. Lo cual no es solo raro. Es desconcertante. Paso diez minutos haciendo algunos ajustes para que el texto suene más relajado e informal.

Oye, ¿mañana vamos juntos a clase?

Me responde al instante: ¡¡Claro!!

Seguido de una línea completa de emojis.

Todo parece tan normal que podría echarme a llorar.

Matt no ha vuelto de Alabama, así que esta mañana solo somos Andy y yo. El dúo original. Mi regreso triunfal al asiento del copiloto. Y puede que Anderson esté un poco callado, pero al menos no tengo la sensación de que me odia.

Así que estamos bien. Un viaje normal, un lunes normal, un nosotros normal. Más bien, relativamente normal. Casi normal, al menos mientras yo siga hablando la mayor parte del tiempo. Cuando llegamos a Hardscrabble Road, ya le he explicado a Anderson mi teoría de que Ryan y Brandie se han estado escribiendo en secreto durante semanas.

—Voy a llegar al fondo de esto. —Presiono los labios, asintiendo—. Si hago una foto a la pantalla del teléfono de Ryan y hago zoom, tal vez podría distinguir el nombre…

—O podrías preguntárselo —propone Andy.

—Lo negará.

Mi teléfono vibra, y el sonido hace que el corazón me dé un vuelco. Ayer me obsesioné tanto con los mensajes que mi cerebro se quedó atascado allí. Pero, una vez más, quizás mi reacción esté justificada. Porque el mensaje es de Matt.

Hola, lamento mucho si me comporté de manera extraña el viernes. No debería haber ido.

Sonrío a la pantalla. Hay puntos suspensivos. Todavía está escribiendo.

Un momento después, me dice: ¡Me siento fatal!

¡Ay, no te sientas mal!, le respondo. No pasa nada. ¿Qué tal Alabama?

Ehh. Así: 🗑️ 🔥

¡Ay, no! ¡¡¡Lo siento mucho!!! ¿Estás bien?

Vuelvo a mirar a Andy.

—Uff, parece que Matt no está teniendo el mejor fin de semana.

—Sí…

Mi móvil vibra de nuevo. Estoy bien, es solo que mi papá es muy intenso. Solo queda una noche más. 💪 Volveré para el ensayo de mañana. Hablaremos esta semana, ¿vale?

Tal como me prometió, Matt llega el martes a la hora de salida, justo a tiempo para el ensayo. Se deja caer en el asiento a mi lado.

—Hola.

—Has llegado. —Le dedico una sonrisa.

—Me pone muy feliz estar en casa. —En casa. Me gusta que, cuando dice eso, se refiere a Roswell. Se refiere a nosotros.

—¿Han mejorado las cosas con tu padre?

—Eh, no tanto. Mi papá es un tanto… —Su voz se desvanece, pero está sonriendo, como siempre hace cuando habla de su padre. Por encima del hombro de Matt, veo a Anderson entrar por la puerta del auditorio más alejada y luego dirigirse directo a la primera fila de asientos.

Lo cual es raro. Estoy segura de que nos ha visto. No es como si estuviéramos escondidos.

Así que tal vez Anderson sí esté enfadado conmigo. Lo he estado pensando todo el día. En la clase de Historia, parecía callado. No fue a almorzar. Y ahora esto.

Mis ojos se desvían hacia él, pero parece estar ignorándonos a propósito, hojeando su guion como si estuviera practicando sus diálogos. Aunque todos sabemos que Anderson tiene toda la obra memorizada desde la primera semana de ensayo.

—... y me perdí el partido —dice Matt, y en ese momento me doy cuenta de que me ha estado hablando todo este tiempo. Lo miro, sobresaltada—. Pero así son las cosas —concluye, y yo asiento levemente.

Mi cerebro ha entrado en un bucle. Anderson está enfadado conmigo, Anderson está enfadado conmigo, Anderson está enfadado conmigo. Se supone que no debe estar enfadado conmigo, según las reglas básicas. Pero creo que lo está. Estoy casi segura. Y siento que la garganta me está a punto de explotar.

Si fuera la amiga perfecta, cortaría el asunto de Matt de raíz. Podría terminarlo todo ahora mismo. Matt lo entendería, ¿verdad? Nunca querría interponerse en mi amistad con Andy. Aunque si menciono a Andy, básicamente le estaría diciendo a Matt en la cara que Andy está enamorado de él. Lo cual sería una traición devastadora y prácticamente imperdonable. Una violación total y flagrante del Código de Confidencialidad. Estaría poniendo el corazón de Anderson en juego, y lo estaría condenando a la humillación total por haber confirmado públicamente su amor no correspondido.

No soy la amiga perfecta, pero soy mejor que eso.

Escena 58

Pero el miércoles por la mañana, algo por fin cambia. Todos estamos bastante callados de camino al instituto, pero el silencio me parece más agradable de alguna manera. Luego, cuando Matt se encuentra a unos pasos adelante en el aparcamiento, Anderson me agarra apenas del codo para detenerme.

—Oye, ¿podemos hablar?

Lo miro, sorprendida.

—Sí.

—Kate. —Exhala, y me clava la mirada en los ojos—. Lo siento mucho. —Y luego, antes de que pueda siquiera procesarlo, me da un abrazo fuerte, tan repentino y enérgico que casi nos chocamos contra el coche de Matt—. Te quiero mucho. Y lo siento, me he estado comportando muy raro. Lo siento mucho. —Me suelta y me mira a la cara de cerca. Siento que los ojos me empiezan a arder—. ¿Estamos bien?

—Claro. —Se me quiebra un poco la voz—. Detesto sentirme incómoda cuando estoy contigo. Es por Matt, ¿verdad?

Andy asiente y, durante un minuto, creo que se echará a llorar.

—No estoy llevando bien la situación.

—¡No! ¡Yo soy la que no está llevando bien la situación!
Suelta una risita ahogada.

—Katy, ¿cómo es posible que alguien pelee contigo?

—Te quiero muchísimo —digo, y ahora estoy llorando de
verdad. No me merezco a Anderson. Y estoy siendo sincera.
Andy podría odiarme a muerte en este momento y, dadas las
circunstancias, lo entendería. Cualquiera lo entendería. Es demasiado bueno—. Eres la persona más importante para mí,
¿sabes? No voy a permitir que nadie se interponga entre nosotros. —Lo abrazo de nuevo y entierro la cara en su pecho,
mientras que él envuelve los brazos alrededor de mi cuerpo
con fuerza.

—Lo mismo digo. Ay, Kate. —Me libera, y luego se limpia
las mejillas con las palmas de las manos—. Tú también eres la
persona más importante para mí. —Exhala—. Te quiero mucho. Por encima de todo.

Y sé que es una estupidez que necesitara esa validación,
pero estoy casi mareada del alivio.

Escena 59

Andy tiene un ensayo intensivo hoy, así que Matt y yo regresamos a casa juntos después de clase. Siento un pequeño tirón en el pecho cuando cierro la puerta del coche. Es oficialmente nuestro primer momento a solas desde que apareció en casa de mi padre, y me siento desbordada de emociones. Me siento como un verso en un poema.

Ni siquiera hemos salido del aparcamiento cuando me pregunta si quiero tomar un helado.

—¿No había una heladería cerca de Taco Mac?

—Sí, Bruster's.

—Genial. —Asiente con rapidez y entusiasmo, y es un gesto tan mono que me deja mareada.

Es un viaje de unos cinco minutos desde el instituto. Ninguno de los dos habla mucho por el camino. Sigo mirando a Matt de reojo sin querer. En su caso, está prestando atención a la carretera como un conductor responsable, pero sigue apretando la mandíbula. Es muy difícil saber lo que está pensando.

El aparcamiento está prácticamente vacío. Solo hay otro cliente sentado en uno de los bancos. Es un hombre blanco mayor disfrutando de un cono de gofre de todos los colores del arcoíris. Seguimos su ejemplo y también compramos conos, pero Matt pide de chocolate, y yo, de sabor pastel. Y un tazón para apoyar el cono.

—¿Quieres que nos sentemos junto al árbol? —pregunta Matt, señalando un pequeño banco al otro lado del aparcamiento.

—Claro.

En el momento en el que nos sentamos, me invade la misma sensación que experimentas cuando subes a un escenario. Esas pequeñas palpitaciones del corazón, acompañadas de un sobresalto en el pecho.

—Sé que nunca llegamos a hablar después del fin de semana pasado —empieza Matt.

—Es verdad. —El corazón me late aún más rápido—. ¿Qué pasa?

—Bueno, aquí voy. —Asiente, con una sonrisa temblorosa—. Lo siento. Ya te puedes imaginar que no lo he contado muchas veces.

—Tómate el tiempo que necesites —digo, tratando de sonar calmada.

Sigue jugueteando con su servilleta, envolviendo y desenvolviendo el cono.

—No somos amigos desde hace mucho tiempo. Lo cual me parece una locura, porque realmente siento como si te hubiera conocido en una vida pasada o algo así.

—Yo también.

—Ni siquiera sé por qué estoy nervioso. Solo voy a decirlo. —Parpadea, inhala y luego me mira directo a los ojos—. Estoy seguro de que ya lo has adivinado, pero… Soy gay.

La revelación me deja helada por completo. Todo el cuerpo. El corazón, los pulmones, cada célula, cada órgano.

—Oh —atino a decir.

—Vale. —Agarra el cono de helado con ambas manos, con una sonrisa amplia en el rostro—. Por fin lo he dicho.

—Vaya. —Asiento. Muy rápido. Tal vez si asiento con la rapidez suficiente, mis ojos dejarán de arder—. ¡Sí! Vaya. Es que... vaya. Gracias por confiar en mí.

—Como eres la mejor amiga de Anderson, sabía que no eras homofóbica. —Todavía está sonriendo—. Me siento muy... —Suspira—. Vaya. Ni siquiera puedo poner en palabras lo bien que me siento.

—¿No se lo has contado a mucha gente? —pregunto, y Matt niega con la cabeza.

—Se lo voy a contar a mi madre esta noche. Y a la tuya, supongo.

—¿Y a tu papá?

—Oh, no. —Deja escapar una risita ahogada.

—Lo siento mucho. Es una mierda.

—Es un alivio no vivir más ahí. El fin de semana pasado fue... insoportable.

—¿Pasó algo?

—Oh, no, nada en particular. —Matt hace una pausa mientras traga un bocado de su cono—. Me siento mucho mejor aquí, por lo que me costó regresar, aunque fuera solo un fin de semana. Odiaba demasiado mi antiguo instituto. No conocía ni a una sola persona queer allí. O tal vez sí, pero nadie estaba fuera del armario. Y luego llegué aquí, y me di cuenta de que somos muchos. Y también está Andy, que muestra una actitud indiferente sobre el tema, ¿sabes?

Termino mi cono y dejo el tazón en el banco.

—No creo que la gente suela describir la actitud de Andy como «indiferente».

Matt se ríe.

—Vale, tienes razón. Pero sabes a lo que me refiero. Es un chico muy seguro de sí mismo, y lo admiro porque está fuera del armario con todo el mundo. Ni siquiera sabía que yo también quería lo mismo.

—Te entiendo, pero no sucedió de un día para el otro. Le llevó un tiempo aceptarlo y compartirlo con los demás. Tú también lo lograrás.

—Gracias, Kate. —Me sonríe.

Se me forma un nudo en la garganta.

—¿Sabes qué es curioso? —continúa—. En el campamento, pensé que tú y Andy erais novios. —Estudia mi rostro durante un momento—. Oye, tienes un poco de helado… aquí. Voy a…

Me limpia la comisura de la boca con dos dedos.

Creo que mi cerebro acaba de descarrilarse.

No lo comprendo. Me está tocando la cara. Pero es gay. Y era gay cuando me pidió mi número de teléfono. Todas esas sonrisas secretas y esos cruces de miradas, todos los momentos que almacené en mi mente como si significaran algo. Toda esa tensión romántica que pensé que se multiplicaba cada vez que nos veíamos. Todos esos besos.

Todos esos besos coreografiados y falsos.

—¿Alguna vez te has equivocado tanto con alguien? —pregunta Matt.

—Sí —digo con suavidad.

Creo que estoy a punto de romper en llanto.

Un día, se lo contaré. En un año o dos, tal vez. Cuando la situación deje de darme ganas de hundirme en las tablas del suelo. Se lo contaré con cócteles de por medio, cuando tengamos veinticinco años. Oye, ¿recuerdas cuando saliste del armario conmigo en Bruster's? ¿Y yo estaba sorprendida? ¿Porque pensé que estabas enamorado de mí? Sí, yo y mis excelentes habilidades de observación. La reina Kate la Despistada contraataca una y otra y otra vez.

Escena 60

A la mañana siguiente, Andy me está esperando fuera de mi clase de Álgebra, y parece frenético.

—¡Hola! Tengo que hacer pis.

—¿No está a punto de sonar el timbre?

—Puedes hablar luego con la señora…

—Evans.

—¡Evans! Estupendo. Solo dile que tenías ganas de vomitar o algo así. —Me agarra de la mano—. Vamos.

—Tienes T Avanzado…

—Kate, no te preocupes. Vamos. —Acto seguido, lo estoy siguiendo a través del pasillo de artes hacia el BOT. No puedo leer bien su expresión. Parece feliz. ¿Creo? No sé por qué no lo estaría, porque no tengo dudas de que Matt salió del armario de camino al instituto. Y debe de saber que yo también lo sé. Seguro que se muere de ganas de hablar del tema.

Es un poco emocionante, si lo miras desde la perspectiva de Andy. No quiero decir que Andy solo haya estado enamorado de chicos heterosexuales, pero ha habido bastantes de esos. Y que Matt sea gay no significa que automáticamente le guste Anderson, pero aún existe esa posibilidad. De hecho, creo que no me importaría, más adelante. Cuando se calmen las aguas.

—Vale, Matt habló contigo —dice Andy al sentarse en su retrete.

—Sí —confirmo, pero luego dudo. Porque tal vez Andy piensa que esta conversación es sobre algo diferente. No quiero decir más de lo que debería.

—Ya sé que es gay, Kate —explica Andy, aparentemente leyéndome la mente. Puedo notar la sonrisa en su voz—. Me gusta que hayas tenido cuidado de no sacarlo del armario.

—Es que…

—No estoy siendo sarcástico. En serio. No ha salido del armario con todo el mundo. Así que has hecho bien en tener cuidado. Creo que somos los únicos que lo sabemos. Punto.

—¿Te lo ha contado esta mañana?

Anderson se queda en silencio durante un momento.

—Literalmente me lo dijo ayer —añado—. Lo prometo.

—Katy, Matt y yo estamos saliendo —revela Anderson.

Y en ese momento, el mundo se detiene. No solo el mío. No solo mi cuerpo. Es como si todo el mundo se quedara quieto sobre su eje.

—Pensé… —Hace una pausa—. No lo sé. Pensamos que ya lo habías adivinado.

—¿Pensamos? —musito.

—Matt y…

—Matt y tú. Lo entiendo. Sé a qué te refieres. —Examino mis vaqueros, y tiro de la tela que sobresale a la altura de mis rodillas. En voz baja, le pregunto—: ¿Estáis saliendo? ¿Es… tu novio?

—No hemos usado la palabra «novios». No lo sé.

—¿Y cuándo? —Siento que se me hunde el pecho—. ¿Cuándo pasó?

—Hace un tiempo.

—Hace un tiempo. —Se me quiebra la voz.

—Kate.

—¿A qué te refieres con «un tiempo»? Lo conocemos desde hace un mes.

—Eh... ¿hace dos semanas? Más o menos. Me pasó a buscar después de que regresarais de la cena de cumpleaños de tu hermano.

El recuerdo me golpea como un puñetazo. Mirando desde la ventana de mi habitación cómo Matt se iba justo después de mi hermano. Supuse que iría a la fiesta de Michelle Mc-Connell. Incluso se había cambiado de camisa.

—Katy.

No le respondo.

—Kate, di algo. Por favor, alégrate por mí. —Se le quiebra la voz—. Por favor.

—Yo...

—Te lo juro, pensé que lo sabías. Cuando hablamos en el aparcamiento y me dijiste que no estabas llevando bien la situación...

—Sí, porque soy una idiota. Pensé que estabas celoso, y me sentí muy culpable. Pensé que te estaba rompiendo el corazón.

—Lo que dices es una tontería...

—¿Que yo le guste a Matt? Sí...

—¡No! —A Anderson le tiembla la voz—. No deberías haberte sentido culpable, Kate. Ya lo hemos hablado. Las reglas básicas...

—Las reglas básicas no estaban funcionando.

—¿Desde cuándo? —balbucea Anderson.

—Bueno, veamos. ¿Cuál era la segunda regla? Ah, sí. Ser sinceros el uno con el otro. ¿Cómo te ha ido a ti con eso?

—¿Hablas en serio? —Escucho a Andy salir de su compartimento y cerrar la puerta detrás de él con fuerza—. ¿Que se suponía que debía hacer? ¡Matt no estaba fuera del armario! ¿Cómo podría habértelo dicho?

—¡Me dijiste que pensabas que ya lo sabía!

—¡Así es! Pero no estaba seguro, Katy. Además, no me correspondía a mí contarlo.

Las mejillas se me enrojecen.

—Sí, bueno, podrías haber esperado hasta que estuviera listo para contarlo antes de besarlo…

Anderson se ríe con incredulidad.

—¿Te estás escuchando? Estás diciendo que debería haberle dicho a mi novio: «Oye, te besaré, pero primero tenemos que informárselo a Kate. Solo para que lo sepas».

—¡Ahora sí es tu novio!

—Vaya, veo que no puedes alegrarte por mí después de todo.

—Estoy feliz por ti. —Me pongo de pie y tiro de la puerta para abrirla—. ¿Vale? Ya está. Tú ganas, Andy. El chico es tuyo. El chico del que estuvimos enamorados a medias todo el verano…

—¡Apenas lo conocíamos este verano! —Andy está llorando ahora. Los dos estamos llorando.

—Bueno, ahora lo conozco. Me gusta tanto como a ti, ¿vale? De la misma forma. —No puedo recobrar el aliento—. Pero ¿se supone que debo alegrarme por ti? Si fuera al revés, si él fuera mi novio, ¿no sentirías nada?

Andy frunce el rostro.

—Claro que sí.

—¡Enhorabuena, entonces! Tus reglas son una mierda. —Me acerco furiosa a los lavabos, tratando de limpiarme las lágrimas. Pero me siguen brotando de los ojos—. ¿Qué? ¿Pensabas que no me romperías el corazón? ¿O no te importaba?

—¡Sí me importa, joder! Pero… Dios. Creí que ya habíamos hablado de esto.

—Podrías haber elegido a cualquier otro chico, Andy. A cualquier otro.

—Así no es cómo funciona.

—Oh, créeme, lo sé. —Me río con dureza.

—Me refiero a que así no es cómo funciona cuando eres alguien como yo. —La voz de Andy sale ahogada—. ¿No lo entiendes, Kate? Soy gay, negro y vivimos en el puto sur. ¿Crees que nos tratan igual aquí? ¿Crees que las reglas son las mismas para nosotros?

—Esto no es un juego…

—¡Ya lo sé! Ya sé que no es un juego. ¿Puedes escucharme y…?

—No, escúchame tú. —Me doy la vuelta para enfrentarlo. Lo miro directo a los ojos—. Me sentí fatal cuando pensé que te estaba haciendo daño. ¿Lo entiendes? Me angustiaba cada vez que pensaba cómo iba a darte la noticia. ¿Y tú? Ni siquiera te importa una mierda. Era más fácil soltar la bomba antes de la clase de Álgebra, ¿no? Genial, ahora me tomaré todo el día para saborearla. —Durante un momento, me quedo mirándolo mientras niego con la cabeza—. Muchas gracias.

Luego salgo corriendo del baño y dejo a un Anderson lloroso detrás de mí.

Escena 61

No sé cómo voy a volver a mirar a Matt a los ojos. Como si no fuera suficiente que Matt y Andy me hayan humillado durante estas últimas dos semanas con su secreto, ahora Andy está a punto de volver a T Avanzado con las Cataratas del Niágara brotándole de los ojos. Ya puedo imaginármelo. Matt lo rodeará con los brazos y lo besará en la frente hasta que deje de llorar. Respira hondo, respira hondo. Dime lo que ha pasado.

Lo loco es que ni siquiera creo que Matt se enfade conmigo por gritarle a su novio. Simplemente sentirá lástima por mí. La estúpida de Kate y su inútil y patético flechazo. Tal vez Matt y Andy incluso debatan el asunto con todas las personas dentro del círculo de confianza de T Avanzado. Se sentarán y discutirán sobre el desastre de ser humano que soy, tan desesperada y colada por el novio de mi mejor amigo. Será como la página de Instagram de Kate Garfield Cantando, pero en la vida real.

No exagero al decir que es la jornada escolar más larga de mi vida. Sin lugar a dudas. No soporto la idea de ir a la clase de Historia. Empezaré a llorar si veo a Anderson. Así que le digo al señor Edelman que tengo una reunión para discutir mis solicitudes para la universidad, y luego paso por delante de la oficina de orientación para esconderme toda la segunda hora en la ducha de un vestuario vacío. Y paso la hora del almuerzo allí también.

Pero incluso escuchar a escondidas las conversaciones de Genny Hedlund en el vestuario es apenas una distracción. La mortificación viene en oleadas. Cada vez que recobro el aliento, un pensamiento aún peor se apodera de mi mente.

Por ejemplo, todos esos viajes con Andy y Matt. Fui increíblemente ingenua. Cómo me acomodaba con confianza en el asiento de atrás, pensando que estaba siendo una buena amiga al dejarle a Anderson el asiento del copiloto. Al dejarle fingir que él era el centro de atención.

Supongo que no estaba fingiendo demasiado después de todo.

Para la octava hora, mi mente entra en una espiral incontrolable. No puedo dejar de pensar en lo apenado que debe de estar Matt en este momento. Y también durante estas últimas semanas. Cómo él y Anderson deben de haber hablado de mí. Apuesto a que cada vez que no estaba con ellos, cada noche que pasaba en casa de mi padre, especulaban con una mueca de vergüenza ajena que perdería la cabeza cuando me lo contaran. Y luego, hete aquí, les estoy dando la razón.

Quiero irme lejos. Quiero salir por la puerta del vestíbulo, entrar en el coche de mi hermano y conducir hasta casa. O podría caminar. Hace unos años, Andy y yo acostumbrábamos a ir y volver caminando de los partidos de fútbol. Cuatro kilómetros. Podría llegar a casa de mi madre en menos de una hora.

Pero debido a la increíble ironía sobre la que está construido este mundo, tengo que quedarme aquí para un ensayo intensivo de la obra. Para la canción *Normandy*. Que trata literalmente sobre Lady Larken tratando de huir del castillo.

Suena el último timbre y enfilo hacia el auditorio como un zombi. No puedo hacer contacto visual con nadie en los pasillos.

Porque, a estas alturas, todos deben saber la historia completa. Todos. Todo el instituto. ¿Kate Garfield? ¿No es la tía que constantemente se equivoca y cree que los chicos gais están enamorados de ella?

Excepto que... vale.

Parece que algunas personas no se han enterado de lo patética que soy. En el ensayo, todos están actuando con tanta normalidad que podría llorar. Lana está discutiendo con el equipo técnico sobre cuál es la derecha y la izquierda del escenario. Brandie se deja caer en la silla a mi lado, muy emocionada por un vídeo viral sobre unos wómbats bebés, así que lo miramos un rato. Y luego, cuando se levanta para ir al baño, Noah le roba el asiento y empieza a hablar sobre el canal de YouTube de un niño pequeño.

—Es lo único que hace. Le envían juguetes nuevos todos los días, y él filma sus reacciones. No es broma. El chaval tiene unos ocho años, y mira el estilo de vida que tiene. Lo admiro.

Sonrío, pero el gesto parece tenso y forzado, como una marioneta. Han pasado seis horas desde la noticia bomba de Andy, y ya casi no sé cómo sonreír.

—No pensé que tendrías tantas opiniones sobre los canales infantiles —digo.

—Para ser justos, tengo una hermana menor. —Me toca con un dedo—. Pregunta. Madison va a organizar una pequeña fiesta mañana.

—Eso no es una pregunta.

Me dedica una sonrisa.

—¿Quieres ir?

—Ni siquiera conozco a Madison. ¿Por qué iría a su fiesta?

—Porque lo pasarás genial. Y porque irás conmigo. Además —dice con énfasis—, no tienes excusa para no ir, porque vive en nuestro vecindario.

—Estaré en casa de mi madre.

Y en cuanto lo digo, el presente me golpea. La casa de mi madre. Que es donde vive Matt. Será divertidísimo. Un fin de semana fenomenal en casa con un chico que está al tanto de que estaba triste y patéticamente enamorada de él. Oh, espera. Hagámoslo aún más divertido con un ensayo general todo el sábado en el que tendré que besar al chico del que estaba triste y patéticamente enamorada. Vaya. No será para nada incómodo. Luego llegará la última semana de ensayo. Y luego, la noche de estreno el próximo viernes. Tengo muchas ganas de ver cuántas veces Matt se me acerca esta semana, con sus ojos amables y compasivos, para asegurarse de que estoy bien.

Por fortuna, Noah —el distraído de Noah— ni siquiera parece darse cuenta de que estoy al borde de un colapso. Todavía sigue hablando.

—… este martes. Por fin…

—Oye, ¿Noah? —Cierro los ojos con fuerza—. Lo siento. ¿Cuándo es la fiesta? ¿Mañana?

—¿Vas a venir? ¡Genial! —Y su emoción es tan genuina que me siento mal por todas las veces que tuve pensamientos malos sobre las *f-girls*, las fiestas y sobre Noah. En especial, sobre Noah—. Será una fiesta tranquila. Te encantará.

—De acuerdo, suena bien —digo, tratando de ignorar mi corazón acelerado.

Escena 62

No sé por qué me resulta tan raro contarle a mi hermano que voy a ir a una fiesta. Me siento un poco... desesperada. Como si estuviera tratando de infiltrarme en la fuerza F. Pero cuando lo menciono de camino a casa el viernes, ni siquiera se inmuta.

—Sí, estaba pensando en ir también. Se supone que es una fiesta tranquila.

—Eso he oído.

—¿Con quién vas a ir? —pregunta Ryan, y yo me derrito por dentro, porque sé que quiere que diga el nombre de Brandie. Me hace sentir fatal, ya que podría invitarla si quisiera. Y sí quiero. Claro que sí. Pero es complicado.

Me muerdo el labio.

—Eh, creo que solo con Noah.

La cosa es que si invito a Brandie, tendré que invitar a Raina, y si invito a las chicas, tendré que invitar a Anderson, y llegado a ese punto, definitivamente tendría que invitar a Matt, y la razón por la que quiero ir a la fiesta es precisamente para evitar a Anderson y Matt.

Bueno, es una de las principales razones.

Cuando llegamos a casa, enfilo directamente hacia mi habitación. Matt aún no está en casa, pero no sé si regresará esta noche. Es muy posible que tenga mejores planes. Pero cierro la puerta por si acaso. Ryan quiere ir a casa de papá a las ocho, y piensa que deberíamos ducharnos y prepararnos antes de irnos.

No hay nada más solitario que prepararte sin la compañía de tu grupo de amigos; si no hay otra opción, por lo general tenemos el chat grupal en funcionamiento. Pero si les escribo a Raina y Brandie, se preguntarán por qué no he incluido a Anderson en la conversación. Y si les digo que Andy y yo estamos peleados, querrán saber por qué. De todas maneras, es probable que Andy y Matt ya se lo hayan contado, en cuyo caso estoy segura de que piensan que soy patética y problemática. Pero si no lo han hecho, no hay forma de hablar del tema sin sacar a Matt del armario. Y está claro que eso no puede suceder. No lo permitiré.

Así que tengo que mantener la distancia. Al igual que Andy el fin de semana pasado.

La realidad es que sí lo entiendo. En serio. Entiendo por qué Andy estaba tan raro y reservado. Y sé que fue una tontería decirle que tenía que esperar hasta tener mi bendición. Cuanto más lo pienso, más me avergüenzo de haberlo dicho. En ese momento, sentí que todas las decisiones tomadas por Anderson estaban pensadas para destruirme.

Pero sé que no es verdad. Y si todavía no había quedado claro, ahora tengo una cadena de mensajes para probarlo.

Katy, lo siento mucho. No pensé que iba a pasar esto.

Nunca quise hacerte daño.

Por favor, dime algo.

Kate, te quiero. Lo sabes, ¿verdad?

Sé que esta noticia te pilló por sorpresa. Me siento fatal.

Odio que estemos peleados.

Por favor, respóndeme.

Es tan Anderson. En serio, le encanta guardarle rencor a la gente, excepto cuando se trata de mí. Mientras que yo nunca he sido capaz de estar enfadada con nadie durante mucho tiempo.

Pero cada vez que empiezo a escribir una respuesta, se me paralizan los dedos. Parece un obstáculo insuperable. Me imagino a Andy recibiendo mi mensaje de disculpa. Se lo mostrará a Matt, por supuesto. Y Matt se le acercará y apoyará el mentón en el hombro de Andy. «Te dije que iba a cambiar de opinión», le dirá. Estoy segura de que soy un tema de conversación habitual entre ellos. Me pregunto si establecieron un vínculo más fuerte al compadecerse de mí, y también si mi furia los unió aún más. Los sentimientos más inconvenientes.

Cada vez que pienso al respecto, la herida me duele aún más.

Da igual. Soy una mujer independiente. Puedo vestirme sola para una fiesta, incluso para una fiesta de *f-boys*. Pero cuando reviso mi armario, toda la ropa parece espantosa y exagerada. Todas las prendas parecen como si las hubiera usado ayer. Pero no tengo la energía para ser creativa. Dios no quiera que intente usar distintas capas de ropa y termine pareciendo a una niña pequeña. Quizá debería ponerme unos vaqueros, una camiseta y una camisa de franela. Puede que toda la fuerza F se desmaye por la pura decepción.

Al final, elijo un vestido, uno que nunca me he puesto, a pesar de que ahorré todo el dinero de mi cumpleaños del año pasado para comprarlo. Siempre pienso que parece muy pretencioso, lo cual es irónico, porque esta prenda no requiere ningún esfuerzo de mi parte. Ni siquiera tienes que cerrar la cremallera. Basta con ponértelo y ajustarlo. Pero es un poco más entallado que la ropa que suelo usar, sobre todo debajo de los pechos, con todas estas flores estampadas de aspecto delicado. Y es rojo, lo que me hace sentir muy GUAU. Pero tal vez «guau» sea algo bueno. ¿Quién sabe?

Me pongo una chaqueta por encima y espero que todo salga bien.

Escena 63

Cuando Ryan y yo llegamos a casa de papá, Noah ya está esperándonos, rígido en el sofá de nuestra sala de estar. No es raro que esté aquí; lo único raro es que está sentado, no despatarrado. Pero luego me doy cuenta de que papá también está ahí, bebiendo burbon en su sillón reclinable como si él y Noah estuvieran teniendo una reunión de caballeros a la antigua.

Charlamos un rato con papá, y los chicos le hablan sobre la fiesta: que se celebrará unas calles más abajo, cerca de la casa club, y que Madison y sus hermanas son chicas buenas. Yo simplemente asiento, tratando de no pensar en la ocasión que Madison y Noah se besaron contra la nevera de Sean Sanders.

Alrededor de las nueve, salimos a la quietud de la noche de septiembre. Al igual que en la fiesta del vecindario, es un poco surrealista pasar un sábado por la noche con Noah y Ryan. Con Ryan, sobre todo. Cuando llegamos al final de nuestra manzana, los chicos ya están inmersos en una conversación sobre deportes, mientras yo los sigo a unos pasos por detrás. Mi mente sigue dándole vueltas al asunto de Andy y Matt: si están juntos, qué están haciendo, si están hablando de mí, cuánto se compadecen de mí y…

—Oye, Tierra llamando a Kate, estamos aquí —dice Noah.

Con un sobresalto, me doy cuenta de que han pasado diez minutos.

Es verdad que Madison vive a unas pocas manzanas de distancia, en una casa típica de la zona: demasiado grande, con exteriores de estuco, ventanas grandes y macetas con plantas en la entrada. Pero no hay ninguna señal de que estemos a punto de entrar en una fiesta. No hay vasos de plástico esparcidos por el jardín, no hay música alta y nadie está vomitando en el camino de entrada. Ni siquiera hay una fila de todoterrenos aparcados en la calle de Madison (la típica tarjeta de presentación de los *f-boys*). Solo hay algunos coches aparcados en su camino de entrada. Miro a Noah y Ryan con los ojos entrecerrados.

—¿Estáis seguros de que esta es su casa?

—Te dije que sería una fiesta tranquila —dice Noah antes de abrir la puerta sin tocar—. ¿Hola? ¿Madison?

—Está en el sótano —grita alguien, y su voz me parece familiar, aunque suena amortiguada por la pared. Trato de ubicarla, sin suerte, pero luego escucho el ruido de la cadena del retrete, seguido del sonido de alguien lavándose las manos, y luego se abre la puerta del baño. Es Mira Reynolds—. ¡Oh, hola! —saluda con una voz melodiosa que me genera rechazo. Lleva pantalones cortos de tiro alto y una camisa tan corta que podría ser un sujetador, con el cabello oscuro suavemente ondulado. Se inclina hacia adelante para abrazar a Noah, lo cual me parece raro, luego a Ryan, lo cual me parece aún más raro, y luego a mí, lo cual es directamente absurdo. Sí, se trata de Mira Reynolds, la peor *f-girl* de todas. ¿Está a punto de trolearme de nuevo? No han pasado ni tres años del escándalo de Ella, y fue uno de los peores días de mi vida. ¿Acaso recuerda quién soy?

—Maddie está abajo. Habéis llegado un poco temprano, pero ningún problema. Acabo de hablar con Sean y los demás, y creo que la gente llegará alrededor de las once.

Hay que darles crédito a las *f-girls*. Con solo tres oraciones, Mira ya ha logrado hacerme sentir como la perdedora más ansiosa e irrelevante del mundo.

—Oye. —Noah me sujeta de la mano—. ¿Bajamos?

Estoy paralizada en el lugar. Porque este no es un contacto accidental con el dorso de la mano como en la fiesta del vecindario. Esta es mi mano. Sujetada por la mano de Noah Kaplan. Pero de una manera que no significa nada, ya que estamos en la casa de una chica a la que Noah a veces besa contra las neveras. Pero aun así. Me gusta cómo se ven sus dedos, curvados alrededor de los míos. Son nuestras manos sin escayola. Bueno, en realidad yo tengo las manos sin ningún tipo de escayola. Ambas. Las dos manos. De todos modos, es la mano derecha de Noah. Y mi mano izquierda, la que está llena de callos por tocar la guitarra. Estupendo. Qué genial. Apuesto a que a Noah le gustan los callos.

De pronto, me suelta, y no sé qué interpretar del gesto. Míralo por el lado positivo, obsesionarse con la presencia y la ausencia de las manos de Noah es una distracción más que decente. De hecho, bajo las escaleras de Madison sin pensar en Matt y Andy. Así que felicitaciones a Noah, supongo.

Sigo a los chicos hacia la fiesta en sí, que resulta ser… realmente tranquila. Además de nosotros, solo hay unas doce personas más aquí. Todos los presentes están sentados en un sofá curvo, bebiendo de vasos de plástico y mirando con calma a dos *f-boys* jugando un videojuego. Nada de bailes sensuales, vómitos o borrachos tambaleándose. Solo un momento tranquilo y conmovedor con los *f-boys*. Al parecer, sí soy una antropóloga. La vida secreta de los *fuckboys*. *Fuckboys*: ¡son como nosotros! Para ser sincera, debería hacer notas de campo. Podría obtener un doctorado en Estudios *Fuckboy*.

Un momento después, aparece Madison, tan bonita como un unicornio, usando uno de esos vestidos ceñidos al cuerpo. Se ha rizado el pelo para la ocasión, y lo menea como en un anuncio de champú cuando se acerca para abrazarnos. De cerca, ese perfume a flores es aún más fuerte de lo que recuerdo. Con chicas como Madison, ese aroma floral parece imprescindible, como si fuera parte de su persona. En mi caso, estoy segura de que huelo al detergente para ropa de mi madre.

—Las bebidas están en la mesa de atrás —dice Madison—. Tenemos pocas sin alcohol, pero creo que mi hermana va a traer más.

Parece una anfitriona orgullosa, lo cual me resulta adorable. No creo que esté particularmente relajada, ni disfrutando del momento, pero parece complacida y satisfecha. Como una planificadora de bodas supervisando una recepción ejecutada a la perfección. Creo que Madison es en realidad la única que no está bebiendo.

Por supuesto, Ryan y Noah se dirigen a la mesa de bebidas alcohólicas.

—Mini G, Katy Kate, ¿quieres algo? —pregunta Noah.

Niego con la cabeza aturdida, mientras veo a Ryan beberse un chupito, como si fuera el típico universitario de una película para adolescentes. Lo que de alguna manera parece invocar a Chris Wrigley, quien aparece de la nada para chocar puños con Ryan.

Noah se acerca.

—¿Seguro que no quieres nada? ¿Ni siquiera agua? O zumo de naranja. Creo que Maddie dijo que su hermana traerá más. —Sirve un poco de ron en un vaso de plástico rojo y luego lo completa con cola. Bebe un sorbo y exhala con fuerza—. ¿Sabes qué deberíamos hacer ahora?

Irnos. Deberíamos irnos. Deberíamos ir a tomar un té de hierbas con mi papá y ver películas de los ochenta en Netflix.

—¡Deberíamos cantar! —Noah me da una palmada en el hombro de forma enfática—. Yo no. Solo tú. Como el día que montamos la escenografía.

Lo miro a la cara. De hecho, me he quedado sin palabras.

—Vengaaaa. —Le da un gran sorbo a su bebida—. Lo sé, lo sé, sir Harry no está aquí. Pero no lo necesitas. Te lo aseguro. Podemos encontrar pistas de fondo en YouTube. Espera, ¿tu papá no tiene una máquina de karaoke…?

—Noah, literalmente no sé si te estás burlando de mí, o si en realidad eres así de despistado.

—¿Qué dices? ¡Kate! Me gusta tu voz. Espera. Necesito rellenar el vaso.

No puedo hacerlo. No puedo estar aquí. Me siento completamente fuera de lugar, y ni siquiera sé cómo sigo respirando. Necesito a Andy. No puedo hacerlo sin Andy. Dios sabe que Noah no está ayudándome. Ni siquiera sé lo que está pensando. Yo, cantando pistas de karaoke de YouTube en una fiesta de *f-boys*. Pero ¿por qué parar ahí? ¿No sería mejor subirme a la mesa de bebidas y cantar *Somebody to Love*?

Y para que el momento sea mucho más perfecto, Mira Reynolds irrumpe en escena con un cartón de zumo de naranja y una botella de cola de dos litros. De pronto, me pisa el pie.

—Ups, lo siento —dice.

Parpadeo, sin saber qué decir.

—Estás buscando esto, ¿verdad? Ayyyy, tía. —Levanta el zumo de naranja.

Me siento un poco mareada. Mira Reynolds ha traído las bebidas sin alcohol.

Sabía que Mira vivía en mi vecindario. Y sabía que tenía hermanas. Pero esas hermanas tienen doce años, ¿verdad? Tal vez la mayor tenga trece o catorce.

Pero puede que haya sido algo que se me quedó grabado en la mente cuando estaba en primero. Hace dos años. Lo que significa que la hermana del medio…

Madison. Madison Reynolds, quien le pidió a su hermana que vaya a buscar más bebidas. Su hermana Mira.

Estoy en la casa de Mira Reynolds.

—Ahí estás. —Noah se acerca sigilosamente, sonrojado y sonriente—. ¿Seguro que no quieres nada? Cantar en el karaoke cuando estás borracho es divertido.

Niego con la cabeza lentamente. La casa de Mira. Noah quiere que cante en la casa de Mira.

—Vale, pero Ryan quiere que te diga que si quieres beber, está bien, porque te cubrirá las espaldas, y también prefiere que bebas mientras está aquí para vigilarte. Así que si querías algo deber, o sea, algo de beber, ja…

—¿Dónde está Ryan?

—Jugando al *Fortnite*. —Hace un gesto hacia el sofá—. Pero dijo…

—Vale, me voy.

—¿Qué? Acabamos de llegar.

—No tienes que acompañarme. Quédate con Ryan.

—No quiero quedarme con Ryan. Quiero quedarme contigo. —Hay una suavidad elegante en la voz de Noah que nunca antes había escuchado—. Kate, no te vayas. Lo siento. No debería haber… ay, qué cabrón. Mini Garfield. No debería haber bebido nada. Te he incomoda…

—Noah, no me has incomodado, ¿vale? No pasa nada. Bebe lo que quieras.

Me agarra de la mano.

—Pero ¿te vas? ¿Estás bien?

—¡Estoy bien! Estoy bien, Noah. Simplemente no quiero estar aquí.

—Por culpa de los *fuckboys*, ¿verdad? —indaga Noah—. Hay demasiados *fuckboys*.

Me mira con una sonrisa expectante, y sí, lo entiendo. No hay nada que a mis amigos les guste más que despotricar sobre los *f-boys*. Los observamos, los categorizamos y nos burlamos de ellos en silencio, y no nos importa lo que piensen de nosotros. ¿Por qué nos importaría? La fuerza F es básica y horrible, y no jugamos según sus reglas.

Pero todo es una mierda.

La realidad me golpea de una forma tan repentina y contundente que casi me quedo sin aliento.

Digo que no me importa lo que piensen de mí, pero sus rostros aparecen en mi cabeza cada vez que presiono el botón de publicar en Instagram. Cada vez que camino por el pasillo del instituto.

Cada vez que canto.

Sobre todo, cuando canto.

Es un reflejo. No puedo evitar ver mi estúpida vida a través de sus ojos y sentir vergüenza ajena. No puedo evitar desmontarla en partes para tratar de anticipar de dónde vendrá el próximo golpe. Es como tener un pequeño coro griego de gente que te odia. Excepto que nunca se callan y viven en tu cerebro.

qué horror jajaja
qué vergüenza, literalmente no puedo verlo
I die a little

La verdad es que los *fuckboys* me aterrorizan. Mira Reynolds me aterroriza. Y no tengo la fuerza suficiente para soportarlos sin Anderson.

—Sé que Mira es horrible —continúa Noah, inclinando la cabeza—. Por eso me gusta pensar que estamos en casa de Madison, ya que Madison es un amor de persona. Es como un bollo. Un rollo de canela. Pero si quieres irte, no hay problema, pero solo digo que Madison...

—Es asombrosa, lo sé. Lo entiendo. Sois amigos.

—¿Qué? ¿A qué te refieres?

—¿Con qué?

—Amigos. Lo dijiste con comillas en el aire.

—No es verdad.

—Las hiciste con tu voz.

—Noah. —Cierro los ojos con fuerza—. No es nada. Solo...
olvídalo. No tengo nada en contra de Madison, ¿vale? Solo
quiero irme.

—Oh —dice Noah, con la mirada relajada—. Entonces,
deberíamos irnos.

—Es lo que he estado tratando de decirte durante los últimos cinco minutos.

—Vamos. —Sonríe—. Te acompañaré.

—Estás borracho, así que estoy bastante segura de que seré
yo quien te acompañará a casa. —Escondo una sonrisa—. ¿Deberíamos avisar a mi hermano de que nos vamos?

—No creo que sea necesario —dice Noah con rapidez—.
Míralo. Mira a nuestro chico. Jugando al *Fortnite*. Tan feliz. Vamos. —Me tira de la mano—. Vamos.

Escena 64

Caminar a casa con Noah el Borrachín es toda una experiencia. Me jura que solo ha bebido cuatro vasos, aunque, en mi opinión, fueron muchos más. Claramente el alcohol está surtiendo efecto. No es que esté tambaleándose o se haya caído de bruces al suelo o algo así. Es como el Noah Normal, solo que más exagerado. Lo más importante de Noah el Borrachín es que no. Para. De. Hablar.

—Lo digo en serio —dice, acercándose—. Este cabrón es un pez terrestre. Puede caminar…

—De ninguna manera. No existe.

—Sí que existe, y es un engendro del infierno. —Sonríe—. Vale, ¿casar, matar o follar? El pez cabeza de serpiente…

—Matar.

—Vale. Una cucaracha…

—También matar.

—Y la rata topo desnuda.

—Pues tendremos una coexistencia pacífica y platónica.

—Vale, siento que te estás saltando las reglas, pero haré una excepción. —Noah hace una pausa—. Oye, hablando de ratas topo desnudas, ¿qué pasa entre tú y Matt Olsson?

—No sé si quiero saber cómo has relacionado las ratas topo desnudas con Matt.

—Porque Matt rima con rata, y Olsson suena un poco a topo. De todos modos, solo quiero saber si tú y Matt Olsson sois noviecitos.

Sí, dice «noviecitos». En diminutivo.

—No somos noviecitos —niego rotundamente.

A Noah se le ilumina el rostro.

—¿Alguna vez te han hablado de tus iniciales?

—Ya sé cuáles son mis iniciales.

—Kate Eliza Garfield —dice—. ¡*Keg*! Significa *barril de cerveza* en inglés.

—Qué emocionante.

—Pero —prosigue, inclinándose tan cerca que nuestros brazos se tocan— lo irónico es que no bebes. E icónico también.

Lo miro y niego apenas con la cabeza. Debería estar molesta en este momento. Siendo objetiva, Noah es muy fastidioso. Es un hecho. Pero me parece extrañamente encantador, lo cual es exasperante.

—No estoy tan borracho, Kate. Katypie. Oye, ¿por qué la gente sigue llamándote Katypie? —Se vuelve hacia mí, con los ojos muy abiertos—. ¿Es porque te gusta comer tartas?

—¿De verdad lo quieres saber?

—¡Sí! —Se gira para mirarme de frente, y veo cómo su rostro brilla a la luz del alumbrado público. Ya casi llegamos. Estamos a solo unas pocas casas de distancia de nuestra calle sin salida.

—Bueno. Mi mamá se llama…

—Maggie —finaliza por mí—. Maggie Garfield. Nunca se cambió el apellido, ¿verdad? ¿Por qué no? ¿O no debería preguntar? De todos modos, Garfield es un buen apellido. Me recuerda al gato.

—A todos les recuerda al gato. ¿Quieres que te responda o no?

—¡Sí! Sí, estoy listo. —Frunce el ceño solemnemente—. Adelante.

—No tienes que poner esa cara. No es una historia triste.

—¿Es una historia feliz? —Sonríe de oreja a oreja.

—Ni siquiera es una historia. La cosa es que la gente solía llamar a mi mamá Magpie, que significa *urraca* en inglés. Ya sabes, porque habla más que una urraca. Así que le pedí a todo el mundo que me llamaran Katypie. Tenía unos cinco años.

—Es una historia tierna.

—Si tú lo dices.

—Así es. —Me sonríe. Y luego, antes de que pueda procesar por completo lo que está sucediendo, extiende la mano derecha hacia adelante, y me pasa las yemas de los dedos a lo largo de la mejilla.

Como en una película de Disney. Como Rapunzel.

Deja los dedos quietos y me mira fijamente, con una sonrisa vacilante. Es una locura. No se parece a Noah el Borracho, ni tampoco a un *fuckboy*. Parece un *geek* sincero que está abriendo su corazón.

—Oye, ¿Kate? —dice en voz baja, y la mejilla me arde bajo su tacto. Abro la boca para responder, pero creo que los pulmones me han dejado de funcionar.

Esboza una sonrisita.

—Estoy muy contento de que volvamos a ser amigos.

Amigos. Está aquí, acariciándome la mejilla, pero somos amigos. Por otra parte, esa fue la palabra que usó para describir su relación con Madison Reynolds, y ahí el asunto fue más allá de los dedos y las mejillas. Así que tal vez Noah funcione así. Tal vez los *f-boys* funcionen así en general. Un poco de orgasmo visual y algún que otro contacto facial previamente calculado, y de golpe estás expresando tu amistad con la espalda apoyada contra la nevera de Sean Sanders.

Doy un paso atrás, y Noah hace una mueca de desilusión. Retira la mano y la deja caer a su lado.

—Lo siento. —Traga saliva—. Kate…

—No pasa nada. Estamos bien. —Durante un minuto, me quedo allí con los brazos cruzados mientras mi corazón vuelve poco a poco a la normalidad.

—Kate, lo siento mucho.

La cabeza me da vueltas. Tiene los ojos abiertos como platos, con una mirada puramente embelesada y totalmente anti-Noah. Pero ¿quién soy yo para decir que está embelesado? Es imposible saber cómo se siente una persona por la expresión de su rostro. Porque, por un lado, podría estar actuando. Y la actuación en sí es engañosa. Todo se resume en la idea de que ciertos gestos muestran ciertos sentimientos. La señora Zhao siempre dice que la emoción de la escena debe ser evidente, incluso sin diálogos. Pero es una tontería. Son muchas asociaciones estúpidas que hacemos porque siempre las hemos hecho, y porque todos los demás también las hacen.

¿Cómo puedes saber por la cara de una persona si está enamorada de ti o no? Es una tontería. En la vida real, somos unas criaturas desastrosas que no tienen ni idea de lo que nuestros propios rostros están expresando, y mucho menos los de los demás. Podría convencerme de que Noah está enamorado de mí. Pero luego, se dará la vuelta y anunciará que ha estado saliendo con Madison desde hace un mes.

Sin mencionar a…

—¿Y Mira? —suelto.

Noah arruga el entrecejo.

—¿Mira? ¿A qué te refieres?

—¿Quieres que volvamos a ser amigos, Noah? Entonces, ¿por qué me has traído a casa de Mira?

—Kate, en serio. No estaba pensando…

—¿Y por qué trataste de presionarme para que cantara frente a ella? ¿Después de lo que me hizo?

305

Baja la mirada a sus pies, antes de mirarme a los ojos de nuevo.

—¿Hablas de lo que pasó en el espectáculo de variedades?

—Lo que pasó en el espectáculo de variedades —repito y me río sin emoción—. ¿Te refieres a que publicó un vídeo para burlarse de mí? ¿Y luego hizo capturas de pantalla y creó una cuenta nueva solo para burlarse aún más de mí?

—Kate. Lo siento. Lo siento mucho. No lo había pensado...

—Da igual. Fue hace mucho tiempo. —Se me forma un nudo en la garganta, y empiezo a caminar de nuevo, esta vez más rápido. Me siento... Cielos. Me siento muy estúpida.

Se apresura para alcanzarme.

—Espera...

—Olvida todo lo que te he dicho.

—No está bien. —Se pasa la mano por el pelo—. Kate, te lo juro. Te lo juro por Dios, yo no...

—¡Basta! —Intento tragar saliva y me duele—. Lo entiendo. Estabas borracho y solo querías hacerte el gracioso.

—Kate...

—No quiero hablar más. Por favor.

Cierra la boca y asiente.

Durante el resto del camino a casa, se produce un silencio que flota entre nosotros como un campo de fuerza. Noah se queda conmigo un momento cuando llegamos a la puerta de mi casa, y me sorprende de nuevo lo inseguro que parece. Está abrazándose a medias con el brazo derecho, mientras la mano descansa sobre el hombro izquierdo.

—¿Nos vemos mañana en el ensayo? —Me mira con nerviosismo—. Y lamento todo lo sucedido.

—No, yo...

—En serio, lo siento mucho. Maldita sea.

—De acuerdo.

—De acuerdo. —Se muerde el labio—. Está bien… me iré. —Da unos pasos hacia atrás, en dirección a la calle sin salida.

Una parte de mí quiere quedarse y verlo irse, solo para absorber por completo esta versión inusual y nunca antes vista de Noah. Pero más que eso, quiero encerrarme en mi habitación y olvidar todo lo ocurrido esta última semana.

Escena 65

Cuando bajo las escaleras con mis pantalones de chándal, mi padre ya está sentado en la mesa de la cocina, bebiendo café y leyendo en su iPad.

—Hola, guisantito. ¿Qué tal la fiesta?

—Estuvo bien —digo—. Algo así.

—¿Algo así? —pregunta papá.

—Sip.

—Bueno, tu hermano ha llegado tarde —añade, obviamente tratando de mantener el flujo de la conversación. A veces da vergüenza ajena cuando trata de involucrarse en interacciones humanas. Cuando conoces a mi padre, ya no tienes que preguntarte cómo serán todos esos niños nerviosos y parlanchines del instituto hebreo cuando sean mayores—. Parece que fue un fiestón.

—La mayoría estuvo jugando videojuegos.

Me uno a él en la mesa con un tazón de cereales secos de miel y nueces, y observo cómo llega una cadena de mensajes de disculpa de Noah. Parece convencido de que estoy enfadada con él. Por fortuna, papá está concentrado en su iPad y, por lo tanto, no me hace más preguntas sobre la fiesta. O por qué sigo releyendo los mismos mensajes una y otra vez sin responderlos. No porque esté tratando de demostrar algo al no responder. Solo necesito pensar en cómo escribir un mensaje relajado y casual, porque claramente estoy frente a una conversación relajada y casual. De esas que ocurren a las ocho de la mañana de un sábado.

¿Cómo es que ya estás despierto?, escribo por fin.

Me responde de inmediato: Dormir es para los deberes.

Luego, un momento después, se corrige: DÉBILES. Es para los débiles. Seguido de una fila completa de emojis de un hombre llevándose la mano a la cara. Tal vez debería dormir un poco más, ¿¿¿verdad???

Mejor date prisa, porque el ensayo empieza en dos horas. Añado un emoji roncando, presiono el botón de enviar y me retiro a mi habitación para disfrutar de un momento de calidad con la guitarra. Pero en el momento en el que mis dedos tocan los trastes, escucho un golpe en la puerta. Luego, se abre con un crujido para revelar a un Ryan somnoliento y despeinado.

—Hola. —Bosteza.

—Te has levantado temprano.

—Tú también. ¿Lo has pasado bien esta noche? —Se sienta en el borde de mi cama, frotándose los ojos—. Me hubiera gustado saber que te ibas.

Presiono con fuerza las yemas de los dedos contra los trastes, sin rasguear.

—Es que te lo estabas pasando bien y no quería interrumpirte.

—Es verdad, pero no sabía dónde estabas. Te habría acompañado a casa.

—No pasa nada. Estaba con Noah.

—Lo sé. —Ryan hace una pausa—. Está un poco alterado por eso. ¿Está todo bien entre vosotros?

—¿Qué? Claro que sí. —Me ruborizo.

—Se siente fatal por haberte llevado a casa de Mira. Creo que nunca hizo la conexión con lo sucedido. Yo tampoco, y debería haberme dado cuenta antes. Lo siento…

—No, en serio, no pasa nada. No has hecho nada malo. Yo soy la que necesita aprender a dejar de obsesionarse con el drama desde el octavo curso. Estoy segura de que Mira es superamable ahora. Sé que es tu amiga…

—No es mi amiga. —Niega con la cabeza lentamente—. ¿Crees que sería amigo de Mira Reynolds después de lo que te hizo?

—Ryan, estuvimos en su casa. Vi cómo te abrazaba.

—A ti también te abrazó. Solo estaba borracha. Confía en mí, no somos amigos.

—No tienes que alejarte de Mira Reynolds por mí. Solo espero que no empieces a salir con ella.

—No hay ningún problema. —Ryan bosteza—. Además, no es precisamente mi mayor admiradora. Puede que… perdiera la cabeza con ella después de lo ocurrido en el espectáculo de variedades. Y con Eric.

Casi se me cae la guitarra.

—Espera, ¿te peleaste con ellos?

—No. Dios. No. No me peleo con niños pequeños…

—Apenas tienen un año menos que tú.

—Estaban en la secundaria en ese entonces. Además, no me peleo con la gente. Solo… les envié unos mensajes con algunas palabras fuertes.

—Espera, ¿en serio? —Asiente, y yo solo lo miro, estupefacta—. ¿Te respondieron?

—Bueno, Mira me bloqueó.

—¿Cómo se atreve? —Apoyo la guitarra en el suelo—. ¿Hablas en serio?

—Todavía sigo bloqueado. —Se frota el cuello—. Y bueno, Eric vino a por mí.

—¿A qué te refieres?

—Te lo diré —empieza mientras se recuesta sobre las manos—, pero tienes que prometerme que no se lo contarás a mamá.

—Lo prometo.

Ryan echa un vistazo a mi puerta, como si estuviera preocupado de que mamá pudiera estar pasando el rato en la casa de papá por primera vez en cuatro años.

—Vale, ¿recuerdas esa mancha que tuve en el cuello durante un tiempo en noveno curso?

—¿La mancha que mamá pensó que era un chupetón?

—No era un chupetón.

Sonrío levemente.

—¿Y no te quemaste con el rizador?

—Eh, ¿qué? —Ryan me mira como si le estuviera hablando en marciano—. No, no me quemé con el rizador. ¿Acaso es posible?

—Te sorprenderías. —Asiento con seriedad—. Entonces, ¿qué fue?

Ryan se muerde el labio.

—En serio, no puedes contárselo a mamá.

—No lo haré. Lo prometo. Te lo prometo dos veces.

Ryan respira hondo.

—Vale. Eric Graves me disparó...

—¿QUÉ?

—... con un arma de paintball. Kate, tranquila. Fue una bola de pintura.

—¿En el cuello? —Me cubro la garganta—. ¿Está permitido? ¡No puede estar permitido!

—No lo está.

—No me lo puedo creer. —Parpadeo—. ¿Cuándo habéis jugado al paintball?

—Me colé en el viaje de octavo curso...

—¿Qué? ¿No había adultos acompañantes? ¿Y los entrenadores? Ryan, esos eran los compañeros de trabajo de mamá...

—No me vieron porque tenía toda la cara cubierta con un casco...

—Y luego apareciste con un moretón muy evidente el día después del viaje de paintball de octavo curso, del que mamá obviamente sabía…

—Sí. —Ryan asiente.

—No. No hay forma de que mamá no se haya dado cuenta. No puede ser.

—Lo sé. No podía creerlo. Pero supongo que estaba distraída.

—¿Distraída?

Ryan me mira.

—¿Te acuerdas de esa semana?

—¿La semana del espectáculo de variedades?

—Kate, no parabas de llorar. Fue brutal. Mamá pensaba que era su culpa por haberte convencido, y tú ni siquiera le hablabas. Y luego te teñiste el pelo del color de la taza del retrete. Como estabas hecha un desastre, y ella también… me aproveché.

—Pero no sabías que Eric te iba a disparar. —Exhalo—. Ay, Ryan. ¡Eric te disparó! ¡Y es culpa mía!

—No. Kate. No fue culpa tuya. Él es un imbécil. —Ryan se endereza y se levanta de la cama—. En fin, ¿estás bien? Voy a volver a mi cama.

—¡Espera!

Se vuelve hacia mí, bostezando, con las cejas levantadas.

—¿Sí?

—Eh, escucha. —Me froto la mejilla—. No estoy en buenos términos con Andy.

Ryan hace una mueca.

—¡Oh! Vale. Vaya. ¿Quieres…?

—No quiero hablar del tema —aclaro con rapidez—. Pero hoy tengo un ensayo. Así que…

—Déjame adivinar. Necesitas que te lleve.

Le dedico mi mejor sonrisa suplicante.

Escena 66

Media hora más tarde, estamos aparcados en el camino de entrada de Noah, esperando a que el rey Sextimus termine de cepillarse los dientes. Más bien, la tortuga Sextimus.

Echo un vistazo al reloj del salpicadero y vuelvo a mirar la ventana de Noah.

—¿Por qué tarda tanto?

—Pues tiene una escayola…

—No necesitas las dos manos para cepillarte los dientes.

Ryan se encoge de hombros.

—Solo te transmito lo que me ha dicho.

Me muerdo el labio, ya que me siento culpable al instante. Porque Ryan es un santo por llevarme al ensayo, y lo último que se merece es que me ponga de mal humor.

—En serio, gracias de nuevo por llevarnos.

—No te preocupes. —Bosteza—. No es ninguna molestia.

—Sabes… —Me vuelvo hacia él para mirarlo, con una idea en mente—. Si quieres, puedes quedarte en el ensayo.

—Eh, no creo que sea necesario.

—Solo era una sugerencia. Brandie estará allí.

—Vale… —El móvil de Ryan vibra en el portavasos, y lo agarra—. Muy bien, Noah dice que bajará en…

—Por cierto, Brandie es capricornio —le informo.

Ryan parece un poco desconcertado.

—¡De verdad! Su cumpleaños es en Navidad, lo cual es una mierda, porque recibe la mitad de los regalos, y alguien siempre se olvida de saludarla. Yo no, por supuesto. Los judíos no. Siempre recordamos. —Me golpeo el pecho—. Pero creo que todo se equilibra, porque sus regalos dos en uno son épicos. Por ejemplo, muchas muñecas American Girl. Vale, no es que sean muchas por año…

—Eh… no estoy seguro de a dónde quieres llegar —dice Ryan.

—Lo que quiero decir es que Brandie es capricornio, y tú eres virgo, ¡lo cual es perfecto! —Me beso la punta de los dedos.

—Realmente no tengo ni idea…

—Solo quiero que sepas que apruebo este flechazo. Y puedo echarte una mano. Seré tu compinche.

—¿Crees que estoy enamorado de Brandie?

Lo miro.

—Venga. ¿Por qué otra razón estarías dispuesto a pasar tanto tiempo conmigo?

—Déjame ver si lo entiendo. Crees que la única razón por la que podría querer pasar tiempo contigo es porque me gusta Brandie.

Inclino las palmas hacia arriba.

—¿Qué más podría ser?

La puerta detrás de mí se abre de golpe, así que giro la cabeza, sobresaltada.

—¡Hola! —Noah me sonríe, deslizándose por el asiento para sentarse detrás de Ryan—. Lamento la tardanza.

Miro fijamente su rostro. Hay algo extraño en la piel debajo de sus ojos.

—¿Te has puesto… maquillaje?

—No hay nada de malo en que los hombres usen maqui-llaje —responde Noah con altivez.

—Tienes razón. Es solo que… —Reprimo una risa—. Por lo general, la gente trata de que el maquillaje coincida con su tono de piel.

—¡Sí coincide! —Se inclina hacia adelante y se mira en el espejo retrovisor.

—Mmm. —Cierro un ojo.

—Se te ve un poco… pálido —señala Ryan.

Asiento.

—Pareces un mapache, pero al revés.

—Oh, bueno, disculpadme por tratar de parecer un poco más despierto. —Se toquetea debajo del ojo—. Creo que se ve bien.

—Genial. Lo importante es que a ti te guste.

Hace una pausa.

—Vale, pero si tienes…

—Aquí tienes. —Le paso una toallita desmaquillante.

Ryan enciende el coche, pero luego me mira.

—¿Quieres conducir?

Lo miro de reojo.

—Oh. ¿Qué?

—¿Quieres conducir? Me sentaré en el asiento del copilo. —Se encoge de hombros—. Deberías practicar.

—Tienes que tener veintiún años para conducir conmigo.

—¿Y no se supone que debo tener veintiún años para beber?

—*Bum* —dice Noah desde el asiento de atrás. Simula tirar un micrófono, pero en lugar de un micrófono, lo hace con la toallita desmaquillante.

—Ryan, no… No quiero que me arresten cuando falta menos de una semana para la noche del estreno.

—No nos van a arrestar. Venga. Podemos regresar rápido a casa para buscar tu permiso.

—¿Crees que mi permiso de principiante va a ayudarnos cuando nos arresten? ¿O cuando choque el coche? ¿Estás loco?

—Kate, has asistido a clases de Educación Vial. No eres una mala conductora. Solo necesitas práctica. Te aseguro que podrías tener tu carnet…

—¡Bueno! —interrumpe Noah, mientras termina de limpiarse los ojos frente al espejo retrovisor—. ¿Cómo estoy?

Ryan mira hacia el espejo y levanta un pulgar hacia arriba.

—Todo limpio.

—Y prometo que conseguiré mi carnet, ¿de acuerdo? Estoy ocupada.

—Has estado ocupada desde marzo.

—Ryan. La obra se estrena el viernes. Es literalmente la última semana de ensayo.

—Vale. Pero termina el domingo, ¿verdad? ¿Y luego qué?

—Tendremos la fiesta del elenco —dice Noah—. No se permiten *fuckboys*.

—Sí, es verdad. —Me vuelvo hacia Ryan—. ¿Ya estás harto de llevarme a todos lados?

—No. —Ryan me lanza una media sonrisa y pone los ojos en blanco—. Solo quiero asegurarme de que podrás moverte sola el próximo año.

Revisa los espejos y empieza a retroceder poco a poco. Es curioso, pero estoy haciendo notas mentales de dónde está mirando y de dónde están sus manos. Salir marcha atrás es la parte que menos me gusta de conducir, pero Ryan hace que parezca fácil.

Tal vez algún día sea fácil para mí también.

Escena 67

—Vale, ya sabéis qué hacer —dice la señora Zhao—. Ensayaremos toda la obra, dos veces. De principio a fin. En el primer ensayo, puede que os interrumpa para hacer algunos ajustes. En el segundo, estaréis solos. Y como recordatorio, la última semana de ensayo empieza mañana. —Algunas personas se quejan—. Lo sé. Lo sé. Pero resistiremos y le daremos forma a este musical. ¿Puedo contar con vosotros?

—¡Sí! —grita el señor D desde el piano. Empieza a tocar la canción del equipo de fútbol, porque al parecer aquí somos grandes fanáticos de los deportes. Noah y yo cruzamos las miradas en un momento, y no tardo en apartar la vista, sonriendo.

—Tenemos los atuendos colgados en los vestidores por orden alfabético. En las perchas, veréis una etiqueta con vuestro nombre. Si queréis ensayar con vuestro atuendo, adelante. Pero por favor… por favor… volved a guardarlo en el lugar exacto donde lo encontrasteis. E insisto, no comáis con el atuendo puesto. —La señora Zhao exhala—. ¿Cómo os sentís?

—De maravilla —responde Emma, mirando con intensidad alrededor del círculo.

—Entonces, acercaos —dice la señora Zhao, y todos nos apiñamos—. Uno, dos, tres... SOMOS ROSWELL HILL, Y ESTAMOS JUNTOS EN ESTO.

—¡Yupii! —Lindsay Ward hace una patada de animadora y aterriza con las manos en las caderas—. ¡Vamos, equipo! ¡Vamos!

Por suerte, Anderson está en prácticamente todas las escenas, e incluso cuando se encuentra entre bastidores, por lo general tiene ordenes de entrar desde la izquierda del escenario. Así que pasa la mayor parte de su tiempo en el lado opuesto al mío. Podría considerarlo un golpe de suerte.

Por supuesto, Matt es una historia diferente. Para ser sincera, no me puedo creer que esta sea mi vida ahora. Mi interés amoroso en el musical es mi flechazo no correspondido de la vida real. Que ahora está saliendo con mi mejor amigo.

Sin embargo, ahora que la conmoción ya ha pasado, creo que he aceptado el hecho de que no le gusto a Matt. Ni siquiera es algo personal, ya que es gay. Me siento como Éponine. *Nunca ha sido para mí.*

Incluso me estoy haciendo a la idea de que Matt y Anderson sean pareja. Pero la idea de que Matt sepa que estuve enamorada de él... no puedo librarme de esa sensación. No puedo dejar de pensar en cómo se ve la situación desde el punto de vista de Matt. Mi flechazo triste y erróneo. Detesto que la gente sienta pena por mí. Me hace parecer una perdedora. Cuando alguien siente pena por ti, no puedes evitar convertirte en una persona penosa, al menos un poco.

Es suficiente para que una persona quiera encerrarse en un vestidor para siempre.

Para ser justos, en los vestidores está el epicentro de la diversión. Siempre me olvido de lo mucho que me encantan estos momentos entre bastidores. Hace unos años, alguien quitó los carteles que dividen los baños por género, y ahora usamos ambos de forma indistinta. Hay pequeños compartimentos para cuando realmente te estás cambiando, pero en general, la gente simplemente se recuesta en sillas plegables, come pretzels y escucha la lista de reproducción oficial de *Once Upon a Mattress*, compilada por Lana Bennett. Hay que reconocer que está llena de canciones pegadizas.

Merece la pena señalar algo ahora que estoy sentada en un círculo, justo entre Margaret Daskin y Emma McLeod, a quienes de pronto les confío la vida, a pesar de que apenas nos hablamos fuera del ámbito teatral. Se trata de estos vínculos inusuales. Nunca vi estas relaciones como amistades verdaderas, porque ni siquiera conocemos los secretos de la otra persona. Pero si puedes sentarte en una habitación con alguien y sentirte como en casa, ¿de qué otra manera lo llamarías?

Devon Blackwell aparece en la puerta con su carpeta.

—Vale, el juglar está comenzando el prólogo. Necesitamos a Aggravain, Sextimus, Dauntless, al hechicero, Lady Larken, Lady Rowena, Lady Merrill, Lady Lucille, a la princesa número doce y... —pasa la página—... cualquier otro caballero y dama para el primer acto, escena uno. Preparaos, por favor.

—Raina, Noah y Anderson ya están listos, a la izquierda del escenario —anuncia Emma, girando su silla de ruedas hacia la puerta—. Pero Colin y Pierra están, eh... en la cabina de iluminación.

—¿Por qué no me sorprende? —Devon parpadea dos veces y niega con la cabeza lentamente.

Escena 68

—**Z**hao va a renunciar —les susurro a Raina y Brandie dos horas y media más tarde, mientras nos colocamos en distintas plataformas junto a la escenografía para nuestra primera ronda de sugerencias—. Seguro que nos dirá: «No, sois un desastre, mejor me voy».

—Siempre dices lo mismo —comenta Brandie.

—Lo sé, pero esta vez estoy segura. Tengo un presentimiento. —Me apoyo contra la pila de colchones y doblo las piernas en forma de triángulo—. Todo esto se debe a que perdimos un ensayo el sábado por los festejos de Rosh Hashaná. Así que, si todo sale mal, nos echarán la culpa a los judíos.

—Nadie le echará la culpa a nadie —asegura Brandie, arrastrándose hasta quedar a mi lado. De pronto, empieza a olfatear el aire—. Mmm, creo que ha llegado la pizza.

—Espero que Zhao se dé prisa con sus comentarios. Tengo hambre —dice Raina.

—Kate, el musical no va a salir mal —continúa Brandie—. Siempre nos pasa lo mismo, ¿recuerdas? Lo ensayamos, nos parece difícil, seguimos adelante, mejoramos y, para la noche del estreno, saldrá genial. Como siempre.

—Me gustaría adelantar el tiempo —digo—, para llegar a la mejor parte.

—Está hambrienta e irritada —le dice Raina a Brandie—. Ya verás. Cuando coma una porción de pizza, será una persona completamente nueva.

—Cierra la boca. —Empujo el brazo de Raina.

—¿Estoy equivocada?

Dejo escapar un profundo suspiro.

—No lo estás.

Está prohibido comer pizza en el escenario, cerca de las piezas de la escenografía, por lo que nos dirigimos a los asientos del auditorio y al vestíbulo. Anderson y Matt desaparecen casi de inmediato, lo cual no me duele tanto como pensaba. Tal vez he sentido una punzada rápida en el pecho, pero más que nada, estoy aliviada de poder sentarme con Brandie, Raina, Colin, Pierra y el resto, y no tener que preocuparme por evitarlos.

Pero tan pronto agarro una porción de pizza y una botella de agua, Noah se materializa a mi lado.

—Oye, ¿quieres comer afuera?

Asiento.

—¿Quieres que avise a Raina y Brandie?

—Oh. —Presiona los labios—. Había pensado en salir solo nosotros dos.

—Oh.

—Pero si no…

—Vale. —Siento un pinchazo justo debajo de la caja torácica—. Está bien.

—Genial —dice, sonriendo, y lo siguiente que sé es que estoy atravesando una fila de asientos detrás de él para salir por la puerta lateral del auditorio. Me siento un poco rebelde al escapar en medio del ensayo, a pesar de que estamos en horario de descanso hasta las dos y media. Noah encuentra un lugar en la parte trasera del auditorio, donde nos sentamos para disfrutar de un picnic en la acera. Deja su pizza en el suelo y se apoya contra la pared de ladrillo exterior del instituto—. Perfecto.

—Mucho mejor que el vestíbulo —coincido—. Oye, has hecho un trabajo estupendo esta mañana.

Se ve sorprendido y complacido al mismo tiempo.

—¿Yo?

—No he visto la interpretación de *Man to Man Talk* desde la primera lectura del guion. Sois la mar de graciosos.

—Bueno, tú también.

Se me escapa una risa.

—Se supone que mi personaje no es gracioso.

—Eso lo hace aún más impresionante.

—Me parece que así no funcionan las cosas. —Niego con la cabeza, sonriendo.

—Bueno, has hecho un buen trabajo. Matt también. ¿Seguro que no estás saliendo con él?

—Ja, ja.

—¿No sois noviecitos? —Noah me mira de soslayo y, durante un momento en el que se me revuelve el estómago, estoy segura de que conoce toda la historia. Tal vez Andy y Matt realmente soltaron la lengua en T Avanzado. Pero hay algo en cómo me mira Noah que me hace pensar que me lo está preguntando en serio. Es como si estuviera tratando de leer mi expresión.

—No somos noviecitos. Ya te lo he dicho.

—Claro, cuando volvimos a casa caminando —dice, asintiendo—. Oye.

Me giro para mirarlo de frente, pero no me da más detalles.

—¿Qué? —pregunto al final.

Asiente, abre la boca, la cierra, esboza una sonrisa nerviosa y luego la vuelve a cerrar, y casi me río por la secuencia. Es tan Noah. Pero algo me detiene. Tal vez sca el extraño destello de incertidumbre en sus ojos. O tal vez la forma en la que mi propio corazón no deja de latir a toda velocidad.

—Vale, pues… —dice al final—. Te debo una disculpa. Unas cuantas disculpas.

—¿Por qué?

Parece que no sabe si se lo estoy preguntando en serio o no.

—Por lo de anoche. Por llevarte a casa de Mira. Por emborracharme y ponerme raro.

—Noah, ya te has disculpado más de veinte veces. ¡No pasa nada! No estoy…

—Lo sé, lo sé. No estás enfadada. Pero todavía me siento fatal. Siento que te estoy dando una impresión equivocada de mí mismo.

—Te conozco desde que teníamos once años.

—Lo sé, pero ahora crees que soy un *fuckboy*.

Reprimo una risa.

—Vale, entonces…

—Estoy enfadado conmigo mismo por demostrarte que tenías razón.

Está tan serio que tengo que abrazarlo.

—Noah, no eres esa clase de *f-boy*.

—¿A qué te refieres?

—No eres un imbécil. Apenas cumples con las características de un deportista promedio. Ni siquiera te muestras tan cachondo…

—Gracias. —Resopla.

—Hablo en serio. —Lo empujo de lado con mi hombro—. Después de todo, solo te he visto besar sin cuidado a una chica…

—Para que lo sepas, eso fue parte de un reto. Madison y yo somos amigos. No es lo que parece.

—De acuerdo.

—Además, beso mucho mejor que eso. Mucho mejor. Ese momento no fue representativo de mis habilidades.

—No lo sé. Tal vez debería preguntarle a Camilla...

—Kate, no bromeo.

—Noah. —Inclino las palmas hacia arriba—. No me importa. Puedes besar a quien quieras y como quieras.

—Ojalá sí te importara —revela Noah.

Se me corta la respiración.

—¿Qué?

—No lo sé. —Niega con la cabeza—. Es que... vale. Te voy a contar algo, pero no quiero que pienses que soy un completo idiota...

—No voy a pensar eso.

Dios, mi corazón no quiere mantener la calma. Ni siquiera un poquito. Me está latiendo a mil por hora, y Noah sigue respirando hondo, pero no habla, y te juro que no estoy...

—Me rompí la muñeca durante un entrenamiento —explica Noah, con la mirada fija en sus pies—. Pero no jugando al béisbol. Fue la estupidez más grande de todas.

Hace una pausa, pero no habla. De pronto, siento que arruinaré el momento si me muevo, respiro o hago cualquier otra cosa.

—Habíamos decidido pasar el fin de semana en un campamento —continúa Noah después de un rato—. Allí hicimos uno de esos ejercicios para fomentar el espíritu de grupo. —Sonríe y desvía la mirada rápidamente hacia mí como si quisiera asegurarse de que no me lo he perdido hablando con terminología teatral. Le devuelvo la sonrisa—. La cuestión es que Jack y otros chicos conocieron a unas tías de este otro campamento, por lo que idearon un plan para que todos nos escapáramos después del horario límite y nos encontrásemos en el bosque. Para beber y pasar el rato. Y la realidad es que funcionó. El entrenador Franklin se acostó temprano, y Jack se estaba escribiendo con una de estas chicas, así que al final todos nos escabullimos en silencio. Afuera estaba completamente oscuro. Estábamos muy muy lejos de

Atlanta. No sé si Ryan alguna vez te ha hablado de este lugar. Lo detesta. Está plagado de insectos.

Reprimo una sonrisa.

—Bueno, éramos como doce personas en las profundidades del bosque, y luego… me asusté. —Hace una pausa para respirar hondo—. No por estar incumpliendo el horario, ni por temor a meterme en problemas, ni tampoco por estar en un bosque con osos…

—¿Había osos? —Me quedo boquiabierta.

—No lo sé. Me gustaría decirte que sí, porque entonces podría contarte cómo me rompí el brazo huyendo de un puto oso gigante. Pero no… simplemente estaba abrumado. Por la situación en sí y por no saber de qué iba a hablar con estas chicas. Y tampoco sabía si era un encuentro para ligar o algo más relajado. Estábamos a punto de llegar al lugar de encuentro, pero yo salí corriendo.

—Y en ese momento, el oso empezó a perseguirte.

—Exacto. —Sonríe—. Y luego un oso… ja, ja. En fin, me tropecé con una raíz y aterricé así. —Hace una demostración con el brazo que no está escayolado, y presiona la mano sobre el suelo—. Y esa fue la historia. Me rompí la muñeca huyendo de chicas sexis. *Voilà*.

Sonrío en mi puño.

—Ay, Noah.

—Lo sé. —Exhala—. A lo que quiero llegar es a lo siguiente. En cierto modo, tiene mucho que ver con lo que sucedió anoche. —Cierra los ojos—. Realmente no le cuento esto a nadie, pero… no se me dan bien las situaciones sociales. Me siento raro, abrumado e incómodo, y por eso a veces bebo alcohol. Y sé que está mal…

—No está mal.

Sonríe apenas, pero no habla.

—No es necesariamente saludable, pero no te convierte en una mala persona. Por lo que dices, parece ansiedad social.

Además, cualquiera se sentiría abrumado por una fiesta así. ¿Un grupo de chicas sexis y osos en medio del bosque?

—Bien visto.

—Y ni hablar de si los osos llevaban pantalones o no...

Asiente con seriedad.

—No, no llevaban pantalones.

—Lo suponía. Qué pervertidos.

Noah se echa a reír.

—Así que crees que tengo ansiedad social.

—No es algo malo. —Me encojo de hombros—. Creo que yo también.

—Pero no te veo bebiendo y haciendo el ridículo.

—Sí, porque no soy una *fuckgirl* —respondo, y él se ríe a carcajadas—. Pero, en serio, ¿por qué crees que hago teatro?

—¿Porque los deportes no son lo tuyo?

—Cierra el pico. —Lo golpeo, sonriendo—. Porque me gusta tener un guion. Me gusta que me digan dónde posicionarme y qué hacer con las manos. Yo también habría huido de esas chicas. Porque me aterra la ambigüedad de la situación. Nadie te da diálogos. Nadie te dice cuál es la obra. —Suspiro—. El teatro es mucho mejor que la vida real.

—Hacer teatro es genial. —Me mira con tanta atención que siento como si me hubiera tragado un rayo de sol—. Bueno, ahora sabes por qué estaba actuando como un *fuckboy* borracho anoche.

—No pasa nada. En serio.

—Estaba tan concentrado en hallar mi propia zona de confort que no me di cuenta de que te hice sentir incómoda. No es guay. —Niega con la cabeza—. Necesito aprender a ser guay a tu alrededor.

Trato de contener una sonrisa.

—No hace falta que seas guay conmigo.

—Trato hecho. —Su mirada se cruza con la mía. Y de pronto, estamos a centímetros de distancia.

Siento como si estuviera a punto de subir a un escenario. Como si todas las células de mi cuerpo se despertaran al mismo tiempo. Se inclina hacia adelante.

—¿Kate? ¿Hola? ¿Noah?

Noah se endereza de golpe, con los ojos muy abiertos, y me lanza una sonrisa rápida e incómoda.

—Chicos, son las 14:28. ¿Dónde estáis? —Parece que Devon Blackwell está a la vuelta de la esquina, ya que su voz llega débilmente hasta nosotros.

—¡Hola! Lo sentimos. —Me incorporo de un salto y me apresuro a recoger los platos y las botellas—. Estamos aquí. Ya estamos listos. Lo sentimos mucho. —Avanzo a toda velocidad por el perímetro del instituto, con Noah arrastrándose detrás de mí. Cuando echo un vistazo hacia atrás, parece que está a punto de estallar en carcajadas.

Trato de fulminarlo con la mirada, pero es inútil.

Durante el resto de la tarde, cada vez que lo miro, se me pone la piel de gallina.

Escena 69

Como era de esperarse, Ryan ignora mis mensajes. Lo cual es genial. Porque Brandie se va con Raina, y a Raina solo le permiten conducir con una sola persona de acompañante. Y no es que pueda llamar a mi madre, porque querrá saber por qué no vuelvo a casa con Matt y Anderson.

Al parecer, no me queda otra opción.

Salimos por la puerta lateral del auditorio, para que la señora Zhao y el señor D puedan cerrar con llave detrás de nosotros, y termino caminando al lado de Noah.

—Bueno. —Le sonrío.

—Bueno. —Agita el brazo escayolado—. Adivina lo mucho que odio no poder conducir en este momento —comenta con ligereza. Tiene un brillo en los ojos, y siento un agradable hormigueo que me recorre de la cabeza hasta los pies.

Eso fue real, ¿verdad? Noah Kaplan casi me besa durante el descanso. Justo afuera del auditorio. Un beso completamente improvisado.

—¿Nos vemos el lunes?

—¿Kate? —Matt aparece detrás de mí, con las llaves en mano—. ¿Lista?

—¡Sí! Lo siento. —Le dirijo una sonrisa rápida a Noah.

Me saluda con la mano sana y luego se aleja para esperar su viaje compartido.

Y ahora no puedo dejar de pensar en que probablemente estaría besando a Noah Kaplan en este preciso instante si tuviera mi carnet de conducir.

Tengo dieciséis años, tengo acceso a un coche y ya fui a clases de Educación Vial. Literalmente no tengo excusa para no tener un carnet. No se trata de un error, ni de mala suerte ni de un momento inoportuno. Simplemente elegí confiar en mis amigos para que me lleven a donde necesite. O en mi hermano. O en mis padres. Y algo me dice que ninguno de ellos se muere por llevarme a la casa de Noah para que podamos besarnos en su habitación.

Lo he dicho un millón de veces: no tengo habilidades seductoras. Yo misma interfiero en mi vida amorosa. De hecho, ahora es un factor mensurable. Es culpa mía que no esté besando a Noah Kaplan en esta gloriosa tarde de septiembre.

En lugar de eso, soy la sujetavelas de Andy y Matt. Qué guay, teniendo en cuenta que Andy y yo no hemos hablado desde nuestra charla superdivertida en el baño el jueves pasado. Me sorprende darme cuenta que fue hace solo dos días. Parece como si hubiera pasado una eternidad. Creo que es la mayor cantidad de tiempo que Andy y yo hemos estado sin hablar desde que nos conocimos.

En cuanto a Matt, estoy demasiado avergonzada como para mirarlo.

Trato de permanecer unos metros detrás de los chicos mientras atravesamos el aparcamiento y me subo directo al asiento de atrás, antes de que Andy pueda siquiera pensar en ofrecerme el asiento del copiloto. Y durante los primeros minutos del viaje, reina un silencio sepulcral.

—Gracias por llevarme —digo al final.

—De nada —Matt me dedica una sonrisa en el espejo retrovisor—. ¿Tienes planes para hoy?

—Tengo que ponerme al día con los deberes.

O también podría encerrarme en mi habitación y revivir cada segundo de los cuarenta y cinco minutos que pasé afuera con Noah. Sobre todo, ese momento al final donde juro (y no exagero) que me habría besado si Devon no hubiera aparecido.

Excepto que mis pensamientos no vuelven solo a ese beso que nunca tuvo lugar. Ni tampoco a la cercanía de nuestros cuerpos, ni a sus ojos eléctricos y brillantes, ni a su risa… que bien podría ser la mejor canción del mundo.

La conversación es lo que más recuerdo.

Sigo pensando en este lado secreto de Noah, el chico que se siente abrumado y ansioso frente a las interacciones humanas, pero que va a las fiestas de todos modos. El chico que literalmente se quiebra al huir de situaciones sociales ambiguas. Creo que soy la única persona en todo el mundo que realmente conoce a Noah.

Y me muero de ganas de conocer más.

—… si quieres —está diciendo Matt. Levanto la vista con un sobresalto y noto que me está mirando de nuevo a través del espejo.

Me ruborizo.

—Lo siento, ¿puedes repetirlo? Es que…

—Claro, Andy y yo vamos a ver *Anastasia* en su casa. Deberías venir.

—Oh, lo siento. No creo que sea… —Pero alcanzo a ver el ceño fruncido de Matt y rápidamente cambio las palabras—. Estoy muy atrasada con Álgebra.

—Vale —dice en voz baja.

Andy cambia de posición en su asiento, justo frente a mí. No ha dicho ni una sola palabra en todo el viaje y, por supuesto, estoy sentada en el único lugar donde no puedo verle la cara.

Siento una punzada de nostalgia, tan aguda que casi me quedo sin aliento. Dos días sin hablar. Evitarlo fue la decisión correcta, porque estar tan cerca de él es prácticamente insoportable.

Es como estar en la entrada de tu propia casa, pero sin las llaves.

Escena 70

Matt se queda en casa de Anderson hasta mucho después de la cena, lo que me parece más que bien. Hace que sea mucho más fácil evitarlo. Por supuesto, él sabe muy bien que lo estoy evitando, lo cual me hace sentir un poco mal. Sin embargo, no me ha insistido con el tema.

Hasta esta noche. Cuando llama a la puerta de mi habitación.

Durante un segundo, considero esperar a que se vaya. Fingir que me dormí temprano o algo así. Estoy segura de que ve las luces encendidas por debajo de la puerta, pero tal vez podría fingir que me quedé dormida haciendo los deberes de Álgebra. Pero no me atrevo a mentirle, al menos no de una forma tan directa.

—¿Qué pasa? —pregunto en voz baja. Tal vez demasiado baja. Tal vez ni siquiera me escuche a través de la puerta. Tal vez…

—¡Hola! —Matt abre la puerta—. ¿Puedo pasar?

—Claro. ¿Estás bien?

—Sí —dice con rapidez y entra. Cierra la puerta detrás de él con cuidado—. ¿Y tú?

Me apoyo contra el cabecero de la cama, y mis labios se curvan en una sonrisa. Matt es el chico más adorable de todos. Es muy agradable. Y vale, puede que sea una chica sumamente despistada y desesperada en todos los sentidos, pero al menos no me enamoré de una persona terrible. Tengo un gusto excelente para los chicos inalcanzables.

Matt se sienta a mi lado.

—¿Podemos hablar?

—Sí. —Me siento extraña e inestable. Mamá y Ellen ya están en sus respectivas habitaciones, y ni siquiera sé dónde está Ryan. Así que estamos muy solos aquí, por primera vez desde Bruster's.

—Pues… —empieza Matt, apoyándose sobre las manos.

—Sé que piensas que te estoy evitando porque eres gay —me apresuro a decir.

—Espera, ¿qué? —Se vuelve a sentar y me mira a la cara—. ¿Por qué pensaría eso?

—Porque he sido una amiga de mierda, tampoco te he apoyado y…

—No, no, no, no, no. —Niega con la cabeza con firmeza—. De ninguna manera. No te atrevas a robar mi momento de disculpa.

—¿Por qué quieres disculparte?

—Porque… —Se sonroja—. Kate, lo siento mucho. Sé que Andy te contó que…

El corazón se me sube a la garganta.

—No tienes que disculparte por eso.

—Lo sé, pero me siento mal. Debo hacerlo.

—No. ¡Matt! —Siento tanto pánico que ni siquiera puedo pensar con claridad. Tengo pensamientos confusos, se me retuerce el estómago y no entiendo cómo la gente se las arregla para lidiar con estas situaciones. ¿Cómo puedes admitir este tipo de cosas y decirlas en voz alta con total naturalidad? Considerando que la otra persona sabe que te gusta. O que te gustaba. No puedo no montar un escándalo—. Matt, no puedes...

—Me siento fatal, Kate. ¿No has notado la tensión que había en el coche hoy? Tú y Andy sois muy importantes el uno para el otro. —Se sorbe la nariz. Un gesto tan silencioso que apenas lo escucho.

Trago saliva, en un intento desesperado para no llorar.

—Matt, no sé qué crees que has hecho mal. Estoy feliz por vosotros. En serio.

Y es curioso. En este pequeño instante, lo digo con toda honestidad. Estoy tan feliz por ellos que no tengo palabras para describirlo. El primer beso de verdad de Andy fue con un chico del que está locamente enamorado. Con un chico que realmente se lo merece. Y tengo la oportunidad de estar aquí para verlo. Para ver cómo mi mejor amigo se enamora.

De pronto, me echo a llorar.

Matt me sujeta de la mano.

—Kate...

—Sabes que no estoy enfadada, ¿verdad?

—Lo sé —dice Matt, con esa gran sonrisa que tiene cuando está triste—. Pero lo entiendo. Es una nueva experiencia para ambos. Andy me dijo que esta es la primera vez que hay un chico saliendo con alguno de vosotros. —Se ruboriza de repente, como si estuviera preocupado por haber hablado más de la cuenta—. No quise decir...

Me seco las lágrimas, riéndome.

—Está bien. No le gusto a nadie. Puedes decirlo.

—Eh, no me refiero a eso. —Su risa se une a la mía, solo durante un momento, ya que luego su voz se torna suave y seria—. Lo que quiero decir es que entiendo cómo las cosas han cambiado. Siempre habéis sido inseparables, y desde que aparecí yo, parece que también surgió la necesidad de competir por el tiempo y la atención de Andy y... no sé, no me estoy expresando bien. Solo quiero que sepas que nunca, pero nunca, me interpondré entre vosotros.

—Lo sé —respondo lentamente, mientras un pensamiento comienza a formarse en mi mente. Pero no puedo captarlo del todo—. ¡Sé que no eres así! Soy yo quien ha…

—No. No quiero que te eches la culpa. Solo quería que hablemos del tema. Eres la mejor amiga de Anderson, y lo respeto completamente. Nunca te usurparé ese lugar.

—Usurpar. —Sonrío—. Me parece que alguien ha estado estudiando vocabulario.

—Así es.

Y en ese momento, la realidad me golpea.

Esta conversación no es sobre mi flechazo por Matt.

La vuelvo a reproducir en mi cabeza, con el corazón acelerado. Una experiencia nueva. Competir por el tiempo y la atención de Andy. Sin intenciones de interponerse entre nosotros.

Mierda.

Matt no sabe que tuve un flechazo por él.

Lo que significa que Anderson guardó mi secreto. Le grité en el baño, ignoré sus mensajes y lo llamé un amigo de mierda, pero nunca dijo nada. Escondió toda esa parte de sí mismo de Matt, solo para protegerme de la vergüenza.

Y, aun así, lo traté mal.

Escena 71

Ahora estoy desesperada por hablar con Anderson. Es lo único en lo que pienso. Pero las posibilidades de que lo encuentre a solas durante la última semana de ensayo oscilan entre «no» y «ni hablar».

El ensayo del lunes dura hasta las ocho y, excepto cuando estamos arriba del escenario, Andy y yo apenas nos cruzamos. Incluso después de terminar, Andy se queda una hora más para seguir ensayando *Song of Love*. Para ser sincera, creo que tenemos más posibilidades de charlar en privado en medio de la clase de Historia.

Tal vez debamos salir de las instalaciones en horario de clase.

Nunca lo he hecho. No poder conducir tiende a interferir con el estilo de vida que llevan las personas que se saltan las clases. Pero los *f-boys* lo hacen de forma constante. En un día cualquiera, hay al menos dos o tres escritorios vacíos. Incluso Noah falta a la clase de Historia el martes, pero sé que no lleva el estilo de vida de un *f-boy*. Hoy no.

La cosa es que si quiero saltarme una clase, hoy es el día ideal para hacerlo. El señor Edelman está dando una lección sobre los padres fundadores, y Dios sabe que ya tenemos esa información incorporada. Sigo mirando de reojo a Anderson para ver si está pensando en *Hamilton* como yo. Y en efecto, ahí está, apenas conteniendo una sonrisa. Con hoyuelos y todo. Y aunque tiene la mirada fija en sus notas, creo que sabe que lo estoy observando.

Pero no soy capaz de reunir el valor suficiente para tocarlo o pasarle una nota o susurrar su nombre. Lo cual es una locura. Estamos hablando de Anderson. No de un flechazo. Pero me siento incómoda porque soy consciente de que me equivoqué. Y ahora la timidez me supera. Todas las interacciones parecen forzadas. Cada movimiento parece malintencionado, ya sea porque es demasiado casual, o demasiado formal.

Pero no puedo acobardarme. Ya no. Tengo que hacer algo a lo grande.

Los ojos del señor Edelman vuelven a sus notas de clase, y dejo de pensar.

Es ahora o nunca.

Muevo todo el cuerpo hacia un costado e inclino el escritorio más y más cerca del de Anderson, hasta que se estrella contra el pasillo que nos separa. Durante un momento, me quedo ahí, sorprendida. Sí, fue premeditado, pero en realidad no pensé que lo haría. Ni siquiera puedo participar en las caídas de confianza. Y ahora todos mis compañeros me están mirando.

Me pregunto si así se siente Noah.

Raina suelta un grito ahogado.

—Mierda. —Brandie salta de su asiento para ayudarme a levantarme.

—Chicos, hay que ser más cuidadosos —dice el señor Edelman mientras se frota el mentón con cansancio—. ¿Estás bien, Kate?

—Sí —respondo con rapidez—. De maravilla. ¿Puedo ir a la enfermería?

Lana Bennett me mira con recelo desde el otro lado del aula.

—Acabas de decir que estás de maravilla.

—Así es, pero nunca se sabe, ¿verdad? ¿Y si tengo alguna hemorragia interna? —Levanto el escritorio y lo deslizo hasta dejarlo en su lugar—. Creo que será mejor que alguien me revise, solo para estar segura.

El señor Edelman suspira.

—Te daré un pase de pasillo.

—¡Gracias! ¿Puede ser uno para Anderson también? Quizás necesite algo de ayuda.

Puedo sentir la mirada sorprendida de Anderson, pero me obligo a mirar al frente. El señor Edelman cierra los ojos brevemente.

—¿Por qué no? ¿Necesitas algo más? ¿Deberíamos llamar a una ambulancia?

—Eh —dice Jack Randall—, ¡llamad a la buaaaaaaaaaambulancia!

—Cállate. —Raina le patea la pata de la silla.

—¿Estás bien? —susurra Brandie, con el ceño fruncido.

—Te escribiré —articulo con la boca.

—Vale, aquí tenéis. Pases de pasillo para Kate y Anderson.

Me levanto de un salto, y luego finjo una mueca de dolor, como si me hubiera doblado el tobillo. Es una actuación demasiado obvia (al menos, eso creo), pero tal vez sea mejor actriz de lo que pensaba. Porque Anderson pone un brazo alrededor de mi cintura y me dice:

—Intenta no apoyar esa pierna.

—Entendido. —Le dirijo una sonrisa.

—¿Por qué pones esa cara? —pregunta.

—Te lo diré en uuuuuuun segundo.

Me mira de reojo.

—Qué intriga.

Salimos lentamente del aula del señor Edelman, pero cuando nos alejamos la distancia suficiente, me libero del agarre de Anderson.

—Vale, sabes que estoy bien, ¿verdad?

—Lo sospechaba. —Enarca las cejas—. ¿Qué pasa?

—Tenía que sacarnos de ahí.

Anderson parece que está tratando de no sonreír.

—Es la clase del señor Edelman. Puedes irte cuando quieras.

—Lo sé. Pero quería que vinieras conmigo.

—¿Al BOT?

—No. —Niego con la cabeza—. Eh… quiero hablar en algún lugar donde pueda verte la cara.

—Tengo una buena cara.

Le propino un empujoncito, y luego me agarro el brazo antes de exclamar:

—¡Ay!

Los ojos de Anderson se agrandan.

—Mierda. ¿Te has hecho daño de verdad?

—Es una broma. —Sonrío—. Bueno, ¿quieres que nos vayamos de aquí?

—¿Del instituto? Vaya, Garfield.

—Lo sé, lo sé. Pero escúchame. ¿Y si vamos a Target a comprar todo lo que necesitamos para la fiesta?

—¿Qué fiesta?

—Tu cumpleaños, tonto. —Lo agarro de la mano—. Vamos, salgamos por la puerta lateral.

Niega con la cabeza, sonriendo.

—No voy a hacer una fiesta.

—¿Perdón? —Lo miro boquiabierta—. ¿Por qué no?

—Porque mi cumpleaños cae en la segunda noche de la obra. Es imposible que lleguemos a casa antes de las once.

—¡Es tu decimoséptimo cumpleaños!

—Lo celebraremos en la fiesta del elenco el domingo.

—¿Qué? No. Organizaremos una fiesta. No me importa si hay que empezar a celebrar a medianoche. Viviremos como *f-boys*. Y vamos a ir a Target. —Me detengo junto a la puerta para echar un vistazo a nuestro alrededor—. Todo despejado.

Anderson atraviesa la puerta después de mí.

—¿Por qué estás tan empeñada en ir a Target?

—Para comprar lo necesario para la fiesta —le recuerdo.

—¿Ahora? ¿Durante la clase de Historia? ¿Valía la pena derribar un escritorio por esto?

—Sí. —Asiento—. Porque estoy a punto de disculparme contigo, y debo hacerlo antes de que me acobarde por completo. —Exhalo—. Y tiene que ser en el coche.

Andy me mira, abre la boca y luego la vuelve a cerrar. Poco después, esboza una pequeña sonrisa.

—Pensé que querías hablar en un lugar donde pudiéramos estar frente a frente.

—Pues, quiero ver tu rostro para poder interpretar tu reacción —digo, siguiéndolo a través del aparcamiento—, pero, eh… no quiero que veas el mío. Por si me echo a llorar. Así que tenemos dos opciones: o conduces mientras hablo o me pongo una máscara.

—Ohh, me gustó esa cabeza gigante de unicornio que vimos en…

—No te atrevas. Cierra la boca. No quiero hablar de esa cabeza de unicornio.

Durante un minuto, Andy solo me mira sonriendo, con una mano apoyada en el capó de su coche.

—Estaba vivo —le recuerdo.

Cuando nos sentamos en nuestros asientos habituales, me percato de algo: hace mucho que no hacemos esto. Compartir un momento a solas en el coche. Este es mi asiento del copiloto. Mi pequeño hogar. Andy no dice ni una palabra cuando salimos del instituto, y al principio creo que está preocupado de que nos pillen. Pero incluso cuando llegamos a Hardscrabble Road, permanece en silencio. Tardo un minuto en darme cuenta de que está esperando a que hable.

Es como un foco que parpadea. El corazón me da un vuelco, y luego empieza a latir más rápido. Necesito soltarlo todo. La disculpa que me ha estado dando vueltas en la cabeza durante días. Ni siquiera sé por qué estoy nerviosa. No es como si tuviera que rogarle a Anderson que me perdone. Está claro que no está enfadado conmigo. Al menos, ya no. Sé exactamente lo que piensa. Pero el hecho de que alguien te haya perdonado no significa que no tengas que disculparte.

Vale. Es ahora. Voy a…

—No puedo creer que no quieras organizar una fiesta de cumpleaños —espeto.

Es el primer paso.

Andy se ríe, pero es el tipo de risa que se corta al instante.

—Vosotros seríais los únicos invitados, y Brandie y Raina no saben que mi novio es mi novio, así que Matt y yo no estaríamos del todo relajados. Y tú. —Hace una pausa—. Estabas enfadada conmigo.

—No estoy enfadada contigo. —Siento un tirón en el pecho—. Así que es tu novio. Ya es oficial.

—Sí. —Anderson me dedica una leve sonrisa.

—Qué guay. —Lo miro.

—Kate, está bien. Lo entiendo. En serio…

—No, estoy bien. Lo prometo. —Cierro los ojos con fuerza—. Andy, lo siento mucho.

—Kate…

—No, escúchame. Lo siento mucho. He sido una muy mala persona contigo. Y no has hecho nada malo. Teníamos reglas básicas, y las seguiste, y yo soy quien ha…

—Las reglas eran una mierda. Tienes razón, Katy. No puedes obligarte a estar feliz por alguien. Así no funciona la alegría. —Se le quiebra la voz—. Así no funciona nada. Pero sentía que toda la situación se estaba descontrolando, ya que ambos estábamos medio enamorados de él. Lo siento mucho, Kate. Lo sien…

—Vale, ¿puedes parar?

—Claro. —Detiene el coche.

—Andy, no, no me refería a parar el coche…

—Pero hemos llegado a Target.

—Me refería a que dejes de disculparte.

—Kate, me acabas de decir que querías verme la cara, y ahora tienes los ojos cerrados.

—Lo sé. —Suelto una risita.

—¿No quieres ver mi reacción?

—¡No lo sé!

—Kate. —Anderson me sujeta la mano y entrelaza nuestros dedos sobre el cambio de marchas—. Mírame.

Abro los ojos de forma tentativa.

—Te quiero —articula con los labios. Y luego, con una voz apenas perceptible, dice—: Esa es mi reacción.

Sonrío un poco.

—Pero aún no he terminado.

—Bueno…

—Pensé que le gustaba. Y es una estupidez. Lo había imaginado todo. Nunca hubo nada entre nosotros… y ahora lo entiendo, pero me hizo sentir que ni siquiera podía confiar en mi propia percepción. No podía parar de pensar: «Vaya, soy la peor perdedora de todas, y todo el mundo lo sabe».

—¿Qué dices? No. Eres la mejor perdedora de todas, y solo yo lo sé. Por eso soy tu mejor amigo, y siempre lo seré.

—Lo sé. Lo sé. —De pronto, se me llenan los ojos de lágrimas—. Dios. Lo siento mucho. Es que… Andy, te lo juro, cinco minutos después de que me lo contaras, estaba en plan: «Vale, Andy y Matt están juntos. Está bien. Vale, quizás no del todo bien».

Andy me aprieta la mano.

—Estaba empezando a asimilarlo. —Me sorbo la nariz—. Pero no podía dejar de imaginaros hablando a mis espaldas y sintiendo lástima por mí, y a Matt pensando en lo patética que soy por estar colada por él.

—Pero no le...

—Lo sé. No le has dicho nada por el Código de Confidencialidad.

—Nunca lo haría —me asegura—. Nunca. Créeme, ya me equivoqué una vez, y aún me siento...

—¿Qué? Nunca has hecho algo así.

Se queda callado durante un momento.

—¿Nunca te preguntas por qué Vivian Yang dejó de hablarme?

—Pues —me seco las lágrimas—, me imaginé que te había cambiado por el equipo de atletismo. Se convirtió en una *f-girl*.

—No es una *f-girl*.

—Vale, pero...

—Dejamos de ser amigos por culpa mía. Cometí un error. —Exhala—. Violé el Código al decirle a Jeffrey Jacobs que le gustaba a Vivian.

—Espera. —Hago una pausa—. ¿En serio? Pensé que todo el mundo lo sabía.

—Sí, porque Jeffrey se lo contó a todo el equipo de atletismo. —Andy parece angustiado—. Fue una tontería. Ni siquiera recuerdo en lo que estaba pensando. Creo que no entendía la gravedad del asunto. Como nunca me había gustado alguien de esa manera, no entendía el escándalo que había generado.

—Para ser justos, estábamos en primero.

—¿Y qué? Sigue siendo una actitud de mierda. El Código de Confidencialidad existe por una razón.

—Estás siendo muy duro contigo mismo.

—La cosa es que lo he lamentado durante años. —Niega con la cabeza—. Nunca voy a traicionarte de esa manera, Kate. Te lo prometo.

—Andy, no. —Me giro en el asiento, de pronto desesperada por mirarlo a la cara—. Puedes contárselo. Está bien. Puedes contarle toda la historia y decirle que me gustaba.

—Eh, ¿estás drogada?

—No deberías ocultarle nada. Deberíais poder confiar el uno en el otro.

Andy frunce el ceño.

—No necesito contárselo todo a Matt.

—Si estás en un relación, no puedes guardar secretos. Así no funciona.

Se vuelve hacia mí.

—¿De verdad piensas eso?

—Todo el mundo lo piensa.

—¿Qué? ¡No! No es así. ¿De verdad crees que dos personas no pueden ser cercanas a menos que sepan todo la una de la otra?

Me encojo de hombros.

—Vale. —Inclina la cabeza—. ¿Y antes de que saliera del armario contigo? Mi gran secreto. ¿Crees que no éramos cercanos antes de eso?

—Sé que nos hicimos más cercanos después.

—¡Tu madre acababa de mudarse al lado! Venga. No digo que no fuera genial poder hablar contigo sobre chicos, pero ¿en serio vas a ignorar todo lo sucedido antes de séptimo curso? Desde tu punto de vista, nada de eso cuenta, porque no te conté un detalle sobre mí que ni siquiera yo mismo entendía del todo.

—Tu caso es diferente. Estabas descubriéndote a ti mismo. No estabas tratando de ocultarme nada…

—Pero ¡¿y si lo hubiera hecho?! ¿Bromeas? Puedes ser cercano a las personas que no están fuera del armario. ¡Aún estaba en el armario! ¡Y era cercano a mucha gente! Puedes guardar los secretos que quieras. —Sonríe y niega con la cabeza—. Te lo juro, es como si pensaras que solo hay una forma de relacionarse con los demás.

—No sé cómo relacionarme con los demás. Nunca he tenido una relación.

—¿Hola? Me tienes a mí.

—No estamos en una relación.

—No estamos en una relación romántica. Eso no significa que no estemos en una relación.

Se me encoge el corazón.

—Lo sé.

—A veces tendremos novios, y sí, es probable que no nos lo contemos todo. Pero eso no significa que seamos menos cercanos. Solo significa que somos personas independientes, con vidas independientes. ¡Y está bien! No necesitas saber lo que pasó en la habitación de tu hermano cuando estabas en casa de tu padre…

—Ay. Dios mío.

—Eso no. Kate, por favor. Tu madre estaba a unos metros de distancia. Nunca haría algo así.

—Sí, échale la culpa a mi madre por tu falta de juego.

—*Touché*. Pero entiendes a lo que me refiero, ¿verdad? Voy a tener secretos, y tú también. No quiero saber cómo tú y Noah Kaplan os besáis asquerosamente contra la nevera de un *f-boy*…

—Primero que nada, me han informado que el beso contra la nevera no fue representativo de las habilidades de Noah.

—Un momento. —Andy se queda boquiabierto—. ¿Os habéis besado…?

—¡No! ¿Qué? No.

—Todavía no. Y escucha. —Andy presiona la palma en mi frente—. Será mejor que no hagas lo mismo de siempre. No tiene que dejar de gustarte solo porque yo no quiero acostarme con él también. Esta vez, déjate llevar por los sentimientos, ¿de acuerdo?

—¿Quién dijo que tengo sentimientos hacia él?

Me mira de arriba abajo.

—Bueno, puede que sí —revelo—. Tal vez. Casi.

—Sí, bueno. —Los ojos de Andy brillan—. Veo que ahora te está enviando fotos de ciertas partes de su cuerpo...

—¡Deja de revisarme el móvil! —Deslizo el dedo sobre la pantalla y entro a los mensajes—. ¡Madre mía! —Me llevo la mano al pecho—. ¡Mira, le han quitado la escayola!

—Vaya, si suspiras solo por un brazo...

—¡No estoy suspirando!

—Por cierto, lo invitaré a mi fiesta de cumpleaños inexistente.

—Me alegro por ti.

—Dile que no se olvide de traer ese bracito bonito. Es muy pálido. Espero que no hayas puesto tus esperanzas en tener un novio deportista, Katypie, porque parece que este tío no jugará al béisbol esta temporada.

—No eres gracioso. —Me recuesto contra el asiento e inclino la cabeza hacia Anderson.

—Sí lo soy.

—Cierra la boca.

—Oye, Kate. —Sonríe—. Es oficial: esta pelea queda suspendida.

Escena 72

Noah ha vuelto a conducir, y el miércoles por la maña-na me envió un *selfie* sentado en el coche con un mensaje que tiene más signos de exclamación que letras: ¡¡¡estamos juntos de nuevo y me siento muy bien!!

Así que me paso todo el día a punto de estallar de la emo-ción, porque estoy bastante segura de que esto significa que me llevará a casa después del ensayo técnico. Y muchas cosas pueden suceder en un coche. Cosas que involucran nuestras bocas.

Vale, pero no hablo de nada sexual. Solo de bocas sobre bocas. Besos comunes y corrientes.

No es que besar sea un acto común y corriente.

«Necesito aprender a ser guay a tu alrededor». No puedo dejar de pensar en la cara de Noah cuando dijo eso. Además, su cara en general. También, la posibilidad de tener su cara contra la mía.

Estoy tan distraída en todas las clases que apenas puedo unir dos palabras. Y es aún peor en el ensayo. Al final del se-gundo acto, tengo la cabeza en las nubes. Noah y yo ni siquiera podemos mirarnos sin sonreír.

—¿Por qué estás tan contenta? —me pregunta Raina en el vestidor, y solo levanto las palmas de las manos a modo de respuesta. Entrecierra los ojos y me mira fijamente durante un minuto.

Cada vez que estoy fuera del escenario, reviso la hora en mi móvil, a veces más de una vez, aunque no hay una hora de finalización establecida para los ensayos previos a la noche de estreno. Pero trato de adelantar el reloj con la mente, de todos modos. Menos mal que conozco el musical lo suficientemente bien como para ensayar en piloto automático, porque hoy mi cerebro se encuentra en el coche de Noah Kaplan.

La señora Zhao finalmente nos llama a todos al escenario para que escuchemos sus sugerencias, y la anticipación es prácticamente insoportable. Es como si tuviera que abrazarme para no explotar.

Ya casi es la hora. Ya casi hemos terminado.

—Pasemos al segundo acto, escena nueve —anuncia la señora Zhao—. Solo una pequeña observación. Dauntless, cuando vayas con Winnifred, cruza frente a la reina.

Andy asiente.

—Además, os recuerdo que mañana es el ensayo general, así que aseguraos de que todos los componentes de vuestros vestuarios estén juntos y etiquetados… zapatos, todo. No quiero ver ningún calzado deportivo asomando por debajo de los vestidos. ¿Entendido?

Vale. Vale. Aquí vamos.

—Y creo que eso es todo. Muy bien, chicos. —Zhao empieza a ponerse de pie, pero luego se detiene—. Oh, Noah, espera.

No. NO.

—Si puedes quedarte unos minutos, me gustaría volver a trabajar sobre algunas de tus pantomimas. Hay que aprovechar la segunda mano.

NO. NO. NO. Inflo las mejillas y suspiro.

—Kate, vamos. —Andy me tira de la camisa—. Deja de fulminar a Zhao con la mirada. Matt puede llevarte.

—No quiero que os desviéis de vuestro camino —digo con pesadez—. Llamaré a mi padre.

—Ahora somos tus padres —dice Matt.

Raina y Brandie se echan a reír. Mientras tanto, Anderson solo mira a Matt, quien tiene los ojos bien abiertos y una sonrisita irónica.

—Espera. ¿Ya lo saben? —Hace un gesto hacia Raina y Brandie. Matt sonríe, con las mejillas sonrojadas, y asiente.

—*Mazel tov* a ambos. —Raina se posiciona entre ellos.

—¿En qué momento fue la charla? —Le dirige una sonrisa a Matt mientras niega con la cabeza.

—Mientras tú y Noah ensayabais la escena de padre e hijo —responde Raina—. Justo en la parte que cantabas «*boy flowers*» y «*girl flowers*». Fue el momento perfecto.

—Eh, gracias —dice Matt.

—Kate, te llevo yo —ofrece Brandie—. Tengo que llevar a Raina también, así que tu casa nos queda de paso.

Enfilamos hacia el aparcamiento y, aunque mi momento a solas con Noah no ha llegado a concretarse, no puedo evitar sucumbir a esa sensación electrizante de esta tarde de otoño. Todos se han ido a casa, incluso los equipos deportivos, y parece que el mundo nos pertenece solo a nosotros. A los chicos de teatro, a los actores y al equipo técnico. Andy y Matt caminan uno al lado del otro, un poco más cerca que de costumbre, y Raina está hablando con Harold por FaceTime.

—No me juzguéis —nos dice a Brandie y a mí, con la sonrisa más bella e insegura de todas.

—Así son las parejas —le digo a Brandie, y me encojo de hombros.

—Lo sé. ¿Te has enterado que Pierra y Colin estuvieron en la cabina de iluminación hace un rato?

—¿De nuevo?

—Son insaciables.

—¡Kate! Espera. —Noah sale corriendo desde la puerta lateral del auditorio para alcanzarnos a Brandie y a mí—. Hola —saluda, sin aliento, y se lleva una mano a la frente—. Puedo llevarte.

—Oh, mirad quién ha recuperado su coche —dice Anderson mientras se vuelve hacia nosotros.

—¡Yo! Era hora de volver al ruedo. —Noah sonríe y luego toma una gran bocanada de aire—. En fin, lo siento, chicos. Kate vendrá conmigo, porque es miércoles, lo que significa que le toca ir a casa de su padre, y como yo vivo al otro lado de la calle, creo que debería...

—De acuerdo —digo, sonriendo.

Cuando me giro para mirar a Noah, noto que está jugueteando con la cremallera de su sudadera. Pero tiene los ojos brillantes y centelleantes.

—Vale, genial. En marcha.

Escena 73

—¿**N**o te impresiona que ya sepa los días que pasas con tu padre y los días que pasas con tu madre? —pregunta Noah una vez que tenemos los cinturones de seguridad abrochados.

—Sí, demasiado. —Me recuesto en el asiento, sonriendo. He visto el coche de Noah desde afuera unas cincuenta millones de veces. Después de todo, ha estado aparcado durante años al otro lado de la calle de la casa de mi padre. Pero esta es la primera vez que me subo. Es un Ford Fusion viejo, heredado de sus hermanas, y está lleno de cosas, pero no huele mal. No parece el coche de un *f-boy* en absoluto. Me encanta—. ¿Te resulta raro volver a conducir?

—Nah, para nada. Es como…

—No digas que es como andar en bicicleta.

—¿Quién eres? ¿La policía de los clichés?

—Algo así. —Me giro hacia él—. No puedo creer que hayas escapado. Pensé que Zhao te iba a retener como una hora.

—No, ella y el señor D querían que cambiara algunos movimientos ahora que tengo las dos manos sanas. Es muy raro. Me siento como… no lo sé. Como cuando me quitaron los

aparatos. ¡Oh! Mierda. ¡Ups! —Me lanza una sonrisa tímida—. Olvidé encender los faros.

—¿Cómo te olvidas de encender los faros cuando afuera
está oscuro?

—Porque he perdido la práctica. —Traga saliva—. Y estoy
nervioso.

Hasta la última molécula de aire abandona mis pulmones. Ni
siquiera puedo explicarlo. Es solo Noah. Noah, con su cabello
castaño alborotado, sus ojos bien abiertos y su gran parecido a
Flynn Rider. Es solo el Noah normal con una sudadera normal,
pero es tan mono que apenas puedo soportarlo. Y cuanto más
nos acercamos a la casa de mi papá, más ansiosa me pongo. Miro
por la ventanilla, con una mano presionada contra el pecho,
como si estuviera sosteniendo mi corazón para que no se escape.

Mientras tanto, Noah sigue conduciendo, y está tan callado como yo.

Cuando por fin aparca en el camino de entrada de mi
casa, me quedo sentada.

—Gracias por traerme —digo con timidez.

—De nada. Oye. —Se vuelve hacia mí hasta quedar de
frente, y me siento torpe, inhibida y débil por las expectativas
que tengo. Dios. Hay algo completamente surrealista en el hecho de que he pasado todo el día imaginando este momento
exacto, y ahora está sucediendo. Es como si lo hubiera conju-
rado—. Bueno… —dice, y luego desvía la mirada hacia mi
casa—. Tu padre nos está mirando.

—Espero que sea una broma.

Pero en efecto, ahí está papá, sosteniendo a Charles, iluminado y enmarcado por la ventana de su dormitorio. Nos
saluda con la pata de Charles.

Noah le devuelve el saludo.

—Escucha —continúa—. No voy a besarte frente a tu padre… y tu perro, pero voy a decirte algo porque, de lo contrario, podría explotar. ¿Vale?

Asiento con el corazón acelerado.

—Me gustas mucho. —Exhala.

—A mí también. A mí también me gustas mucho.

Niega con la cabeza.

—Lo intentaré de nuevo. He... he estado perdidamente enamorado de ti, Kate. Y es absurda la cantidad de tiempo que ha pasado. —Me mira durante una mínima fracción de segundo, y luego aparta la mirada. Me doy cuenta de que le tiemblan las manos—. Desde la secundaria. Desde las bolas de pan en el templo. Desde el espectáculo de variedades. No necesito que me digas nada. Solo quiero que lo sepas. —Se cubre la cara con ambas manos.

—Noah.

—Puedes irte, si quieres. Solo... —Traga saliva—. Voy a aparcar el coche en la entrada de mi casa. Puedo llevarte a clase mañana, pero si te resulta demasiado incómodo, lo entenderé...

—Noah.

Se quita las manos de los ojos y me mira.

—Mi padre ha cerrado las persianas.

—¿Qué? Oh.

—¿Puedo besarte? —pregunto, sabiendo muy bien que me dirá que sí.

La mirada en los ojos de Noah me hace sentir como Rapunzel.

Se desabrocha el cinturón de seguridad y se acerca hacia mí, y eso solo hace que se me acelere aún más el corazón. Está a punto de suceder de verdad. Noah Kaplan está a punto de besarme. Es extraño, porque este momento parece ilógico e inevitable al mismo tiempo. Me apoya ambas manos en la cabeza y me toca el labio con el pulgar durante una mínima fracción de segundo. De pronto, sus labios están sobre los míos, y no soy Rapunzel en absoluto.

Soy un farol de papel.

Estoy flotando, iluminada desde adentro.

Escena 74

Vale, menos mal que estoy en un musical que tiene colchones como parte de la escenografía, y lo digo sin ninguna connotación sexual.

Bueno, casi ninguna.

En serio, no voy a tener sexo con Noah en una pieza de la escenografía durante el ensayo general.

O nunca.

En una pieza de la escenografía, quiero decir.

EN REALIDAD, SOLO NECESITO UNA SIESTA.

Porque anoche… no pude dormir mucho. No porque Noah y yo nos quedáramos hasta tarde besándonos. Tal vez nos quedamos solo un rato besándonos. Tal vez nos besamos hasta que empecé a sentir un hormigueo en los labios, y tal vez estaba tan agitada al final que apenas pude desearle las buenas noches.

Después, me fui a acostar y me quedé observando el dosel, pensando en que tendré treinta, tendré cincuenta, seré abuela y, aun así, nunca olvidaré la mirada de Noah cuando se inclinó sobre mí, ni tampoco ese aliento de esperanza justo antes de que nuestros labios se encontraran. Y sobre todo, pensé en lo último que me dijo Noah cuando salí del coche.

«Hasta mañana, Kate». Una oración tan normal y tan llena de posibilidades. Como si estuviera llena de magia. Me envió un emoji de corazón unos diez minutos después, y apreté el teléfono contra el pecho, pensando que tampoco olvidaré ese detalle. El emoji.

Mientras tanto, empecé y eliminé unos cien mensajes para Anderson, lo cual también me inyectó una buena dosis de alegría. Saber que puedo escribirle de nuevo. Saber que puedo escribirle cualquier cosa, incluso divagaciones de forma atolondrada, sin dejarme nada en el tintero. En parte, pienso que Andy es la razón por la que Noah y yo no avanzábamos. Porque el mundo no me daría un momento como el de anoche si no pudiera compartirlo con Andy.

Creo que yo tampoco me daría un momento como el de anoche hasta poder compartirlo con Andy.

Pero al final, no le escribo nada. Quiero contárselo todo en persona. Quiero chillar y abrazarlo y enloquecer y obsesionarme con los detalles y responder preguntas intrusivas.

Y de repente, me doy cuenta de que también quiero ver a Andy así. Quiero que me hable sobre Matt.

Escena 75

El día entero parece un sueño. Por la mañana, Noah me da dos besos rápidos y suaves. Uno cuando me subo a su coche, y otro en el aparcamiento del instituto, justo antes de que nos bajemos. Después de eso, localizo a Anderson al instante y lo arrastro al BOT antes de que suene el timbre del primer período.

Cuando se lo cuento, chilla.

—¿Os habéis dado un QUÉ? —Sale de su compartimento a toda velocidad, y lo siguiente que sé es que estamos saltando arriba y abajo junto a los mingitorios. Me rodea con los brazos y me besa en la mejilla una y otra vez—. ¡Sí, joder! —Presiona su frente contra la mía—. ¿Ya es oficial? ¿Se lo estás contando a la gente? ¿Se lo has dicho a Raina y Brandie? ¿Puedo decírselo a ellas?

—Adelante. —Sonrío de oreja a oreja.

Resulta que ni siquiera tiene que hacerlo.

—Bueno, Kate —dice Raina—. ¿Nos puedes explicar toda esa tensión sexual en la clase de Historia?

—¿Quééééé?

—Sí, entre tú y Noah. Parecía que os estabais desnudando con la mirada. Y tú tenías esa sonrisita…

—¡Lo del labio! —dice Andy triunfalmente—. ¡Sí, Raina! Se lo he estado diciendo durante años.

—Y Noah puso una cara indescriptible cuando te inclinaste hacia adelante y el cabello te cubrió parte del rostro —comenta Raina—. Se quedó boquiabierto.

—Debería sentarse con nosotros en el almuerzo —propone Brandie.

Pero antes de entrar en la cafetería, nos interrumpe Devon Blackwell, que parece que ha corrido una maratón.

—Hola. —Parpadea dos veces—. Zhao quiere hacer otro ensayo general, así que tenéis que ir al auditorio.

—¿Ahora? —pregunta Raina.

—Ahora mismo. Podéis llevar vuestra comida. Os pondrá al día mientras almorzáis. —Hace una pausa para recobrar el aliento—. Lo siento, tuve que localizar a todos los profesores de la tarde, a todo el elenco y a todo el equipo técnico. —Cierra los ojos durante un momento—. Tenemos una emergencia teatral.

Escena 76

Resulta que la señora Zhao está montando un escándalo por los sombreros. Muchos de los cuales son voluminosos, altos o cónicos.

—Es culpa mía —dice Zhao, frotándose la frente—. Tenemos que asegurarnos de que no interfieran con los bailes.

El señor D nos toca una canción llamada *You Can Leave Your Hat On* mientras terminamos de devorar nuestros almuerzos, en una especie de picnic frente al escenario. A esto le siguen veinte minutos de caos en el vestidor: perchas volando por los aires, telas ondeando en todas direcciones. Hasta ahora, solo las personas más comprometidas, como Lana, han actuado con el vestuario puesto, así que es la primera vez que todos estamos compitiendo por encontrar un lugar para cambiarnos de ropa. Es un desastre.

Termino compartiendo un pequeño cubículo del baño con Raina, donde nos encontramos de pie, espalda contra espalda, mientras tratamos de ponernos nuestros vestidos.

—Los ruidos de afuera me recuerdan a *Geo-Tormenta*. Pero ni siquiera parece una sola catástrofe. Parece que estamos viviendo todas las catástrofes juntas.

—¿Quién hubiera dicho que vestirse era tan violento? —digo y, justo en ese momento, algo se estrella contra el suelo, y todos exclaman: «uhhhhhhhhh».

—¡Estamos bien! —grita Colin.

Sonrío hacia las baldosas. Alguien llama a la puerta.

—¡Deprisa!

—¡No te atrevas a apurar a la reina! —Raina le devuelve el grito. Cualquier otro día habría sentido una pequeña punzada de urgencia. Pero hoy no. Hoy no me siento apurada en lo más mínimo.

Al salir del baño, mis ojos atraviesan el pandemonio y encuentran a Noah en el umbral. Durante un momento, nos quedamos de pie en extremos opuestos de la habitación, sonriendo. Está vestido como un rey, con la misma túnica dorada y la misma corona que usó Colin hace dos años cuando interpretó al príncipe en *Into the Woods*.

—Guau —articula Noah mientras se lleva la mano a la frente.

Miro mi vestido y me encojo de hombros.

A decir verdad, no sé cómo he terminado usando uno de los pocos disfraces alquilados este año, pero parece que he tenido suerte, y me encanta. Es un vestido drapeado hecho de seda, de un tono rosa muy pálido, con un aspecto costoso, de tiro alto y con detalles en cuerdas doradas. En cuanto a los accesorios, no llevo un sombrero, sino que una tiara muy sutil. No quiero decir que me vea exactamente como Rapunzel en *Enredados*, pero me acerco bastante.

Y a pesar de que estamos en el ensayo general del ensayo general, siento que estoy a punto de subir al escenario la noche del estreno. No puedo calmar mi corazón.

Durante las próximas horas, apenas veo a Noah. Incluso cuando ambos estamos entre bastidores, siempre aparece alguien para llevarse a alguno de nosotros para que nos arreglen el peinado o el vestuario. Al final, paso la mayor parte del tiempo con Matt, con quien comparto prácticamente todas las escenas en el musical. Nos sentamos contra la icónica pila de colchones. En nuestro caso, son veinte colchones preapilados sobre unas ruedas pequeñas. Hay una escalera unida a uno de los lados y, a estas alturas, creo que la mitad del elenco ya ha subido para probarlos. De hecho, es un lugar supercómodo, pero Bess y Suman nos matarían si nos subiéramos en medio de un ensayo.

En cualquier caso, es agradable apoyarse contra los colchones. Supongo que debemos estar monos con nuestros trajes y con los colchones apilados detrás de nosotros, porque la gente sigue haciéndonos fotos para compartir en Instagram. En un momento, durante una pausa entre nuestras escenas, Devon Blackwell nos trae un montón de programas sin doblar y una grapadora.

—Podemos hacerlo —dice Matt mientras dobla varias hojas con cuidado hasta formar un folleto. Luego me los da para que los grape—. Oye, ¿cuál es el plan del sábado?

Echo un vistazo a mi alrededor antes de responder y, aunque Anderson está en el escenario en este preciso momento, mantengo la voz baja.

—Bueno. Sé que no quiere una fiesta, pero no podemos no organizar una.

—Obviamente.

—Así que estaba pensando en dejar el pastel y todo lo demás en uno de los vestidores entre la matiné y los espectáculos de la noche.

—Excelente.

—Y tal vez podamos hacer una fiesta de pijamas después de la fiesta con el elenco, pero seríamos solo nosotros y las chicas. Y Noah —añado, sonrojándome. Matt abre la boca como si estuviera a punto de preguntarme algo, pero lo interrumpo con rapidez—. Ah, y Raina consiguió esos globos gigantes con forma de números. ¿Sabías que no hacen con forma de diecisiete? Tuvo que comprar el uno y el siete.

—Los cambiará de lugar y les dirá a todos que ha cumplido setenta y uno —dice Matt.

—Para ser justos, cuando Anderson cumpla setenta y uno, alcanzará el siguiente nivel de guay.

Ya me lo imagino. Tendrá una dentadura perfecta, que se cepillará cada cinco minutos. Y pasaremos todos los días relajándonos en el porche con nuestros esposos y enviándoles memes y *selfies* a nuestros nietos, quienes, seamos realistas, probablemente se rebelarán y se convertirán en *fuckboys*. Pero nada nos detendrá, ya que seguiremos enviándoles vídeos de nosotros cantando *Somebody to Love*. Sí, vamos a someter a nuestros nietos con la ayuda de Ella.

Kate y Anderson en todo su esplendor, hoy y para siempre.

Escena 77

altan tres horas para el estreno, y estoy escondida en la cabina de iluminación con Noah.

Vale, en realidad no estamos tan escondidos. Audrey, la directora de iluminación, podría regresar en cualquier momento, sin mencionar a Colin y Pierra. Pero es un sitio pequeño y acogedor, y está a unos pasos del caos habitual de la noche de estreno. Está claro que no nos acercaremos al ordenador ni al panel de control. Pero me agrada que estemos sentados uno al lado del otro, lejos de la ventana, con el brazo de Noah alrededor de mis hombros. Y me agrada aún más el ligero mareo que siento cuando me acaricia las puntas del cabello con los dedos.

—¿Estás nervioso? —pregunto—. Antes de mi primera obra, me asusté tanto que casi vomité.

—¿No interpretabas a una aldeana?

—Sí. —Sonrío en su hombro—. Pero los aldeanos también pueden equivocarse. Quizás no tengan diálogos, pero sí corren el riesgo de tirarse un pedo en un micrófono o algo así.

Su risa es tan inesperada y genuina que me hace reír a mí también.

—¿Se supone que debo sentirme menos nervioso? —pregunta.

—Para que conste, no me tiré un pedo en ningún micrófono. Nunca, en realidad —añado con rapidez.

Me atrae más hacia él.

—¿Y tú? ¿Estás nerviosa?

—Un poco. Pero no puedo diferenciar si estoy nerviosa porque es la noche del estreno o… por otras cuestiones.

Se vuelve hacia mí, con la boca curvada hacia arriba.

—¿Otras cuestiones?

—Otras cuestiones. —Sonrío levemente.

—Me interesan esas otras cuestiones —dice y se inclina hacia mí.

Y nos estamos besando de improviso. En serio, nos estamos besando en la cabina de iluminación en la noche del estreno. No estamos unidos del todo, puesto que la rodilla de Noah se dobla sobre la mía, y mis manos terminan presionadas contra el suelo. Pero me encanta la incomodidad de hacerlo uno al lado del otro. Me genera una nostalgia fuera de lo común: una oleada de anhelo por los momentos que nunca he vivido, como los besos y los manoseos en la secundaria y los primeros besos de verano en los muelles bajo la luz de la luna.

—¿Tienes idea —la voz de Noah suena baja y agitada— de cuánto tiempo he imaginado esto?

—¿Esto en particular? ¿En la cabina de iluminación del teatro escolar?

—Sí. —Me besa de nuevo con suavidad—. Y en todos lados. Cabinas de iluminación, aviones, baños, baños de aviones. Lo que se te ocurra.

Me cuesta entender cómo pasamos de bromear y hablar a besarnos, y viceversa, como si fuera lo más normal del mundo. Supongo que siempre pensé que el acto de besar era un momento de transformación, con música creciente, fondos difuminados y tu cerebro lleno de sensaciones que surgen a raíz del beso mismo.

Pero la realidad no es así.

Son los labios de Noah, la forma en la que se mueven con suavidad sobre los míos y el aleteo en mi estómago. Es el hecho de que Noah no puede pasar diez segundos sin hablar, incluso cuando nos estamos besando, mientras que yo no puedo evitar estallar en risitas. Y de vez en cuando, uno de nosotros se pone paranoico y revisa los teléfonos para no perdernos el comienzo de la obra.

Pero me gusta.

Me gusta que, cuando nos besamos, nunca dejamos de ser nosotros mismos.

Escena 78

Una hora más tarde, Raina y yo intentamos quedarnos quietas mientras Brandie nos maquilla.

—Estaremos bien —nos asegura Raina—. Subiremos al escenario y lo haremos lo que mejor sabemos hacer, como siempre lo hemos hecho, y luego dejaremos de estar nerviosas. Todo irá viento en popa. Brandie, ¿por qué me pones pintalabios en las mejillas?

—Confía en mí.

Con toda honestidad, Brandie es la única persona del mundo en la que confío para el trabajo, porque nunca trata de convencerme de que me ponga más de lo que quiero usar. Y lo entiendo: las luces del escenario te hacen perder todo el color y por eso necesitas una capa extra, etcétera, etcétera. Pero escúchame. Si los chicos no tienen que usar pintalabios brillante, yo tampoco. Excepto en las mejillas, al parecer.

No lo sé. Solo quiero parecerme a mí.

Una vez que todos estamos vestidos, la señora Zhao nos lleva al aparcamiento secreto de los profesores para llevar a cabo la quema ceremonial del programa.

—Somos Roswell Hill —dice—, y estamos juntos en esto.

Lo cantamos una y otra vez.

—SOMOS ROSWELL HILL, Y ESTAMOS JUNTOS EN ESTO. SOMOS ROSWELL HILL, Y ESTAMOS JUNTOS EN ESTO.

Desearía poder embotellar este momento y guardarlo por el resto de mi vida. Metida entre Anderson y Raina. Tomados de la mano en un círculo en el aire fresco de una tarde de otoño, inundada de amor y un sentido de pertenencia.

—¡Vamos! —exclama la señora Zhao, pisoteando las últimas llamas del programa recién carbonizado. Todos corremos al centro para el abrazo grupal del siglo.

Y lo siguiente que sé es que son las seis y media, y la señora Zhao está frente al telón, pidiéndole a la gente que apague los móviles durante la obra.

—Musical —murmura Lana Bennett desde los bastidores.

La orquesta toca la obertura y, como siempre, me quedo sin aliento durante un minuto. Pero Noah me abraza.

—Tú puedes.

—Noah, Andy, Raina… ¡a la izquierda del escenario, por favor! —susurra Devon con brusquedad.

Noah me abraza de nuevo.

—Mucha mierda.

Y estamos listos.

Escena 79

Érase una vez Lady Kate, una estrella en ciernes del undécimo curso, quien se dirigió al centro del escenario.

Todo salió increíblemente bien. A nadie se le olvida sacar los colchones, a nadie se le quiebra la voz. El baile de Brandie sale perfecto, los micrófonos no se apagan, y Matt y yo logramos no reírnos durante nuestro beso, incluso con nuestras madres interrumpiéndonos desde la primera fila.

Raina se asoma por el telón cuando se encienden las luces del auditorio.

—Ayy —dice—. Mirad quién ha traído flores.

Sigo su mirada hacia abajo, donde la gente está avanzando por los pasillos hacia las salidas. Ellen y mis padres no están, lo que significa que tal vez estén en el vestíbulo, pero mi hermano y algunos de sus compañeros de equipo todavía están de pie cerca del escenario. Ryan sostiene un ramo de flores azules y violetas.

Vaya. Bueno. Se supone que debo ir a cambiarme de ropa. Pero también soy demasiado curiosa como para resistirme a este momento.

Tengo que maniobrar bastante el vestido para poder sentarme bien en los escalones laterales del escenario. Sin embargo, una vez que lo hago, le hago señas para que se acerque.

—Ryan Kevin Garfield —digo, con una sonrisa de oreja a oreja—. Vaya. Qué gran gesto.

Parece desconcertado.

—Espera. ¿Qué?

—No, no te preocupes. ¡Lo digo en el buen sentido! —Me llevo las manos a la altura del corazón—. ¿Quieres que vaya a ver si está en el vestidor?

—Dios mío, Kate. —Ryan pone los ojos en blanco y me coloca el ramo en los brazos—. Son para ti, idiota. Aquí tienes.

Le lanzo una media sonrisa perpleja.

—No tienes que darme las flores de Brandie.

—No son las flores de Brandie. Kate, ni siquiera sé de dónde has sacado esa idea. —Se frota las sienes—. No estoy enamorado de Brandie…

—De acuerdo. Entonces, cuando decidiste ensayar con nosotras el otro día, fue porque eras un fanático de los musicales o…

—Ensayé con vosotras el otro día porque literalmente me dijiste que salgo solo con *fuckboys*.

Abrazo el ramo contra el pecho.

—Vale, pero ¿y los mensajes?

—Tengo… dieciocho años. Tengo un teléfono, y a veces le envío mensajes a la gente. ¿Qué tiene de malo?

—Pero ¡es sospechoso! Cada vez que me acerco, guardas el móvil a toda velocidad.

—¿Y por eso crees que me escribo en secreto con Brandie? —Ryan niega con la cabeza, sonriendo—. Kate, el noventa y nueve por ciento del tiempo estoy hablando con Noah.

—Ohhh.

—Y la mayor parte del tiempo habla de ti.

—Entiendo. —Esbozo una sonrisa radiante.

—Kate, me gusta mucho Brandie, pero no estoy buscando una novia. Es mi último año. Me iré en unos meses...

—Claro. Totalmente. —Asiento con rapidez, y se me forma un nudo en la garganta—. Pero te gustaba Kennesaw, ¿verdad? Y algunas de las otras universidades locales.

—Claro que sí, pero... —Suspira—. Vale, hazte a un lado.

Se sienta a mi lado en los escalones. Casi todos han abandonado el auditorio, lo que hace que el espacio parezca enorme y majestuoso de una forma extraña. Durante un momento, ninguno de los dos habla.

—No sé dónde terminaré —dice Ryan al final—. Podría ser el Instituto de Tecnología de Georgia. Podría ser Kennesaw. Podría ser California. No sé cómo serán las becas. Ni siquiera sé a dónde entraré. Pero está empezando a ser real.

Asiento en silencio.

—Siento que este gran cambio que parecía muy lejano ya está aquí. Y sí, me hace mucha ilusión, pero también me asusta un poco. Así que si me he puesto un poco pesado contigo...

—¿Pesado? —Me río, sorprendida—. Ni siquiera puedo imaginarte así.

—Vale. —Sonríe—. Pero si últimamente has sentido que estaba tratando de pasar más tiempo contigo... Y mira, lo siento si pensabas que estaba tratando de coquetear con una de tus amigas.

—¡Tranquilo! ¡Estaba completamente a favor!

—Sí, lo has dejado bastante claro. —Se ríe—. Pero nunca ha sucedido nada entre nosotros. Solo me siento raro porque muy pronto me iré.

—Oh. —Lo miro fijamente.

—¡Kate! —Miro hacia arriba con un sobresalto, y veo a Andy asomándose por el costado del telón—. ¿Dónde estabas? ¡Vamos! Ya casi todos nos hemos cambiado.

—Ups... ¡ya voy! —Me levanto, mordiéndome el labio—. Lo siento...

—Está bien. Haz lo que tengas que hacer.

—Ya lo he hecho. —Doy un paso atrás en el escenario, con una sonrisa en el rostro—. Y lo estoy haciendo.

Escena 80

—¿**S**abes de qué acabo de darme cuenta? —digo, mientras sigo a Andy al vestidor—. Vas a cumplir diecisiete dentro de dos horas.

—¡Lo sé! ¿Alguna vez pensaste que tendríamos novios en nuestro decimoséptimo cumpleaños? ¡Me siento como en las películas!

—Eh. No te apresures, Walker. No hemos usado esa palabra todavía.

—Sí, da igual. —Sonríe—. Os doy una semana.

Es muy extraño. Hace dos meses, cuando se trataba de la vida amorosa colectiva de mis amigos, Harold era la única persona de la que podíamos hablar. Pero ahora todo mi grupo se ha vuelto shakesperiano. Vale, Brandie todavía se está reservando para Harry Styles, pero apenas es octubre. Al ritmo al que vamos todos, quizás esté casada para el baile de bienvenida.

Abro la puerta del vestidor, y ahí está Noah.

—Bueno —dice con rapidez—. Quiero ser tu novio.

—Vaya, estás aquí. Hola. —No puedo recobrar el aliento—. Supongo que nos has escuchado…

—Sí, sí. —Me agarra de la mano.

371

—Esa es mi señal de salida —dice Andy, ya retrocediendo. Cierra la puerta detrás de él. Nada de quince centímetros. La puerta queda completamente cerrada.

Noah se ha puesto una sudadera y unos pantalones cortos deportivos. Tiene la cara limpia y las mejillas aún rosadas por la toallita. Presiona mi mano contra su pecho, y noto cómo el corazón le late con fuerza.

Lo miro fijamente.

—Eh, Noah...

—Ay, lo lamento. No pretendo emboscarte. ¿Te he tendido una emboscada?

—¿Tal vez? —Le suelto la mano y me acerco más a él—. Pero me ha gustado un poco.

—Un poco. Bueno. Así que eso significa que...

—¡Noah! —Apoyo las manos en su rostro y lo beso.

Exhala, sobresaltado. Pero luego me tira más hacia él y me lleva hacia atrás hasta que su espalda queda alineada con el tocador. Tiene el rostro enmarcado con luces, y ahí estoy yo en el espejo, con el vestido y la tiara, pero cierro los ojos rápidamente.

No quiero ver esto como una película. No quiero guardar los detalles para más adelante.

Quiero...

Los labios de Noah, a unos centímetros de los míos.

—Feliz noche del estreno —me dice, sonriendo.

Pero no parece una noche común corriente, sino más bien la llegada de algo nuevo.

Ovación final

Ryan dice que las fotos del carnet de conducir siempre salen mal, pero él no contaba con un séquito como yo. Brandie sigue colocándome el cuello de la camisa y secándome la nariz con un pañuelo, y Raina ya me ha colocado el cabello detrás de las orejas tres veces. Y eso es solo desde que entramos en la oficina de registro. Pero a Anderson, lo único que le importa es la sonrisa.

—Katy, te van a decir que no sonrías, pero tienes que hacerlo… ¿me estás escuchando? Tienes que ignorarlos. O parecerá una foto policial.

—No puedo decidir si suenas como un *f-boy* o como una de esas madres que obligan a su hija a participar en desfiles.

—Solo digo que no dejes que te intimiden —explica Andy—. Sonreír no es ilegal en Georgia.

Noah se inclina hacia Matt.

—¿Sonreír es ilegal en otros estados?

—Eso parece. —Matt se encoge de hombros.

Me encanta mi equipo de apoyo. Está el grupo completo, y también Matt. Y mi hermano. Y mi novio.

Incluso tengo mi guitarra en el maletero del coche de Ryan.

Nuestro coche. De Ryan y mío. Ya es oficial.

Estaba nerviosa esta mañana, pero eran unos nervios controlables. Como los nervios de teatro; por ejemplo, cuando te subes a un escenario y te sabes cada diálogo de memoria. En las semanas posteriores a la obra, he conducido todos los días con mis padres para practicar. Lo que definitivamente valió la pena, ya que obtuve una puntuación perfecta en el examen.

Así que es oficial: ahora también me corresponde el asiento del conductor. Lo único que falta es la foto.

—Mira en la lente de abajo, por favor —dice la mujer—. Ojos abiertos, expresión neutra.

Anderson niega con la cabeza de forma frenética y levanta las comisuras de su boca con los dedos.

—Ignórala —articula con los labios.

Como si pudiera, en un millón de años, superar este momento sin sonreír.

FIN

La parte en la que el público de la matiné dominical ve cómo a la profesora de teatro le entregan un RAMO DE flores y una foto ampliada y enmarcada del programa de arte firmada por el elenco y el equipo TÉCNICO y todos se largan a llorar pero nadie llora más que los *fuckboys* que no pueden abandonar el teatro y por lo tanto se están perdiendo eventos deportivos cruciales en la televisión porque ahora deben obedecer tus reglas y por supuesto que es muy triste pero los discursos tras bajar el telón deben continuar

¡Hola! ¿Me escucháis? ¡Bien! Vale, antes que nada, en nombre de todo el elenco y el equipo técnico, quiero agradeceros a todos por estar aquí. Soy Becky, la autora, y esta producción realmente ha sido una de las experiencias más gratificantes de mi carrera hasta el momento. Me gustaría tomarme un minuto para agradecer a las personas cuyo trabajo y apoyo entre bastidores dieron vida a esta historia.

En primer lugar, me gustaría presentarle esta cabeza de unicornio gigante a mi editora, Donna Bray, quien merece encabezar el elenco por su sabiduría, humor y absoluta falta de piedad hacia los *fuckboys*. Y en nombre del departamento de teatro del bachillerato Roswell Hill, muchas gracias a cada miembro de mi equipo en HarperCollins/Balzer+Bray, incluidos Tiara Kittrell, Patty Rosati, Suzanne Murphy, Jacquelynn Burke, Sam Benson, Ebony LaDelle, Sabrina Abballe, Shannon Cox, Kristin Eckhardt, Mark Rifkin, Shona McCarthy, Jill Amack, Nellie Kurtzman y Alessandra Balzer. Es un honor para mí presentaros a cada uno de vosotros vuestro propio traje medieval (para que lo conservéis solo durante dos años).

Gracias a Jenna Stempel-Lobell, Alison Donalty y Pepco Studios por esta cubierta espectacular. Por medio de la presente, os entrego vuestro propio nombre escrito con luces (tal vez incluso con faroles de papel flotantes).

A petición especial de Noah Kaplan, me gustaría que esta escayola cortada (firmada e ilustrada por Jack Randall) vaya a mi agente, Holly Root, junto con Alyssa Moore, Heather Baror y todo mi equipo en Root Literary, con un agradecimiento infinito por mantenerme a flote detrás del telón.

A continuación, me gustaría obsequiaros con el ejemplar de *Once Upon a Mattress* con muchas anotaciones de Devon Blackwell a Mary Pender-Coplan, Orly Greenberg, Julia Brownell, Julie Waters, Isaac Klausner, Laura Quicksilver y a mis equipos de la UTA y Temple Hill (sin quienes el espectáculo no podría continuar).

A Brooks Sherman, Roma Panganiban y el maravilloso equipo de Janklow & Nesbit, me hace mucha ilusión regalaros esta pelota de béisbol firmada por toda la MLB.

A mis equipos editoriales internacionales dignos de una ovación de pie, me gustaría concederos pases de pasillo oficiales para ir a la clase de T Avanzado (firmados con unas florituras adicionales para Leo Teti, Anthea Townsend, Ben Horslen, Ruth Bennett y Mathilde Tamae-Bouhon).

Muchísimas gracias a Bebe Wood por grabar un audiolibro mágico. Es un placer regalarte la guitarra de Kate.

A mis primeros lectores, por compartir su sabiduría y conocimiento, os entrego una copia encuadernada de mi tesis doctoral completa en el campo de los Estudios *Fuckboy*: Julian Winters, Mark O'Brien, David Arnold, Aisha Saeed y Nani Borges.

Con mi más profunda gratitud por evitar que enloqueciera, me gustaría regalaros a todos y cada uno de mis amigos, dentro y fuera de la comunidad de los libros, un par de pantalones de algodón de Cotton Mather. Además, me gustaría que las siguientes personas suban al escenario para recibir unas gorras de béisbol de edición limitada del bachillerato Roswell Hill, cada una firmada por los ocho abdominales de Sean Sanders (por favor, os pido que no aplaudáis hasta el final): Adam Silvera, Adib Khorram, Aisha Saeed, Amy Austin, Angie Thomas, Arvin Ahmadi, Ashley Woodfolk, Becky Kilimnik, Chris Negron, Clark Moore, Dahlia Adler, David Arnold, David Levithan, Diane Blumenfeld, Emily Carpenter, Emily Townsend, George Weinstein, Gillian Morshedi, Jenny Mariaschin-Rudin, Jeri Green, Heidi Schulz, Jacob Demlow, Jaime Hensel, Jaime Semensohn, James Sie, Jasmine Warga, Jennifer Dugan, Jennifer Niven, Niki Malek, Jodi Picoult, Julian Winters, Julie Murphy, Kevin Savoie, Kimberly Ito, Lauren Starks, Lindsay Keiller, Luis Rivera, Mackenzi Lee, Manda Turetsky, Mark O'Brien, Molly Mercer, Nic Stone, Rose Brock, Sam Rowntree, Sarah Beth Brown, Sophie Gonzales y Tom-Erik Fure.

Al señor D le gustaría dedicar una cordial Mamada a todos los libreros, blogueros, bibliotecarios, educadores y lectores. Os la habéis ganado.

Me gustaría regalaros a todos los miembros de mi familia una bola de pan jalá, para que la coloquéis debajo de veinte colchones (y si alguno de nosotros se queda despierto, todos seremos de la realeza) (eso incluye a toda la familia Goldstein,

Albertalli, Reitzes, Thomas, Bell y Overholt... yo no hago las reglas).

Además: a mi hermana, Caroline Reitzes, le entrego la vieja guitarra de la madre de Kate, #improvisando. A mi hermano, Sam Goldstein, le obsequio con un Bulbasaur gigante de neón. A mi mamá, Eileen Thomas, le regalo el primer borrador de este libro antes de tener que eliminar las partes sobre Tamiment. Y a mi papá y a mi madrastra, Jim y Candy Goldstein, os concedo el permiso oficial para salir por la puerta lateral después de la primera hora de los discursos de agradecimientos.

El llavero de Rapunzel de Anderson, por supuesto, va para Dan Fogelman.

A continuación, os pido un fuerte aplauso de pie mientras invito a mi esposo e hijos al escenario para poder avergonzarlos adecuadamente con un agradecimiento público lleno de lágrimas. Vosotros tres sois mi personal técnico y mi epílogo feliz e interminable. Es todo un honor entregarles a Owen y a Henry los ositos de peluche de Kate, Amber y Ember. En cuanto a Brian, te debo el tipo de agradecimiento que solo se puede expresar con este regalo de los pantalones inexistentes del padre de Daniel Tigre.

Y finalmente, me gustaría dirigir vuestra atención al grupo de personas que me enseñó todo lo que sé sobre Instagram y los *f-boys*. Me inspiran a diario con la fuerza y la profundidad de sus viejas y nuevas amistades, e incluso me permitieron tomar prestados sus nombres. A Anderson Rothwell le dedico esta imagen borrosa del campo de fútbol de Roswell High, con la descripción: «Menuda nochecita #viernesdepartido». A Brandie Rendon le entrego la secuela donde conoce a Harry Styles. A Katy-Lynn Cook le regalo una limusina llena de chicas guapísimas, acompañada por la madre de Noah. A Matthew Eppard le entrego un anuncio de Coca-Cola de su cara. Y, por fin: a Kate Goud, le regalo el carnet de conducir de Kate. La foto salió perfecta, el mundo se abre ante ti y tu mejor momento está por llegar.